U0897941

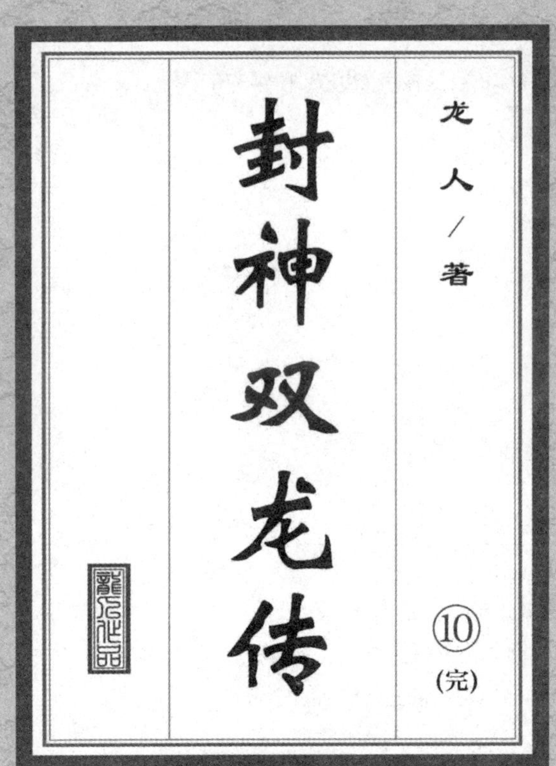

二十一世纪出版社集团
21st Century Publishing Group
全国百佳出版社

图书在版编目（CIP）数据

封神双龙传 : 全 10 册 / 龙人著 . -- 南昌 : 二十一世纪出版社集团 , 2017.10

ISBN 978-7-5568-3102-9

Ⅰ . ①封… Ⅱ . ①龙… Ⅲ . ①侠义小说－中国－当代 Ⅳ . ① I247.5

中国版本图书馆 CIP 数据核字 (2017) 第 243767 号

封神双龙传 龙　人 著

责任编辑 敖登格日乐
出版发行 二十一世纪出版社集团
（江西省南昌市子安路75号　330025）
www.21cccc.com　cc21@163.net
出 版 人 张秋林
经　　销 新华书店
印　　刷 北京龙跃印务有限公司
版　　次 2018年1月第1版　2018年1月第1次印刷
开　　本 710mm × 1000mm　1/16
印　　张 160
字　　数 1728千
书　　号 ISBN 978-7-5568-3102-9
定　　价 498.00元（全10册）

赣版权登字—04—2017—744

目　录

第一百四十五章　东西结盟

婥婥看着倚弦，虽然舍不得他就此离去，但是她很清楚地知道，无论如何她跟倚弦不可能在一起，于是只有轻叹一声，道："昨夜你也看到了，放心吧，只要有我在淮夷一天，就不会为难曜扬军。但是你们也要做好准备，形势不一定能如我们之意发展下去，有可能其他几族会接手这里，我只能尽力将淮夷掌握在手中，结果如何就看天意了。现在的圣门五族龙蛇混杂，不少人对你们嫉恨非常，甚至如刑天抗等人本身就对你们恨之入骨。这里甚是危险，你留在这里也没有作用，还是先回牧场去吧，相信你们曜扬军正等着你回去帮忙呢。"

倚弦亦是依依不舍，但他也知道此时是无论是耀阳还是牧场都需要他回去帮忙打理，他没有时间留在这里，而且他在大彭城的话，反而会令婥婥为难，当下便柔声道："婥婥，我听你的话，现在就回去，你一人在这里，自己千万要小心啊。有什么事情找我，我绝对会尽最大努力帮忙的。"

婥婥点点头道："我自有办法应付这些家伙，你不用担心，现在淮夷的一切都逃不出我的手掌心。但是你千万不能大意，刑天抗昨日所说的话并非是无的放矢，你们都要小心，圣门其他三族不知会用什么办法对付你，况且他们现在已经不再保留，千百年的积累非同小可。"

倚弦道："我会小心的，我看刑天抗的修为似乎大进，我想现在的几族都不再是几年前的样子了。"

婥婥骤起纤眉，沉吟道："我圣门未必会动手，有可能是神玄两宗会对付你们也是不定。"

“神玄两宗？”倚弦一愣。

婥婥道：“不错，据探子回报，玄宗弟子幽云仙子以蜀山剑宗代宗主的身份助她的外公东伯侯姜涣楚，似乎是有意让东伯侯靠拢姬发，而你们的魔星身份可能会导致神玄两宗跟你们对立，姬发还有可能会联合东伯侯先攻击你们曜扬军。”

倚弦听到幽云之名，怔了一下，心中对她甚为思念，听到她代蜀山剑宗襄助姬发，心中不免有些异样。姬发与耀阳有隙，不管神玄两宗手段如何，姬发都会对曜扬军下手，到时幽云会如何处理呢？

不过这个时候，倚弦也不再去猜测，皱眉道：“三年前神玄两宗就容不下我们了，这件事情不是很好办，要和耀阳商量后才能想出对策。至于你们四族，联手很是正常，只是刑天抗为何能威胁你？”

婥婥幽然道：“此次四族联合，亦是无奈之举。无论是神玄两宗还是那可能是蚩尤的黑衣老者，都不是我们几族所能分别抵御的，为了能够对抗他们，我四族仅剩的老一辈宗主刑天灭率先提出除蚩氏东离外其余四族合并。后来合并之事难成，但还是退而求其次，四族联手跟神玄两宗和黑衣老者抗衡之势不久就成。”

倚弦奇道：“那祝融氏呢？据闻他们好像是跟了蚩尤，怎么会跟你们联手？”

婥婥摇头道：“祝融氏本是为蚩尤所掌握，但是三年前蚩尤受伤隐身不久，祝融氏便有一神秘高手出现，以祝融氏绝学力挫众高手，登上宗主之位。到后来这个新进的祝融氏宗主将愿意追随蚩尤的族人尽数灭杀，手段狠辣着实让人心惊，所以祝融氏的人大部分都被他收服。当时也是他先同意四族联手，之后淳于焱也出人意料地答应。我防风氏虽是后羿之后，但经此数千年已是势弱，此时师尊一逝，更是形势不由人，其他三族已同意，我们根本没得选择。现在是我防风氏实力最弱，我只是师尊的弟子，族中还有不少长老，我未必能服众。这种情况下，刑天氏一族自然大占上风，权力极大，哪像我防风氏处于被支配的地位，恐有被他们吞并的可能。”

倚弦很清楚这是没办法的，他这时也无能为力，只能张开双手将婥婥拥在怀中黯然神伤，沉默一会儿后嘱咐道："不管如何，你自己一定要小心，小心保重。有朝一日我一定会灭掉刑天氏，让你们防风氏一族可以不受他人要挟，重振后羿族的雄风！"

婥婥听了只是苦笑点头，她又怎会不知他们迟早会遭致灭顶之灾，因为三界根本不容他们的存在，现在他们差不多是垂死挣扎而已。但是婥婥没有再多说，却是像一个温柔体贴的妻子，整了整倚弦的衣襟，帮他束起长发，轻声道："回去吧，终有一日，我能安心的替你准备早饭……"

倚弦凝神望着婥婥深情的双眸，心中莫名一阵心戚，然后紧紧将她拥入怀中，两人紧拥在一起，直至良久才依依不舍地分开。

"那我去了！"倚弦点点头，终是松手转身离去，仿佛是一个丈夫离家前向妻子告别。

婥婥望着倚弦离去的背影，眼中久忍的泪水潸然而下……

离开大彭城，倚弦首次感到三界天地间除了兄弟耀阳之外，还有一个婥婥令他产生无限牵挂，是宿世情缘还是一夜恋情？抑或两者都有。心绪烦乱，想得很多很远，他甚至想到情愫暗绕的幽云，但那种感觉似乎有些远，不知是否听了婥婥所说，幽云毕竟是蜀山剑宗的弟子，他们却又是神玄两宗誓要追杀的主。

倚弦暗自叹了一声，心中生出难以名状的百种滋味。

"倚大哥，你回来了，我们回去吧。"突如其来的声音将倚弦从沉思拉出来，倚弦愕然看去竟是素儿，原来他不知不觉到了昨日和素儿分开之处。

素儿在此时出现，原来竟是等了一晚。倚弦大是震惊地看着素儿，却看到她眼底的伤感，倚弦愣了一下，不由心中一动，经历这么多的倚弦怎会看不出其中情意，但是他现在又如何能回报得了，当下只能道："让你等了一夜，真不好意思。现在我们回去吧。"

"没事。"素儿微笑点头，贤淑体贴的她并没有问倚弦这一夜是在哪里，又或是她知道却没有点明？

经过一日的行程，两人回到牧场的时候，发现牧场内甚是热闹，上下将士都是士气昂扬，正在搬迁部分兵营。

倚弦看到这些情况，就知道耀阳应该已经将事情搞定。果然，到了秦府，秦骊如就兴奋地道：“耀大哥真是厉害，很快就摆平了白淮和奋镇这两镇，已经得到了宋镇，所以我们正在搬迁屯兵，准备全力恢复宋镇昔日的繁华，我们以宋镇为据地一定会有更好的发展。”

莫凌风叹道：“耀将军果是非常之人，竟能从白淮和奋镇口中抢到这块肥肉。”

即使是倚弦，也不免佩服耀阳的手段了得，几天时间就得到了偌大一个宋镇。但是这样姬发更会对他嫉恨，恐怕越发会想尽办法对付曜扬军，而神玄两宗只会支持姬发。而姜涣楚不管是否真有投靠西岐之意，也定然不会让耀阳这样轻松得到宋镇。

倚弦看秦骊如的热心样子，不愿说出担心打击她，只是问道：“入主宋镇这样的大镇，非同小可，有利也有弊，问题是牧场现时的财力如何，能不能支持一个宋镇？”

“这……”秦骊如雀跃的神色一黯，有些支吾。

莫凌风沉声道：“说实话，虽然牧场数百年的积累不少，但现在牧场全力支持曜扬军，已经没有再涉足南北战马生意，这笔最大的进账无疑是没了。而又加上赈济灾民所花费大批钱财，消耗甚剧，入不敷出的形势非常严重。如今只能全力恢复宋镇，希望可以从中获取兵马所需，否则这样一个宋镇的付出和数万兵士坐吃山空，恐怕熬不了数月。”

秦骊如叹道：“耀大哥为了尽快将宋镇拿下，也为了跟白淮和奋镇结盟，只要求了军事上控制宋镇的权力，而八成的税收尽归白淮和奋镇所有。我曜扬军只能取得两成以做守护宋镇的军资而已。”

倚弦心中更是沉重，他已不是前些日子对军事的无知，从《龙虎六韬》上知道一些常识后，以他的才智怎么都知道现在的曜扬军还差得远。老实说他们还没有真正的打过一场硬仗，跟现在的五大势力的兵马比起来，差得何止千百里。而面对如黄飞虎和姜子牙这样的能人，耀阳决无可能像对付伯邑考这样轻松。而此时财政吃紧，曜扬军的情况更是雪上加霜。

倚弦沉思一下，知道自己在牧场暂时也没有很大作用，便决定前往宋镇去见见耀阳，看他想到有什么办法没有，而这次素儿要帮忙处理牧场的日常事情，自然不能再跟着去了。

倚弦独自去往宋镇，不久便进入了宋镇范围，他见到的是灾民到处奔走，田地荒芜无主，不过还算好的是，那些百姓开始重归家乡，开垦田地，凄苦的脸上也多了一些期望。倚弦有空随便找了个人来问，回答说是宋镇既然没有了战争，他们当然是要回家耕种，如非迫不得已，他们怎么会愿意背井离乡。

倚弦微有感慨，这些百姓的生活的确是凄苦，一旦失去赖以为生的土地，怎么活下去？不管耀阳出于何种目的，能让这群贫苦的百姓安乐地生活，已是莫大的功德。

各个村落小镇都开始热闹起来，宋镇的重振刚刚开始，百姓也算是热情高涨，一幅百废待举的气象。进入宋镇的不只是归家的当地百姓，除了一些兵马之外还有淮夷逃难而来的饥民，这无疑带给了宋镇极大的压力，看来耀阳所要面对的问题还真是不少。

倚弦到了宋城将军府，见到耀阳正忙得焦头烂额，一堆堆的事情等着他来处理，身边能帮他的人不多。见到倚弦，耀阳喘了口气，喊道："哥哥啊，你终于来了，真是忙死我了！"

说着，耀阳暂时放下手头上的工作，和倚弦一起散步去了。

到了将军府外面，耀阳首先叫苦一阵，然后劈头就问："我这边已经搞得差不多，宋镇基本上都在我们的掌握之中，你那边怎么样？"

"算是成功了吧，不过事情出乎我们意料，我在那边不止遇到九尾狐，还见到了婷婷和刑天抗，更知道魔门几族联手将淮夷控制住了，只是主动权在婷婷手里……"倚弦详细的将去大彭城所遇到的一切说了出来，自是不好意思将婥婥那一节省了去。

耀阳眉头深锁，沉声道："本来就预料到东伯侯可能要对我们动兵，但是没想到他还会跟姬发扯上关系，这下事情更加不好解决了，真是麻烦。刑天抗这些家伙还好处理，但是神玄两宗支持姬发跟东伯侯联手，这件事情如果不处理好，我们曜扬军危矣。"

倚弦问道："你以为该如何?"

耀阳苦笑一声，道："我现在唯一的希望就是东伯侯和姬发还牵扯不清，多给曜扬军半年，或者最少三个月的时间。"

倚弦亦叹，正要说话之际，远处却是小千风遁而至。

一向冲动也算乐天的小千此时却是一脸担忧，到了见过师父师叔后便立即道："东伯侯姜涣楚有可能和姬发结盟，得到宋镇易主的消息之后，他们开始在宋镇周围集结兵力，似有攻宋之意。最迟会在六七天内做出决定，还请师父和师叔及早准备。"连深信耀阳的小千都知道此时的危机，可见形势之紧张。

耀阳和倚弦对视一眼，都是无奈的苦笑，越不想见到的事情，就越快来到，让他们大有措手不及之感。

倚弦转头看向这个从未失去信心的兄弟，问道："怎么样，你可有什么好办法吗?"小千也满怀希望地看向耀阳，他们经历到现在，深信就算形势再差，他们的师父也能扭转过来。

耀阳果然没让倚弦和小千失望，还是自信地道："还有六天的时间，什么事情都可能改变的。"

"你的意思是……"倚弦听出耀阳的话外之意，讶然看向耀阳。

耀阳坚定地说道："无论是宋镇，还是曜扬军都很难在短时间内经得起下一场战争，我并不是好战之人，如果能避免跟东伯侯开战，就尽量避免。宋镇推行的政策基本已经定下，剩下的只是烦琐细节，他人也可以处理，现在最重要的是东伯侯的态度。这件事非常重要，只有我亲自出马，据闻最近正是东伯侯寿诞，可以借祝寿之名一去。小倚，你的意思呢?"

倚弦明白耀阳为何要问他，因为牵涉到幽云，此次过去，倚弦不管有何想法都难以避免陷入自己、耀阳、幽云和神玄两宗的一团混乱之中，他肯定会很为难，耀阳体谅倚弦不想勉强他同去。

但是这种情况倚弦又怎么可能袖手旁观，而且神玄两宗对他的态度也很差，跟幽云见面肯定会有这样那样的麻烦，总不成他永远都不去见幽云吧。

倚弦不假思索地道："你都去了，我当然是跟你一起了。"

耀阳点了点头，对小千道："小千，去把小风叫来，这次需要你们帮忙。"

"是的，师父。"小千的才能再次得到认同和重视，而且又是同出远门，很是兴奋，立即兴冲冲地走了。

倚弦担心道："小千和小风都跟我们去了，那宋镇这边该怎么办？"

耀阳道："放心，小千和小风手下的探子多是妖冢弟子，也算耳目灵活，虽难以察觉法道修为高手，但是各地势力的动作，他们比我们还清楚。而且有秦骊如和莫老在此，只是区区六天的时间而已，应该不会发生什么很大的变故。而东伯侯那里毕竟是别人的地盘，我们未必能行动自由，所以有小千和小风的帮忙就容易多了。"

倚弦道："这样就好！"

耀阳派人前往牧场通知秦骊如和莫老接手宋镇地区的管理。

很快，小千和小风一起来了，几人准备一下立即动身前往东伯侯的领地东鲁。

东伯侯历来为四大诸侯之首，至纣王当政，东伯侯将女儿嫁与纣王，东鲁的势力达到顶点。谁知后来九尾狐借冀州侯苏护之女妲己的肉身缠上纣王，致使姜皇后惨死，两名王子狼狈逃出殷商。由此，东鲁的威信一落千丈，而东鲁与殷商的关系骤然转变，相互摩擦不断，因此势力消耗不少，后被西岐、南域乘机赶上，势力大不如前。

但是，东鲁毕竟非等闲可比，在西岐惨遭战祸之后，势力再次抬头，现在它跟其他四大势力可谓难分上下。近年来，老迈的姜涣楚为了这百年家业不被其他势力吞并，也蓄力发展，军政实力皆有增长，足以跟任何人抗衡。如果果真让东鲁跟西岐联手，那么他们的势力膨胀将难以遏制，可一举成为如今三界天下最强大的势力，无人能比。

耀阳和倚弦担心的不是这个，而是怕东鲁东伯侯连缓口气的机会都不给他们。如果能让宋镇和曜扬军歇息一段时间，他们根本就不怕姬发的势力增长。所以东伯侯的态度至关紧要，其他的事情当然可以不急于一时。

离开宋城之后，耀阳皱眉道："如果幽云在东鲁，那妲己在哪里呢？如果在蜀山剑宗，会不会因为我而受到他们的欺负？"

倚弦摇头笑道："你这是关心则乱。放心，幽云现在的身份可不只是一个普通的玄宗弟子这么简单，神玄两宗的年轻人谁不给她几分薄面，老一辈的家伙自然不可能为难一个小姑娘。以幽云的品性，定然不会让别人欺负妲己。"

耀阳虽知倚弦所言属实，但仍难以完全放心，毕竟妲己不像人儿等人，怎么也都会几手法术。一众红颜知己中，耀阳最为牵挂的也是手无缚鸡之力的妲己，其他诸人耀阳虽然思念却不甚担心。

倚弦心中又何尝不再思念幽云，挂念她现在怎么样了，对于他是魔星一事有怎么样的反应？对于现在两人处于很可能敌对的位置会如何想？

耀阳和倚弦各有心思，半晌无语，小千和小风也知道这个时候最好安静，所以也没有说话。一段时间后还是耀阳先将纷乱杂念抛开，说道："这次姬发和东伯侯的意向影响甚剧，我们务必要小心。"

倚弦问道："你有什么打算？"

耀阳摇头叹道："哪有什么打算，只是略有想法而已。我想我们此去定不能偷偷摸摸的，自是要光明正大，以曜扬军和宋镇的名义去见东伯侯。但是敌人在暗，我们完全暴露也非是良事，所以我的意思是我和你一人在明，一人在暗，两人互相照应才是上上之策。"

"不错，我没意见！"倚弦没有任何迟疑地回答，现在也只有这个办法了。

耀阳沉吟道："此次我来正面应付这些狡猾的家伙，虚与委蛇是你最讨厌的，但是对我而言却没有什么问题。而你的灵觉比谁都敏锐，更利于潜伏在暗中，相信除了太上老君等一众高手外，没多少人能察觉到你。你或许可以乘机去见见幽云，如果你想的话。”

“也许吧。”倚弦对幽云的感觉很是复杂，思念又想避免跟她见面，以免双方为难。只是现在这样的情况下，他们还是非得见面不可，不知道当时是什么样的光景。

四人直奔鲁城，在城外十余里处四人分开，耀阳带着两名弟子先行去鲁城，而倚弦则是先观察城外的地形和情况，在入夜后再行潜入。

一入鲁城，耀阳便直找到相关的官员，道是现在保护宋镇的曜扬军主帅耀阳来拜寿，同时求见东伯侯。

刚建立起来的曜扬军屡战屡胜，并以强大兵力为后盾调停了白淮和奋镇、占据宋镇的消息传遍天下，只要稍有地位的人无不知道此事。闻得是曜扬军主帅天下闻名的耀阳来此，几个接待的官员如何敢大意，吃惊着将三人接入驿馆，又有人立即回去禀报。

东鲁素重礼仪，就算对敌人表面上也甚是客气。耀阳在驿馆休息不久，便有侍卫来接他入宫。进入东伯侯府，天色黑下，府内竟已办好洗尘宴。

出门迎接的是个气宇轩昂的锦衣中年，长相跟幽云略有相似。锦衣中年来迎耀阳，抱拳带有歉意地道：“耀将军，不好意思，家父卧病在床，为了能在寿筵之际出席，暂时需要好好调养，不能出来见客，只能由兴鲁前来迎接，还请见谅。”

耀阳自不会见怪，也回礼示意，乘机打量了一下这个根据了解据说是东伯侯姜涣楚唯一有才的儿子姜兴鲁，看他神色自然，丝毫没有因为东鲁将袭击曜扬军而有一丝的异样，显然也是在官场上浸淫多年，深沉得很。

两人客气几句就一起进入府内，小千和小风自然恭敬地跟在耀阳后面。

院子内已华灯执起，酒席大布。来人不少，在场的不只是东鲁的将官，还有其他几大势力的使者，看来他们消息也算是灵通，对这次姬发和东伯侯可能联手的情况也很是在意，借东伯侯寿诞的机会都来了。谁都知道如果姬发和东鲁联手的话，那会对当前的形势有多大的影响！

整个府院还真是热闹非常，洗尘宴不只是替耀阳接风，还有各大势力的几个使者。这件事情绝对容不得半点疏忽，所以各个势力的使者都来了，甚至连朝歌都来人了，打着作为殷商君主在寿诞之际看望臣子姜涣楚之名。而天下虽已是四分五裂，但是名言上都还是殷商的臣子。东鲁也是做足姿态，称是欢迎朝歌使者，只是东伯侯真的是卧病在床不便见客。

不只是朝歌使者，东鲁对其他势力的来人也是一般无二的借口，只是说姜涣楚真的起不来，众人当然也难以勉强一个生病的老人。有人提出去看望姜涣楚，亦被拒绝，道理是老人家的病还没好，不能受到骚乱，否则寿筵之时恐怕难以出席，话说到这个份上，在东鲁的地盘，谁都不敢强来。

耀阳三人也是笑着和各人打了几声招呼，顺便打量了一下：朝歌来的使者正是天下闻名的殷商名相纣王之叔比干，见他清癯的长相一脸刚毅，眉目间只有雅骨气质，保护他的正是耀阳有几面之缘的黄天化。南域来的虎遴奋，是虎遴汉的哥哥，身材高大，双眼炯然有神，浑身元能暗涌，看起来有些能耐。崇国来的是叫崇芒的瘦弱男子，一双细眼微眯，闪烁着看起来让人很不舒服的异光。其他的一些都是小势力的使者，对他们而言，或许能投靠某一方才是最好的。

今日刚到的除了耀阳还有崇芒等几人，姜兴鲁作为东伯侯的儿子，很客气的尽了地主之谊，算是很热情，但是他始终都不提任何有关跟西岐的消息。有人旁敲侧击想套出他的话，谁知姜兴鲁老练得很，全部都推托开了。

说了些话，晚宴尽数摆上，一个晚上看起来还真是宾主尽欢，每个人都一脸笑容，高高兴兴，不过心里无不在打着小盘算。耀阳不急，自是一边喝酒，一边观察着席上诸人的神色，将之一一记在心上。

到了深夜，晚宴才得罢，众人纷纷告辞离开，或是去驿馆或是去其他的住所。耀阳在离开的时候却遇到一个侍女，那侍女说是幽云传话让他明日务必去幽云暂住的“剑云居”一趟。耀阳当即答应，对于幽云，他还是比较放心的，而想来幽云定是要问他关于倚弦的事情。

晚上耀阳回到驿馆休息，到了半夜，倚弦才回来。

耀阳问道：“你查看了这周围的情况，怎么样？”

倚弦道：“刚才是转了一圈，暂时还没发现有什么很特别的，各方都有使者前来，也有不少高手暗中潜入这鲁城之中。”

耀阳皱眉道：“看来，这次姬发和东伯侯的举动让大家都紧张起来。那东伯侯姜涣楚肯定心中有底，却故意装病不肯出来，谁知会拖到什么时候。而那姜兴鲁也不是个简单角色，他似乎想一直拖下去，想从他嘴中套出口风可不容易。现在我们跟其他势力相比最大的弱点是他们还能耗下去，但是我们却不行。所以不能跟他们一样坐等，还是得自己主动出击。”

倚弦看看耀阳，问道：“你想如何？”

耀阳没有回答，却是微笑一下，道：“今晚幽云公主传讯给我，叫我明日去见她！”

“幽云……”倚弦怔了一下，沉默了半天，才道，“那你就先去看看她，不知她为何找你过去？”

耀阳耸耸肩道：“我也不知道，不过其中有一点是可以肯定的，她一定会问关于你的情况，要不你就先去见她？”

倚弦迟疑一下，摇头道：“你是想让我光明正大去找她，还是大半夜潜进她的居室？”

耀阳打了个哈哈道：“这个是你的问题了，别问我。”

倚弦沉思片刻，说道：“这样吧，反正明日你要去见她，等明晚看情况再说吧。”他对幽云的感觉始终有些微妙，想见又怕见。

“这样也好，免得你们尴尬，我先去见她，万一不行，大不了我先溜走。”而同是魔星身份的耀阳丝毫没有觉得为难。

清晨，耀阳便再度去拜访东伯侯，他并不是想马上就要决定询问东鲁，而是先给他们留点印象。接待他的仍然是姜兴鲁，而同在的还有虎遴奋和崇芒，显然他们都存了一个心思，在早上问候一下东伯侯。

姜兴鲁还是一脸和气地拒绝了几人想见东伯侯的要求，包括耀阳等人也不认为姜涣楚会这么快答应见他们，还不如先跟姜兴鲁通一下气，看东鲁现在的情况，很有可能是姜兴鲁是替他老爸姜涣楚传话的。

耀阳进了客厅，跟虎遴奋和崇芒打了招呼后喝口茶，便道："耀阳此次前来鲁城，是想跟侯爷商讨关于宋镇之事。宋镇多年疏于管理，境内几近荒废，百姓苦不堪言，耀阳不忍见此惨景，冒昧接管宋镇，重振当地。由于事情甚急，未能知会侯爷，故此特来请罪。"

"这样啊……"姜兴鲁神色不动，拖长声表示为难，又摇摇头道，"此事全由父侯处理，兴鲁对此所知实在不多，不知该如何答复耀将军。"

耀阳本来就不认为姜兴鲁会痛快的给他答复，此时自然也不至于失望，只是借机先给姜兴鲁提个醒，道明自己的来意。当下便道："姜大人不必为难，一切看侯爷的意思吧。"

姜兴鲁微微一笑道："多谢耀将军体谅。"

此时门外突然来了一个下人来报："禀报大人，西岐使者来为侯爷拜寿。"

西岐的使者在这个时候来了？耀阳不由纳闷，不是有幽云在这边吗？他们这个时候来想干什么？是不信任幽云还是另有布置？或许只是为了单纯的向东伯侯拜寿而已？这件事还真是耐人寻味。

其他诸人也无不在考虑此事。

姜兴鲁知道众人想的是什么，只是抱拳道："各位不好意思，既有西岐使者来到，请恕姜某不能相陪各位。当然晚上为西岐使者设下的洗尘宴，还是希望各位参加。"

包括耀阳在内的众人自然称是。

就这样姜兴鲁率人出去迎接西岐使者，耀阳等众人自然散去。

姜兴鲁应付起来老练得很，从他那里根本看不出什么来，耀阳当然不会再探，看来还是让小千和小风两人出马好一点，以他们两兄弟的天赋，很多外人无法知道的秘密都可能被他们查到。

仔细嘱咐小千和小风盯着城内的动静，耀阳就问了“剑云居”的地址，找了过去。找到清雅格致的“剑云居”，耀阳却愕然发现这院子木门大开，连一个守卫和仆人都没有。里面却隐有女子的喝斥声传出来。

耀阳愣了一下，随意抬头看看院子上空，却感觉到一种莫名熟悉的压力，仿佛能压着他透不过气来。耀阳大惊，仔细看去，却见朗朗乾坤，旭日东升，万里无云，天气好得很，看不出个究竟来。

这是怎么回事？耀阳皱了皱眉，大步走了进去。

进了院子，耀阳才知道并不是“剑云居”没人，而是那些人都在府内。

大部分都是女子，簇拥在一起，只是站在她们面前是个衣着华丽的年轻人带着几个手下，那个年轻人似乎还有些法道修为。

没发觉耀阳进来，那个年轻人喝道：“全部给我滚开，今日本公子特意来看美人儿，你们别碍手碍脚的。”

一个穿着护卫衣服的女子上前先是行了下属之理，然后道：“公子，她是公主的朋友，看在公主的面子上，请不要为难她。”

那被称为公子的年轻人怒道：“我知道她是公主的朋友，怎么会为难她？我只是担心他们孤儿寡母，没了依靠，所以想接她们入府好好照顾而已，也不枉我跟公主亲戚一场。”

耀阳一听立即知道是怎么回事，敢情是这个公子看上一个寡妇，那个寡妇刚好是幽云的朋友，还有一个儿子。但是那个公子肯定不是什么好角色，所以“剑云居”地要护着那对母子。幽云的朋友……耀阳心中一动。

“请这位公子莫要乱说，我们不是孤儿寡母，孩子的父亲是个顶天立地的奇男子，他很快就会来了。公子好意我们心领了，不过还是请公子回吧。”娇弱的声音却是异常坚定。

耀阳怔了一下，这个声音他太熟了……

那公子不肯罢休，说道：“你的丈夫？他人呢？”

耀阳已到了他的面前，淡笑道：“这位公子，非常感谢你对我妻儿的关心，不过凡事不要太过。他们的生活自有我来照顾，不劳你费心了。”

“耀大哥！”娇柔的声音中蕴着喜悦，娇颜含泪，抱着孩子的纤弱美人正是耀阳一直担心的妲己。激动的妲己若非是抱着孩子恐早已扑入耀阳怀中。

耀阳怜爱地点点头，走了过去，伸手揽住妲己母子，目光中充满怜爱，轻声道：“这几年辛苦你了！”

妲己含笑对怀中的秀气孩童，道：“天儿，这是你爹，快点叫爹。”

被唤作天儿的男孩灵活乌亮的双眸闪着奇异的目光，诧异地看了耀阳一眼，怯生生地道：“爹！”

天儿是个粉琢玉雕的小人儿，继承妲己的绝色外还多了份耀阳的威严气魄，特别是眉目间跟耀阳这个父亲几乎是一模一样。

三年不见，妲己却已经替他生养了这么一个可爱的儿子，初为人父的耀阳高兴的从妲己怀中将天儿抱起来，欣喜地笑道：“天儿，天儿……我耀阳终于有了儿子了，花子爷爷，你泉下有知，应该为耀阳高兴吧。”

耀阳这边是夫妻父子重逢的悲喜，那边的公子却看得大是气恼、嫉恨兼不耐，大声喝道：“小子，你是哪里来的，这里可是鲁城要地‘剑云居’，岂是尔等琐人可进？”

耀阳随意瞥了他一眼，说道：“在下是幽云公主请来的客人，怎么不能进来？倒是阁下，似乎看不得我夫妻团圆，不知是何居心？”

“擅入‘剑云居’，杀无赦！”那公子勃然大怒，随意找了个不是借口的借口，挥袖就是一道元能击出，直袭耀阳，其势凌厉。

“素不相识，为何出手如此狠毒？”耀阳理都没理，只是随意说了一句，袭击而来的元能却在近他身处突然消失无踪。对于耀阳而言，那什么公子的这点法道修为还不够跟他挠痒的。

公子骇然大惊，他怎么也没想到耀阳竟会有如此的修为，心中打鼓却又不肯相信，但是一眼瞥见旁边的妲己正一脸崇敬地望着耀阳，心中竟是硬生生多出一份恶胆，大喝了一声，抽出长剑，跃身而起一剑猛袭耀阳。

“不知好歹，给你个小小的教训！”耀阳见到此子不知死活，不由摇了摇头，略带厌恶地轻皱眉头，轻抬一手，弹指正中剑尖。

没有任何声响的，整把剑竟是化为金屑，飘洒在空中随风而逝，而那公子也闷哼一声，被震飞摔倒在地，半天起不来。他的一群手下不由大惊，忙将他扶了起来，好在耀阳虽然看不惯此人的行为，但是也不屑对他下重手，那公子只是被震得气血沸腾，一时头晕无力，并未受什么伤。

耀阳冷冷地瞥了他们一眼，喝道："还不快滚，小心我改变主意。"

那公子踉跄几步，盯了耀阳一眼，怒哼道："你好，你好，你等着……"说罢，他狼狈地带着手下扬长而去。

此时，一旁的一名女卫前来行了一礼，说道："多谢先生解围，敢问先生可是耀阳耀大将军?"

耀阳点头道："正是在下，公主约在下来此，不知公主在何处?"

那女卫见来人真是耀阳，更是尊敬，马上回答道："公主本是等待耀将军到来，但是刚才西岐有使者来此，公主因要去迎接使者，所以未能在此等候，还请耀将军见谅。"

耀阳微微一笑道："原来如此，公主的正事要紧!"心中却心思如电急转，他和几个势力的使者昨日来到，不见幽云出现，如今西岐使者来了，幽云却立即出迎，显然是出于政治原因。看来对于西岐和东鲁的结盟，神玄两宗可谓志在必得。

女卫又道："不过公主说了，请耀将军来此，多是为了能让妲己小姐跟耀将军相聚，所以公主在与不在并不是很重要。"

"多谢公主美意，耀阳承情。"耀阳对幽云照顾妲己还是比较感激，说着回头笑看妲己，妲己搂着儿子露出幸福的笑容。

耀阳走过去又问起那个公子的事情，原来那家伙是姜兴鲁的儿子姜成业，却没有姜兴鲁的本事，学了一点法道就整日游手好闲，吃喝嫖赌无一不沾，而且特别好色，鲁城中被他糟蹋的女子不知其数。而前些日子幽云带妲己回鲁城，不小心被那家伙看到，结果被他缠住。本来因为有幽云在，姜成业还不敢放肆，刚才趁着幽云出去，他就乘机想过来予以调戏，结果碰巧耀阳回来了。

耀阳了解到此事，便让那女卫代为感谢幽云，然后万分高兴的将妲己母子接回了驿馆。回到驿馆，小千和小风看到可爱的耀天，兴奋地逗起来，耀天满脸的不愿意，躲着他们，这样反而有意思，小千和小风饶有兴趣跟耀天打玩起来。

耀阳笑着制止两兄弟的玩闹，问他们城内的情况。小千和小风回报一切正常，各个使者都各居一处，他们也无一例外地派人四处探听消息。不过小千和小风还提出一点，城内有不属于各大势力的人在活动，好像那些人就深藏在城内，行动谨密得很，一身魔能修为也是了得，如果不是小千和小风两兄弟的天赋非常人可比，一时间还发现不了。

“城内？魔门高手？”耀阳微讶，沉思起来，就算是他也想不到这批人是哪里的？是魔门四族的还是蚩尤的人，抑或是陆压的？但是无论是哪一方的，都应该算是各方势力的人。

耀阳问清楚小千和小风，从那些人的行动中，的确可以看出他们绝非这几大势力的人。以他们的隐秘来说，也不必以此来掩饰。

耀阳想不通此事，但是能知道这些人的存在，对他还是很有利的，至少少了出现意外的可能性。

耀阳细思良久，便让小千跟踪那几人，小风则是继续探听各大势力的行动。

下午的时间，耀阳就陪着妲己母子，三年不见了，他们的确得好好聚聚。

倚弦回来后见到妲己母子，顿时为耀阳感到高兴，尤其当他抱起耀天仔细端详，听着稚嫩的童音叫自己叔叔的时候，他骤然间感到胸中热血上涌，那种血浓于水的亲情温暖充斥在心中，久久荡漾不去。

放下耀天，倚弦与耀阳聚在一起，也告知耀阳说是感觉有些不大对劲，城内似乎有什么足以威胁到他们的人隐藏着。这种感觉有些熟悉，又仿佛很陌生，甚至给他一种莫名的压力。

听到倚弦这样一说，耀阳立即想到小千和小风察觉到的那批不知名势力。

“蚩尤？”想到他，耀阳和倚弦都立即摇头，这个老家伙还在养伤，绝对不可能这么快出来，当然也不可能是卓长风，他手下多是妖宗高手，而魔门的东离族还在闻仲手中，他定然还是信不过，不会任以重用。陆压在朝歌理政都忙不过来，哪有时间亲自来此。

当耀阳和倚弦正思虑此事之时，外面有报，说是西岐使者来见耀阳。

耀阳和倚弦对视一眼，都是大惑，这西岐使者为何来找他们？等来人进了门，他们才恍然，原来西岐使者竟然就是金吒，如果撇开金吒西岐使者的身份，他们怎么说也是相处甚好的老朋友，金吒自然会来探望他们这两个三年不见的老朋友，这没有什么值得惊讶的。

倚弦还是不方便出面，便乘机出去，他是寻思着去找幽云。不管如何，他始终不可能避而不见幽云。

金吒进来以后，见到耀阳一阵欢喜，果然只是叙说旧情，闭口不提西岐之事。

不久小风回来，耀阳让小风保护妲己，自己便和金吒便出了驿馆去城中散步，说话间时间过得甚快。一段时间后，金吒便告辞回去，耀阳也自然回驿馆去了。

第一百四十六章　东鲁风云

还没回到驿馆，耀阳的灵神便感应到不妥，马上不顾惊世骇俗，风遁而起疾回驿馆。甫入驿馆，耀阳便见到令他血脉贲张之事。

只看那个姜成业不知何时居然混到驿馆之内，此时他端坐在高堂之上，手中还劫持着妲己，而小风抱着耀天在一旁愤恨地看着他，却是投鼠忌器，不敢有任何轻举妄动。

妲己被两个大汉架住动弹不得，玉容上有一个红色掌印，显是挨了一巴掌。

耀阳心中暴怒不已，如雷电般到了那姜成业身前，厉喝道："无耻小贼，赶快放人!"

姜成业先是被吓了一跳，但是见到耀阳不敢前行，恶胆一壮，又以剑指妲己粉颈，哼道："贱民，别过来！否则，休怪本公子心狠手辣，将这个不识好歹的美人儿杀了。"

耀阳睁目怒视："此乃东鲁都城，我亦是东鲁贵宾，你父侯乃至幽云仙子都不会容你如此胡来。"

姜成业犹豫一下，最后还是嚣张地扬头喝道："想这鲁城之内，本公子杀一人，谁能奈何得了我!"

耀阳看着妲己一脸凄然，胸中怒火滔天而起，冷声道："我再给你一个机会，快点放人!"

"这美人儿在我手上，还容得你说话。"姜成业大恼，反手给了妲己一巴掌。

耀阳勃然大怒，双眼精光如电爆射，厉叫道："小贼尔敢?"

只看此时的磅礴气势如涛扑散，惊得一干众人等心魂皆颤，姜成业更是心胆如裂，持剑的手不由一松。

此时，妲己突然纤手发光，微弱的元能激荡而起，震开身前两个汉子，然后飞身扑向耀阳。

姜成业哪想得到妲己这纤纤弱女子也能有这般能耐，急怒之下喝道："找死！"竟是一剑痛斩而下，毫不留情，完全是意欲取妲己性命。

耀阳也不料姜成业如此狠毒，不由睚眦俱裂，挥袖扑出一道元能霸气，猛如暴风骤雨扑向姜成业，在姜成业还没反应过来以前，五行归一的浩瀚元能就化成滔天巨浪将他完全吞没。

"劈啪！"

姜成业手中的长剑爆成碎片反向而激，尽数扎入姜成业的身体之中。

只闻得姜成业一声痛叫有如霹雳，全身鲜血淋淋，模样异常恐怖的他无力地摔在地上，身子滚了两圈便再也不动了。

妲己安然扑入耀阳怀中，回头看了一眼，却惊呼得闭目转首，埋在耀阳怀中，不忍目睹此样惨况。

"业儿！"驿馆外却是姜兴鲁的惊呼声，原来是闻讯赶来的姜兴鲁冲入驿馆之内。姜兴鲁抱起已经不成人样的姜成业，探手鼻息，发现他还有一口气在，只是此时已然痛得昏死过去而已。

耀阳现在毕竟对元能已是控制自如，暴怒之下重伤姜成业，但还是能把握不让姜成业被杀。但是他的一击岂是等闲可比，估计就算有神玄二宗的高手帮忙，姜成业想要完全恢复恐怕也是不易。

"犬子无知，做出无理之事，多谢耀将军教训！"姜兴鲁恨恨地盯了耀阳一眼，便急忙抱子寻医去了。姜兴鲁临走的一眼充满怨恨，完全没有之前的深沉。

耀阳只有苦笑，这个梁子算是结下了。看姜兴鲁痛惜儿子的模样，断然不可能轻易原谅伤害他儿子的"罪人"。而姜成业还是东伯侯姜涣楚的孙子，这下想让东鲁放弃出兵宋镇的可能性几乎接近于无。

这样的局面是耀阳没有想到也是最不愿见到的，但姜成业敢辱打妲己已触了耀阳的逆鳞，何况还想杀妲已，这是耀阳绝对无法忍受的，没杀他已是很给面子了。就算再来一次，耀阳恐怕还是会做出这样的反应。

妲已看到眼前的景况，低声道："对不起，都是我不好……"

耀阳怜惜地轻抚妲已还略有掌印的粉脸，说道："傻瓜，怎么能怪你，说来还是我没有好好照顾你们母子，才会发生这样的事情，妻子受辱，自是为夫的责任，所以应该是我向你道歉才对！"

小风终于舒了一口气，放下手中的耀天，却见耀天一脸的平静，似乎完全不受方才的事情影响一般，小风捧起耀天的小脸蛋，夸赞道："果然不愧是师父的儿子，小小年纪就有这处变不惊的能耐！"

此时，其余诸人全部离开，耀阳问小风为何会这样子。小风先是惶恐的自责，然后将事情说得清楚。原来在耀阳离开后不就，小风逗玩耀天，见他不乐意，便出去想买点小玩意逗他。谁知出去不久，听觉敏锐非常人可比的他便听到驿馆有异。但是他匆忙风遁而回已是慢了一步，只能抢回耀天。姜成业显然想不到小风有如此能耐，只能劫持妲已威胁，让他不敢轻动。

最倒霉算是姜成业了，刚想乘着耀阳不在，保护的人出去而偷偷劫出妲已，谁知小风有此等天赋听到他的动静及时赶到，而因此惹怒耀阳，被重伤至此。

看小风一副自责到死的模样，耀阳反而安慰了他几句。

轻轻施展元能替妲已消除脸上的掌印，耀阳惊讶地问她什么时候学的法术。妲已自然不会有丝毫隐瞒，告诉他，三年内幽云教了她一些自保的法术。只是妲已始终不喜此道，三年来没学得什么，只是对付没有修为的普通人还有点用处。

接下来，耀阳就要考虑怎么应付眼前的局面了，得罪东鲁除姜涣楚外最重要的人物，而同时也绝对惹到了姜涣楚，这种局面是他来之前所预料不到的。

倚弦寻路到了"剑云居"，立时感应到幽云单独在府院之内。

略作迟疑了一下，倚弦还是隐身风遁而入。

倚弦虽然隐藏身形，但是却没有隐藏体内元能运转，所以甫一入院，幽云立即察觉，刚要喝声，倚弦已然现身。

幽云看到倚弦，大为惊喜，一声“倚大哥”脱口而出。

倚弦含笑而应道：“多年不见，仙子一切可好。”

幽云看出倚弦神情中的淡然，于是平静地回复心境，说道：“还好，近几年算是平安，只是剑宗的事情很忙。”

倚弦知道幽云的立场，所以并不想在这个事情上纠缠不清，只是柔声道：“你多多注意自己的身体，莫要累坏了。”

幽云心中感动，颔首称是。

倚弦回想起以往，难免生出感叹，喟然道：“世事如风而逝，转眼间，我们已是相识数年了。”

幽云轻笑道：“你怎么突生感触？”

“经历的事情太多了，难免有些感触。”对倚弦而言，那数年前的事情就像是前世一般，非常真实却又虚幻，怎么会不深叹。而他们兄弟俩的人生转折点差不多就是跟幽云相遇那时开始。

幽云也感怀往事，两人相视默然，但是眼中却含有千言万语，从相识到相知，两人似乎没有什么刻骨铭心的感情经历，但是那份不需要直白的感觉本身便已是刻骨铭心。只是到了现在，那份感觉却似乎掺杂了一些杂质，那杂质就是两人现在的身份和立场。

倚弦没想过提起神玄两宗的立场让幽云为难，但是幽云却是迟疑一下说道：“倚大哥，现在我神玄两宗已经知道‘不周山’之事并非你们所为，你们的魔星身份，神玄两宗也暂不会追究了。”

倚弦微一错愕，他亦想过现在神玄两宗会否因为蚩尤的出现而转移目标，但此时听幽云说出来，还是难免有惊讶之色，问道：“神玄两宗不是非常在意我们魔星的身份吗？怎么会如此轻易放手。”

幽云说道：“你们魔星的身份虽然可怕，但毕竟是传说，到底是怎么回事谁都不清楚，就算是天尊等人也不能确定你们是否就是魔星身份。这次又有蚩尤这样的魔门人物出现，他的危险性已经完全压过你们了。他甚至能将不周山顶引爆。而且谁都没想到他竟能脱困而出，以他对四大法宗以及三界的了解，危害之大可想而知，相比你们起来，他更像是魔星。”

倚弦淡淡笑道：“神玄两宗能如此想，我也就放心了。”他如何不知神玄两宗对他跟耀阳始终都有着戒心，只是蚩尤的出现，神玄两宗的损失惨重，让他们无暇对付两人而已。

幽云幽深的眸光投在倚弦的脸上，犹豫一下，说道：“天尊和师尊还希望你跟耀将军能不计前嫌，为天下苍生和三界安定出一份力。”

倚弦心中暗叹，该来的始终逃不了，却是神色不变地问道：“不知天尊和老祖是何意思?”

幽云神色迷离，眼光离开倚弦，沉声道：“现在西岐姬发携轩辕黄帝之余威，崛起于天下，代暴虐的殷商而立，乃万民之福。天尊和师尊的意思都是希望耀将军能重归西岐，助姬发一统天下。”

倚弦心中苦笑，摇头道：“天尊和老祖太看得起我们，而这事情非同小可，恕我不能替耀阳做主。”他自然知道耀阳对姬发的印象差到了一定程度，而且不只是耀阳，连他从姬发让西岐破城之事中觉得此人太过阴险和不择手段，如他得到天下，非是天下百姓之幸。

幽云显然早已想好说辞，思量着说道：“其实倚大哥你应该知道现在耀将军并无很多选择。此时，耀将军新成立的曜扬军虽然连胜数战，看起来风光无限，但是光景并不好，却仍不成气候。”

倚弦讶道：“这话怎么讲?”

幽云娓娓说道：“大洪牧场南靠东鲁，东临淮夷，西近南域，北向朝歌，皆是实力雄厚难以撼者。淮夷或不会强攻曜扬军，却不可能跟曜扬军结盟，其他几方恐怕无不虎视眈眈，欲要一口吞掉曜扬军。曜扬军虽新得宋镇，却是百废待兴之局，短时间内根本难以兴起，反而会消耗财力。”

说到这里，幽云略一停顿，道：“而得了宋镇便已得罪我外公及整个东鲁，亦让外公有了进攻曜扬军的借口。东鲁若攻宋镇，其他几方断不可能为了曜扬军而跟东鲁为敌，反而会落井下石，乘机蚕食曜扬军。曜扬军就像是在夹缝中生存，实在是勉强。如今西岐和东鲁即将结盟，势力大增，天下少有敌手，你们何不顺势而为，为天下百姓谋福?”

倚弦亦知幽云所言不错，但是他实在难以相信姬发的为人，此时不好明说，只是道：“情况虽是糟糕，但是对我们两兄弟而言，从未经历过什么好形势，不管如何都对我们产生不了多大的影响。况且耀阳他有自己的意思，绝对不会因为环境恶劣而改变。”

幽云轻“嗯”了一声，再次看向倚弦道：“那你的想法呢?”

倚弦浅笑道：“不管耀阳他做什么，我这个做兄弟的都会支持到底!”

这个答案并没有出乎幽云的意料之外，幽云点了点头默然无语，这件事上面她亦是勉强不得倚弦。

两人接下来又聊了一会儿，尽量避免谈到双方的立场，虽然不能说相谈甚欢，但至少也不至于不欢而散。

夜，渐已来临。

幽云与倚弦两人一路漫步，说起这些年所发生的事情，两人逐渐谈兴正浓，似乎都知道如果此次一别之后，怕是会成为对手，所以谁也不舍得轻易将这个再见说出口来。

耀阳在为姜兴鲁的事情而头痛，因为他的错手或许可以说是蓄意下了重手，姜成业不死也得脱层皮，恐怕姜兴鲁不会因为他代为管教儿子而对他有什么好感。明日即是姜涣楚的寿诞，今日准备诸事甚多，而且金吒代西岐而来另有要事，晚上就也不再办洗尘宴。

入夜，小千和小风便将所知的情报全部汇报给耀阳。

东鲁集结兵力的速度甚快，粮草也差不多齐备，只差整合点将，若要出兵不日便行。现在鲁城内各方势力无不注视着来访的西岐使者金吒，谁都知道金吒来的最大目的是寻求西岐和东鲁的结盟。在无可奈何之下，各大势力均在等待东伯侯姜涣楚的回应。

而让耀阳皱眉的是，小千跟踪的一些魔门高手竟去探查了“剑云居”，还有一部分的人却是就在驿馆外，不知是在监视何人，不排除监视耀阳的可能。这批不知来历的人耀阳怎么也想不出他们应该是属于何方势力。

这批魔门高手可能会导致现在形势发生变数。

耀阳不知该喜还是该忧，此时东鲁出兵宋镇之势是越来越明显。而还能拖几日的原因恐也是西岐和东鲁是否结盟还未完全确定，一旦这件事情定下，东鲁必会出兵宋镇。本来在这种情况下，任凭耀阳怎么说，也难以说动姜兴鲁和姜涣楚，何况现在他又将东鲁的公子姜成业打伤。

耀阳很清楚他是无法阻止东鲁出兵，此时所能考虑思量的就是如何应付东鲁的大军。若是东鲁全力兵犯宋镇，耀阳就算联合白淮和奋镇也完全不可能顶住。毕竟东鲁也算是能将辈出，耀阳再厉害也无法消除兵力上的巨大差距，东鲁的能将绝对不会轻易让耀阳的计谋得逞。

然而，从另外一方面而言，东鲁出兵根本不可能全力以赴，周遭各大势力暗中猜忌窥视已不是一天两天的事情，东鲁不可能冒着老家被端的危险强攻宋镇。所以东鲁攻宋镇的兵力不能多也不能少，究竟确切的要派遣多少兵马就要看姜涣楚的意思。

夜逐渐深了，耀阳仔细思虑此事，突感一阵熟悉的魔能波动接近，他猛然双眼如电，赫然站身而起，风遁而出，落至庭院之中，沉声喝道："何方朋友来访?"

"老朋友，三年不见可好?"熟悉而陌生的笑声传入耀阳耳中，一条人影风遁而至。

月光下一人身袭白衫临风，轩然而立，那潇洒英气的姿态，耀阳甚是眼熟。

慕行云!

来人竟然是应该已经死在"不周山"的慕行云。这是耀阳做梦也想不到的，他心中无比奇怪：不周山"爆炸"，慕行云断不可能活下去才对啊?现在怎么会活生生地出现在自己的面前?

蚩尤、倚弦和自己没死，原因在于归元异能，但是慕行云活下来就不可思议了。耀阳可以确定的是慕行云决不可能汲取归元异能为己所用，如果是这么容易，那千百年前，蚩尤早就尽吸归元异能称霸三界，而九尾狐等辈也不必这么费尽心机反而落得便宜倚弦和耀阳兄弟俩了。

到底是为何慕行云居然还能生还？耀阳忍着心中的疑问，笑道："原来是慕兄啊，三年前还以为慕兄不在了呢，没想到现在还能看到你活蹦乱跳地出现在这里，实在是值得高兴。"

慕行云如何听不出耀阳话中的讽刺，却是一点也没有特殊反应，说道："能见耀阳兄如此健康自在，行云也甚感欣慰。"

耀阳将疑问沉在心底，重新坐下，顺便一挥手道："慕兄请坐，驿馆简陋，招待不周，还请慕兄见谅。"

"行云对这些并不在意，耀阳兄不必客气。"慕行云并没有坐下。

耀阳也不跟他废话，开门见山问道："慕兄此来不知有何要事？"

慕行云笑容盈然，伸手一指窗外，道："此时东鲁集兵数万，厉兵秣马，整兵点将，强压宋镇，你们曜扬军可谓危在旦夕，不知耀阳兄有何良策御敌？"

耀阳沉着道："兵无定势，耀阳自有手段，不劳慕兄费心。"

慕行云摇头道："此言差矣，你我乃是旧识，关心一下也是人之常情，耀阳兄千万不要误会！如果可能的话，行云甚至愿意助你一臂之力。"

耀阳微感错愕，心忖这慕行云怎么可能会有有这么好心，表面上还是不露声音，道："哦，不知慕兄有何见教？"

慕行云道："如无意外，东鲁出兵宋镇之事改变的可能性甚少，与其跟东鲁协商，不如迫得东鲁不得不放弃攻击宋镇之势。"

耀阳"嗯"了一声，沉静如常，没有表现任何异常。

慕行云继续道："你们曜扬军的处境很不好，在南域、朝歌和东鲁的夹缝下生存，就算东鲁暂时奈何不了你们，无论是南域还是朝歌也能威胁到你们。没人肯让你们安心发展一段时间的。"

耀阳淡然道："这个不过老生常谈，慕兄既然准备帮我一把，便不要卖关子了，不妨直接说出什么法子来，不必浪费大家时间。"

慕行云也不恼，微笑道："耀阳兄认为如何才能让东鲁自己被迫放弃呢？"

耀阳哂然道："如东鲁自顾不暇，自然得放弃攻击宋镇，慕兄以为是否？"

慕行云哈哈笑道："耀阳兄果然是睿智之人，一说即明。你想想如果此时天下纷乱，几大势力互相倾轧激战，东鲁可还有余力来对付虽然不强却极为难缠的你们呢？"

耀阳略有诧异地望向慕行云，问道："慕兄何出此言？此时各大势力都尽量保持平衡，不敢妄动。慕兄何以认为天下会大乱？难道你还能如当日一样，使出什么秘招不成?”

慕行云目光深沉地看了耀阳一眼，却很是自信地道：“行云既然能够说出这话，便是自有手段，这个你可以放心。”

耀阳疑道：“就算你能做到这点，耀阳也不得不奇怪，为何你要告诉我?”

慕行云沉声说道：“其实原因很简单，我想跟你合作而已。”

“跟我合作?”耀阳突然笑了起来，耸耸肩道，“没想到三年不见，慕兄倒是风趣了许多。慕兄认为我们真能好好的合作吗?”

慕行云说道：“为何不能合作，我们之间有什么深仇大恨，三年的时间了也该过去了吧？行云不认为这会成为我们合作的阻碍。”

耀阳也没有再表态，只是伸手向门外一指，道：“多谢慕兄提醒，此事还需从长计议。天色已晚，这驿馆非耀阳所有，恐怕难以招待慕兄了。”

见耀阳都下了逐客令，慕行云知道此事一时难成，也不想强留，微笑道：“行云提议，还是希望耀阳兄好好考虑一下，这对我们双方都没有坏处。闲话不多说，行云这就告辞。”

“不送。”耀阳只是微微点头示意。

慕行云一声轻笑，风遁而起，笑声未落，人已远去。

耀阳看着房外月色沉吟不语，无论是慕行云的出现还是他说的话，都让耀阳吃惊不已。究竟为何慕行云还没有死？为什么慕行云想跟他合作？慕行云如何断定天下必定大乱？

这些都是让人难以参透的难题。

其实他未必不能跟慕行云合作，但是耀阳清楚，刚才突见死而复生的慕行云让他大吃一惊，没有任何准备下，一时进退失据，他那时无论跟慕行云谈什么都难免有错，所以他坚决拒绝了慕行云的提议。

他需要安静下来好好考虑一下。

长吁一口气，耀阳仔细思索起来。慕行云的出现让他想到不少的事情，这鲁城内来历不明的魔门高手肯定是慕行云手下。而想到倚弦所言一统祝融氏的神秘人会否就是慕行云呢？想来外面也只有慕行云融合了祝蚺的绝学，也只有修行了《灭天魔典》的慕行云有此等能耐。祝融氏现在的宗主即使不是慕行云本人，也绝对跟他脱不了关系。

慕行云的出现真让人感到措手不及。耀阳甚至一时不知如何处理此事，如果说将慕行云的真实身份和一些背弃神玄两宗之事暴露，别人未必相信，因为真正见到慕行云露出本性来的除了蚩尤就是他们兄弟俩。蚩尤不说，他们兄弟跟慕行云有隙，说出来别人肯定会以为是耀阳想报复慕行云而已。

这鲁城内本来已经很麻烦，众势力牵扯不清，这个时候又出来个慕行云，事情是真的越来越难搞了。这么复杂的情况，却都集结在一点上，就是西岐和东鲁结盟之事。

一旦西岐和东鲁结盟，那什么事情都有可能发生。

不久之后，倚弦便回到驿馆，两人互相将知道的事情一一说出来，商讨一会，两人皆认为慕行云手上可能有什么底牌，否则不会这么肯定的跟耀阳摊牌。当然至于祝融氏的新任宗主，两人怎么都想不到除了他之外还有其他人？

耀阳想他明日在寿筵上就会见底。至于神玄两宗的态度，耀阳早已想到，这时当然也不会意外，而对于神玄两宗的要求，耀阳不必说倚弦也清楚得很。

第二日晚上，寿诞正式开宴。包括耀阳等一众使节客人，都早早赶到了东伯侯府，送上贺礼。耀阳带着小千和小风去得比较早，不少人还没到。姜兴鲁虽然愤恨耀阳伤其亲子，但是表面上还是客客气气的，只是明显疏远冷淡了很多。

金吒已经早一步到了，跟耀阳颔首示意，耀阳也是点头回礼。姜兴鲁跟金吒却甚是亲热客气，看这模样，恐怕西岐跟东鲁的联盟大有成功的希望。

而比干则是冷眼相视，这位一生守着殷商朝歌的老忠臣，自不会喜欢东鲁跟率先反商称王的西岐使者结交。此时，负责保护比干的黄天化也对耀阳微微点头示意，耀阳见是老朋友，忙拱手以礼，两人相视一笑，各自落座。

不久之后，一些使者纷纷到来，唯独不见南域使者虎遴奋。天色渐暗众人已经纷纷到齐，然而一直不见虎遴奋的踪影。

姜涣楚的寿筵就要开始，这种时候虎遴奋没道理不出现，如果真有什么要事也应该通知一下姜兴鲁才对。像现在不参加东伯侯寿筵这样没有什么礼数的蠢事岂是虎遴奋这样久经官场的人所会做的?

在众人的怀疑之中，以养病为借口不见众人的姜涣楚终于在两名伺婢的扶持下姗姗而出，看他发须灰白的脸上红光满面，恐怕就算有病也不可能很重。不过众人自然不可能加以责怪，姜涣楚之前就声明尽量在寿筵前恢复健康。

耀阳看姜涣楚还是以前那样，只是现在苍老了些而已。

姜涣楚坐下，便告罪道："各位不好意思，老夫抱病，累各位久候了。"

众人自然是称没事。

比干走前一步刚要套套以前的交情，突然闻得府外有声响传来，马上就有一传令兵匆匆进入府中。姜兴鲁大是皱眉，截住来人，喝道："慌慌张张的干什么?"

那传令兵立即轻声在姜兴鲁耳边说了几句话，姜兴鲁陡然色变。接着他挥手让那传令兵退下，又沉着脸在姜涣楚耳边说了几句话。

姜涣楚听了也霍然起身，脸有怒色，一拍桌子。众人皆不知何故，姜涣楚却是沉声向金吒道："李大人请随本侯一来相叙。"

在场众人听了，也顿时脸色大变，姜涣楚这个举动的意思表示什么。金吒是微有喜色，还算镇定，比干却是赫然色变，厉声道："姜涣楚，你可想清楚了，不要让你们东鲁数百年的忠义名声就此毁了。"

姜涣楚叹了口气道："比干大人，本侯知道您一生忠心为殷商朝歌，但是本侯亦是无奈。我儿惨死多年，已足以还这一生忠义。"说完摇摇头，竟是抛下这一干人等去后院了。

比干怒目而视道："姜涣楚，你步西岐逆贼的后尘，坏你东鲁百年忠义，定不容于天下，愧见你姜氏祖庙。"顿时也顾不得参加姜涣楚的寿筵，拂袖转身就气冲冲走了。

这个时候，小风轻声对耀阳道："师父，有个好消息，据闻南域大军进逼东鲁，看来东鲁已经无暇顾忌我们了。"

"哦?"耀阳一讶，立即知道为何姜涣楚会这么快的对西岐表明态度，南域骤然攻袭东鲁，姜涣楚此时自然比西岐更不想拖了。难怪虎遴奋没有出现在这个宴席上，想必是得知此事立即回南域去了，虽说东鲁有礼，但一旦遇此大事会不会拿他出气，那是谁也不知道的，他不走还等死不成。

不过耀阳心中大警，不知此事会不会是慕行云那家伙搞出来，如果真是他弄出来的，那更不能小看他。

经此一闹众人也少了吃喝的兴趣，不少人乘机告退。

东伯侯的寿筵不欢而散，耀阳也不必再为东鲁攻宋镇而费心了。

目的没达到，但是效果却是一样，东鲁此时不可能再耗费兵力去攻宋镇。耀阳自然不会再在东鲁浪费时间，当下便立即告退，带着妲己母子、小千和小风回宋镇去了。

倚弦去跟幽云道别后在城外跟耀阳会合。几人就此回了宋镇。

一直维持微妙平衡的人界形势终于因为南域攻击东鲁而被打破，而东鲁跟西岐的联手更是将这纷乱的趋势激化。

朝歌让宰相比干亲自出马，竟然不能令姜涣楚回心转意，不由大怒，当即派兵讨伐东鲁。西岐跟东鲁结盟后，便策应东鲁征讨朝歌和南域。朝歌和南域实力雄厚，西岐和东鲁也不可小觑，两个没结盟的跟两个结盟的打得不亦乐乎，一时也难分上下，倒是崇国还是没有动手，在一边看着热闹。

几大势力全部交战，唯一坐山观虎斗的崇国又离宋镇不知几千里远，暂时谁都不可能再出手去攻宋镇。

宋镇被袭的危机暂去，现在的问题就在于如何将曜扬军的实力大幅度提高，这绝对不是单纯的征兵就可以的，更加需要的是对曜扬军进行有效的训练。天下第一的飞虎军可不是靠数量出名的。

耀阳回到宋镇就开始整军，至于关于宋镇的管理事务，耀阳一一分摊下去，虽然没有像姜子牙此等能手，但是那些人各尽所长，各自接管一方面的事务还是没问题的。只是最后还要让耀阳再行过目，这还得耗费耀阳不少时间。

耀阳将大部分精力放在了整顿曜扬军之上，《龙虎六韬》记载的训练方法甚是有效。耀阳基于《龙虎六韬》的理论，询问苓城降兵以前西岐练军的办法，再亲自带队训练，最后整理出一套相对完备的训练方案。虽然这些训练想让曜扬军追上飞虎军甚至西岐军都还是非常困难，但是至少能应付其他几大势力的兵马。

陆续的招兵买马，最终令曜扬军的兵力达到二万五千左右后停止，如果这一支军队能训练出来，将会是耀阳手上不可小觑的实力。

虽然兵在精不在多，但是想跟其他几大势力抗衡，这些兵力还远远不够。只是现在整个牧场数百年积累也消耗得差不多，召集训练这二万五千余名将士无疑已是极限。若不能解决财源问题，别说再继续征兵，就是维持这一批兵马都有困难。

耀阳已经不止一次的在倚弦面前大吐苦水，说是为何四大法宗无论是谁都有这么多的财物，而拥有超人修为的他们却连支撑几万兵士的钱都没有？

倚弦白了他一眼，回答："我想再过个千把年，我们也能拥有这样的财富。"

耀阳叹了一声，没有反驳倚弦的话，他知道此言甚是正确。四大法宗各大势力能拥有人界所难比的财富，全部都是积年累月以不同方法得到的。耀阳现在若要不择手段也能获得常人难及的财富。不过那只是对于他一个人而言，像曜扬军这么大的消耗，即使如他这般能耐也不可能在短时间内获得足够的资金。

"现在该怎么办呢？叫我到什么地方去找这么大一笔资金？"耀阳愁眉苦脸的，没想到现在拥有了自己的势力兵马反而要为钱财而操心了。

倚弦摇头道："哪有这么好的事情，你还是不要白日做梦了。"

耀阳也知如此，叹了口气。

这个时候却是小千来报，说是婥婥秘密来见倚弦。耀阳顿时一脸坏笑地将倚弦推出去，说是不要让他的小情人等得久了。

耀阳正为自己到底去哪里搞钱而苦恼时，却见倚弦闯门而入。

耀阳大讶道：“你小子现在不是应该正跟你的小情人卿卿我我吗?”

倚弦挥手拍他一下，道：“你胡说什么？婥婥这次过来只是告诉我们一件麻烦的好事？她的寝宫时刻都有其他几族的人监视，她当然不能多待。”

“咦?”耀阳大是好奇，问道，“什么事又麻烦又是好事来着，还要劳动婥婥小姐亲自来通知你。”

倚弦沉声道：“我们现在最缺少的钱有着落了，只是想拿到这笔钱，却不容易。”

耀阳大喜道：“真有什么办法？不管容不容易，我们都要拿到这笔钱，就算这是婥婥小姐给你的嫁妆，也要了。”

倚弦气道：“你瞎说什么。婥婥刚才是告诉我，她听闻刑天族地内不只是有着魔门五族之秘，另外还有其他一些不少东西，也藏了不少金银异宝。只是对于现在的四大法宗而言，这一批让常人眼红的财宝已经不放在他们眼中，所以也从来没有谁提起过。”

耀阳眼中大亮，哼笑道：“这些财宝不放在这些财大气粗家伙的眼中，却正可以应我们的眼前之急。这刑天氏一向来都嚣张得很，而且他们这个族地形成于刑天猖狂三界之时，刑天氏一族肯定拥有无比的财富!”

倚弦冷静地考虑其中关键，半晌才道：“但是刑天氏的人为何会在这个时候有意无意的将消息泄露给婥婥?”

耀阳冷笑道：“他们这些家伙还能想什么，无非是为了据闻落在我们手中的‘梵一秘匙’。刑天族地是刑天所创，当刑天败亡后，进入之法便立即失传，刑天族地就成了无人能入的禁地，连刑天氏自己也没办法进入。而后来‘梵一秘匙’出世，就成为进入刑天族地的唯一希望。现在三界形势紧张，刑天氏可能非常希望我们将刑天族地打开，让刑天氏一族得到其中之秘，以跟神玄两宗对抗。”

倚弦赞同道：“我想也是。”

耀阳哼道：“不过，无论如何我们也不得不集笔资金，无疑刑天族地也是我们唯一的希望。刑天氏一族想利用我们，我们也可以利用他们。”

倚弦担心道：“刑天族地是魔门几大禁地之一，我们未必能轻易如愿，甚或神玄两宗亦会插手。”

“怕什么?”耀阳一拍桌案道，“连那么麻烦的伏羲武库都能被我们搞定，何况是一个小小的刑天族地。”

倚弦嗤道：“小小的刑天族地？你不想想刑天是什么角色？他布置的禁地岂可小觑?”

这才想起刑天是什么样的人物，耀阳愕然，不好意思地搔搔头道：“只是一时兴奋过头而已。”说着又皱起眉头来，思虑如何才能避免被刑天氏利用，又能顺利取得刑天族地的宝藏。

倚弦问道：“你准备怎么做?”

耀阳摊摊手道：“我能做什么？现在我们还是先将刑天族地找出来再说，虽然我们现在知道刑天族地，但想进入其中却未必容易。此时宋镇的事务也差不多安排完好，我想我们也可以跟素儿一起去找刑天族地。”

倚弦道：“我们去找刑天族地肯定会有不少麻烦，必须小心一点，才不至于为人所乘。”

耀阳点头道：“你说得不错，此次我们前去找刑天族地，定有四大法宗等辈衔尾跟踪。我们可以从中做点小小的手脚，让他们狗咬狗一嘴毛。哼，想利用我们打开刑天族地，门都没有。”

第一百四十七章　刑天族地

极北之地冰天雪地，有绵延无边的山脉，雾气如烟环绕，寒气逼人，但是奇怪的是这一片山脉中并非所有山峰都是白雪覆盖，尚有其他各种奇形怪状的山峰。

万仞高山不见峰顶，群峰或是白雪皑皑的积雪白顶，或是翠柏连片的朝气青峰，或是一毛不生的嶙峋怪崖，黑云白雾层层叠幢，不一而足。这一片山脉千奇百怪，迷雾重重，人入其中如坠雾中，实在难以辨清方向。想在这个环境中找到什么，难如登天。

刑天族地就在这无边无际的山脉之中，这个是三界众人都难知的，但是看着千百里山脉这茫茫一片迷雾，就算真知道刑天族地在此，也根本无从找起。

耀阳立于一高峰之顶，极目望去，不见云雾如涛，入云山峰遍目皆是，似是无穷无尽，叹道："如果我们不知刑天族地的确切位置，单只知刑天族地就在此处，我想就算我们耗尽精神在这里钻上个百八十年也找不出刑天族地。"

倚弦没有说话，只是默立风中，思感无限扩散，感受着这里的每一寸土地。

耀阳闲着没事却是一拳在地面上砸出一个石墩来，然后就看似悠闲地坐下来。闭目养神中，他至少感觉到周围四五处的元能波动，这些家伙盯得还真紧，从宋镇一直跟到此极北之地，他们难道不觉得累吗？

素儿也算是个法道高手，虽然一直察觉不到什么，但是凭着直觉亦能感觉其中有一点异样，不由担心道："奇怪，不知为何我始终有些感觉不妥。”

“很正常，至少有四五方的势力跟踪我们，你当然能感觉出异样。”耀阳没有睁眼，仿若是静坐入定一般，但是心中却思量着，怎么样才能让这些家伙自己先争斗起来？

“这怎么办？”素儿大骇，她一直来都难以感觉到什么，却不料耀阳早已知道有人跟踪。

耀阳轻声自语道：“刑天氏这次为了得到刑天族地之秘，可是将老本都下了，嘿嘿，老子就要让他们来个血本无归。想利用我们，你们还嫩着呢。”

“不要说大话了，你以为刑天氏等人这千百年是白活的？小心，通常自作聪明者都会作茧自缚。”倚弦不知何时已经收回思感，听到耀阳的话立即嗤之以鼻。

耀阳虎目泛出亮光，沉声道：“这事你不说，我都知道，四大法宗没有一个是易与之辈，不过我还是要让他们尝到吃瘪的味道。”

倚弦摇头道：“你就是这个永不服输的个性，不过也或许只有这样，才能给王奕大哥他们希望和信心。”

耀阳道：“不说这个，你找到刑天族地的位置了吗？”

倚弦微笑道：“或许已经找到了。”

耀阳忙道：“那还不去？”

三人顿展身法，风遁翱翔于虚空之中，在其中一个山峰之上旋转几周，身形突幻，竟骤然消失在迷雾之中。

他们身后一众跟踪者顿失他们的踪影，不由惊诧万分，正着急之时，又发现他们身形陡然下坠，立即大喜跟上。

倚弦耐心寻找着刑天族地。这刑天族地可比九离族的离垢城难找多了。

刑天氏族人如何进入族地倚弦不知，但是倚弦知道外人进入刑天族地就极为麻烦。对于外人而言，刑天族地的入口并非固定。

从元象口中所得，倚弦以思感找出微有魔能的山峰，然后在山峰之上环绕几圈，看到几次反射人影都会在一个地方微滞。

“就在这里，九沟十涧，至阴之地。”

倚弦率先沉身飞下，耀阳和素儿随后跟上。

冲破云层，倚弦陡然进入一纵横四方的深渊之中，黑森森不见底的沟涧似能勾人心魂，这周围一带是至阴绝地，正是因此才能引得反射人影受滞。倚弦没有任何停留，带着以耀阳和素儿两人直冲而下。

转眼便见底部跟平时地方相差不多的迷雾一片，隐见怪石林立。倚弦没停，却是用元能逼出一滴血来，挥手间，元能迫得血滴成雾。血雾转而渗入这一片迷雾之中，倚弦喝声道：“破天而立，刑以天地。”运出元能一指，只见暗红色光晕一闪。

而此时倚弦又蓦然冲天而起，转而绕过一山却向一看起来普通无奇的山壁撞去。就在触壁之时，却见山壁荡起一阵波纹，倚弦竟是冲入山壁之中，紧接着耀阳和素儿也跟着冲入。

三人进入山壁之后才发现眼前景色陡变，入目的是一片北原荒漠。寒风中青草傲然而立，而这劲风吹到三人脸上，就如钢铁砸落一般强猛，如非三人修为了得，就想在这样的大漠罡风中站稳也是不易。

就在这一片狂风荒漠之中，倚弦三人蓦地发现前方一无比雄伟的大殿矗立在寒风之中，这巨型大殿几乎覆盖不知几千丈方圆的草地，殿身底部坚实，稳如泰山，如亘古就盘踞在那里，扎根深在九幽，容不得任何人轻动。如惊涛骇浪的荒漠烈风更反衬出这大殿固若磐石。

“无与伦比的强悍魔能，果然不愧为魔门第一禁地。”看到这巨型大殿，倚弦第一句话就是如此感叹。这大殿所散发出的惊人魔能历经万千年竟然丝毫没有一点衰弱的迹象，到现在还能发出有如实质的魔能，这魔能形成的禁忌强过这尘世间的一切封印，恐怕就算伏羲、广成子和轩辕再世也难破此等禁封。刑天还真是够拽，即使被盘古击灭，也能留下这让人万千年之后仍惊叹不已的奇物。如果没有“梵一秘匙”的出现，或许这将成为永久之谜。

素儿环顾四周，讶道：“这里不是刑天族地吗？怎么没有刑天族人？”

耀阳回答道：“这个不值得奇怪，当年刑天对抗盘古等人之时，还没有什么魔门五族，刑天族地的形成完全跟魔门其他各族族地不一样，它是刑天亲自督建，自是跟后来各自兴建的魔门各大族地不同。其他族地有大批族人，刑天族地就不一定。说到底，刑天族地最大的秘密就是在于刑天究竟留下了什么东西。”

倚弦亦道：“小阳的话有几分道理，除非刑天氏另有办法不受此约束，否则就看这荒漠的烈风，有多少人能完全不受影响？”

耀阳沉吟道：“不过警戒着点还是好的，刑天氏敢引我们入他们族地，显然是有足够的布置。说不定他们现在这样子就是想诱我们入套。刑天氏定然不会有这么好相与。”

倚弦点头沉声道：“现在我们在明，敌人在暗，大家要小心行事。”

耀阳的嘴角挂出一丝冷笑：“很快我就会让那些家伙自己忍不住蹦出来，对了，我们先去看看这个刑天留下的东西到底有多强？”

三人立即风遁向那大殿急行而去。

眼见这大殿就在眼前，但三人甚久之后才赶到，当他们站在大殿门口的时候，才知道之前的确是小看了这个大殿的规模。

这大殿竟高达数百丈，两边巨石叠成的围墙看起来向左右延伸远到天际，至少是丈余见方的巨石都雕成各种千奇百怪的凶兽模样。而无数的凶兽连成一片竟成万兽奔腾于天地之间的画面，其所表现之气势直欲吞噬天地万物。

约十人合抱的巨大石柱以每百丈的间距林立在大殿之顶，似要顶天而立，没有其他特别的装饰，就只这无数的石柱就有撑天压地的强势。

而三人面前的大门亦是两扇厚实无比的石门，至少高达十丈宽十五六丈，石门上没有任何雕饰，甚至没有石环手之类的，完全平滑如镜。

石门上的四个巨大的奇形雕刻，耀阳和倚弦还不明所以，但是对此甚有研究的素儿竟蓦然骇道：“四个‘仓硕第一字’？”

耀阳和倚弦都不由骇惊莫名，他们虽然不认识这几个字，却也听说过“仓硕第一字”之谜，据闻跟刑天、伏羲同辈的仓硕苦思千万年终于悟得第一批字，之后才衍生了后世的万千字体。而传闻仓硕首次悟出的那一批字都是描述天地极变之字，被称为“仓硕第一字”，而至今，经过千万年转变，所有的字都大是变化，这“仓硕第一字”已经没有多少人认识了。

而如今这大殿上的四个字竟然就是“仓硕第一字”，就如耀阳和倚弦也不由惊骇失声。

耀阳不由问道：“那四个‘仓硕第一字’是什么意思？”

素儿摇头道：“我虽知道这四个字型是‘仓硕第一字’的字型，但不知道它们的意思。”

倚弦淡淡道：“我虽然不认识‘仓硕第一字’，但是如果我所知不错的，这四个字其实是很简单的，那就是‘刑天禁殿’。因为元象当时告诉我，‘刑天族地’内唯一的大殿便是拥有三界无匹封印魔能的‘刑天禁殿’。”

无论是耀阳还是倚弦他们都能感觉到这大殿之中蕴含着足能毁天灭地的魔能，在这封印魔能的护持下，根本无人能破入大殿之中。

这大殿也毫无疑问就是他们要找的“刑天禁殿”。

“既然‘仓硕第一字’描述的都是天地极变的字，那‘刑天禁殿’岂非就是关系到天地极变，除非‘仓硕第一字’中刚好分别有这四个字，刑天只是随意以‘仓硕第一字’取名。不过这个可能性不大。”倚弦深锁眉心，样子甚是烦恼。

耀阳一拍他的肩膀道：“我们成才后到现在，哪次不是天地极变之事，别理会这个。反正到底是怎么回事，现在已经是谁都不知道了。”

倚弦也知道没时间去考虑这些问题，回头问耀阳道：“你说现在该怎么办？”

耀阳回头四顾，见四周除了寒风呼啸外再无一点动静，嘴角勾起一丝冷笑道：“好安静，好像都没人了？看起来都是在等待我们打开这‘刑天族地’之秘。我们岂能让这些辛苦了几天几夜的家伙失望呢？小倚，你说对不？”

倚弦没有意见，摊摊手道：“你怎么说就怎么做吧？要阴谋诡计我可不如你。”

耀阳哈哈以一笑，道：“这样就好，现在我们就要揭开魔门五族千万年来最大的秘密了，希望不会让我们失望，素儿小姐，就麻烦你了，请启动‘梵一秘匙’。”

素儿点头不语，缓缓伸出一双玉臂，不见一丝元能波动，她整个人竟随着寒风而起。寒风让素儿长发激荡如飞雨飘絮，素儿闭上俏目，十指变幻做出各种姿势，随着玉指闪动，隐有金光闪烁，逐渐越来越闪亮，最后形成一道金色光环闪耀在最终保持的兰花指之上。

双手轻轻合起，十指再次变化，再次相抵，原来的一道金色光环化散布于素儿玉体的每一处角落。

就在此时，骤然仿佛一切都静止下来了，寒风依然在狂呼怒作，却丝毫影响不到素儿，而荒漠狂风的疾动更反衬出素儿之静。长发静静垂下，衣裙一纹不动，素儿的俏目却是突然一睁，只见金光飞旋仿若金色飘带一般环绕她的身体急转，双手再展，金光爆碎如雨洒开。

“叱！”素儿厉喝出声，双手飞旋，金光重聚猛然汇入她的体内。

遽然整个荒漠天地竟被金光亮彻，素儿身上金光更是如有实体。

三界奇物“梵一秘匙”终于现世！

自从“梵一秘匙”出现以来，就没有多少人见过这三界奇物，只知其能破解三界中任何的封印禁制，若得此宝物，只要修为足够，那三界之中将无处是其所不能入者。从某些方面而言，“梵一秘匙”甚至能跟轩辕剑和龙刃诛神相提并论。

千古来猜测“梵一秘匙”到底是何模样的人实在不少，但无不是自以为是的想法。

没人想得到“梵一秘匙”竟然会是一个人。

金光绕着素儿狂旋，最终连成一片。素儿再一轻叱，金光尽数洒在“刑天禁殿”这巨型石门上，顿时见得“刑天禁殿”一颤，震得整个荒漠也为之颤抖不已。

巨震的雷鸣声几乎将所有人的耳膜尽数刺破，即使如耀阳和倚弦此等修为的也不由捂起双耳，以避免为震声所伤。

紧接着整个“刑天禁殿”发出暗青色的光芒，青光颤抖竟似被魔能所激，这青光最终集结在巨型石门之上，却是顶住来自素儿身上发出的金光。

青光强顶金光，不让它侵入，青光蕴含的魔能庞大到无与伦比的地步，但是金光却没有跟它正面抗衡，而是化整为零，逐渐破碎成金色粉末，却是一点点地渗入青光之中，金光越细，青光就越难抵挡。

金光渗入青光后就跟青光混成一体，再难分离。

青光不忿被金光渗入，努力抗拒，但是金光已经跟它纠缠成一体，又如何分得开。

浑身散发着金光闪烁的素儿，右手双指一点，轻呼道："梵光如道，三界为一，开!"

随着素儿的呼声，只闻得那石门发出轰隆巨响，逐渐移动，露出了"刑天禁殿"深藏万千年的本来面目来。

"轰"一声巨响，石门完全打开，尘埃落定，而那石门上的青光也消散无踪，传闻万千年的"刑天族地"之秘终于大现于天下!

而同时，三人身后陡起风声如雷，却是数十人从他们后面扑来。

"让你们进去吧。"耀阳没有跟他们争抢，倚弦只是纵身将力尽而虚的素儿接住。无论是耀阳还是倚弦都知道一点，这有史以来最大魔头刑天所督建的"刑天禁殿"绝对不容易进去。

果然，只听一声震响，数十人影被抛了出来，十来人勉强落地站定，另有二十余人竟是喷血不止，或死或伤倒地不起。而这时耀阳和倚弦早就躲到一边。

"吼!"怒吼声如雷暴响，只见一条庞大的黑影从"刑天禁殿"冲了出来，尚能自持的十余人顿时惊骇急退，那黑影结结实实地砸在地上，只震得大地剧颤，摔在地上难起的人不管死活竟然全部被震得全身爆血，元能涣散，而那黑影再一大吼，竟张开血盆大口，将元能尽数吸入吞食。

黑影吞食元能后似是满意地打了声饱嗝，却用长长的尾巴扇了一下耳朵。众人终于看清楚这黑影的长相，那是一只身长十余丈的虎型怪物，只是浑身皮毛是五彩斑斓的，那条粗大无比的尾巴比它的身体还长。

"圣兽刍吾!"有人惊呼道，无人不骇然大惊，谁都知道圣兽刍吾的厉害，万千年前，刍吾肆虐山野，以其御风之速，一众法道高手竟然无一能阻，后刑天横空出世，竟将之降伏以为坐骑，称之为圣兽刍吾。从此刑天一战出名，天地无人不知。

后刑天对抗盘古之际，世不见刍吾，皆不知这圣兽的去处，却不料它竟然在“刑天禁殿”中。

刍吾虽强，在万千年前也不是当世真正强手之对手，但它现在历经万千年蛰伏，即使是兽，也断会修为大增，更加强猛无匹，就见刚才它出来之势，就可见三界之中没有几人能跟它对抗。

刚才在刍吾强击下余生的十余人哪想得到，这“刑天禁殿”之中竟会有此等巨兽守护，只有耀阳和倚弦清楚，既然“伏羲武库”有守库神兽，那“刑天禁殿”当然也不例外。

不过刑天显然不是伏羲，三界四宗没有一人认为刑天善良，他留下的圣兽刍吾也绝对不可能是良善之辈，此时目露凶光顶住前面十多人，猛地狂吼一声扑了上去。

十余人骇然疾逃，但是论速度谁能及刍吾？刍吾巨尾一甩便将一人砸成涅沫，爆散的元能也自然被刍吾当成美味甜食吞食干净。

刍吾接着又一口将一人咬死，此次是连人带元能一起吞入肚中，然后还吐了口气。

剩余十人知道逃不了，只有合力展出法宝，齐齐向刍吾招呼过去。可是相对他们而言，刍吾实在是过于强悍，只听它猛地一声爆吼，竟只凭吼声，将来袭法宝尽数震飞。

那十人顿时面如死灰，只感觉死亡的恐惧由心底而起。刍吾却不管他们，毫不留情，纵扑横扫，又吞杀了两人。

刍吾还要继续肆杀，猛然一声如雷怒叱响起：“孽畜，竟敢如此伤害人命。”喝声间，一人飞跃而至，一剑就直击刍吾，剑携风雷呼啸之声，剑光变幻若万千神光集聚。

刍吾通灵，也知这一剑之强，但是它仍是一甩巨尾鞭在来剑上，将来人击飞，却没追上去，而是跃身退回“刑天禁殿”的石门前，虎视眈眈地看着来人。

远处的耀阳和倚弦赫然看清来人，那人落地后持剑傲立，竟是蜀山剑宗的得意弟子桓冲。看其刚才击向刍吾一剑，便知这几年来修为精进不少。

而让刍吾警然后退的并不是桓冲，而是跟着而入“刑天族地”的一些人。

随桓冲来到的，四大法宗都有人，这些人皆是纵横三界的高手。撇开桓冲不说，神玄两宗还有广法天尊率杨戬、亢金龙等人赶到，实力雄厚。而魔妖两宗也不肯轻放这“刑天族地”之秘，除了本来应该守在族地的刑天氏、族内外形势不好的防风氏和近来神秘不见人影的卓长风没出现外，其他各族诸人基本上能来的都带着不少人手来了。祝融氏是几个长老带着一干精英，他们的神秘宗主没有出现。而就任共工氏宗主之位的淳于淼此时成熟了不少，率族人冷眼旁观，没有说话。

杨戬和亢金龙等人向耀阳几人或是打声招呼或是点头示意，杨戬算是他们的朋友，亢金龙等人也不算陌生，广法天尊却是拉不下脸来，只是淡然看了看耀阳。心高气傲的桓冲却是理都没理耀阳几人，他心中一直对倚弦耿耿于怀，神玄两宗想跟耀阳和倚弦重归于好，他是坚决反对的。

众人对这刑天氏圣兽刍吾心有悸然，却又都相互戒备着，毕竟现在三界形势并不算明朗，谁敢对其他人放心，而且就算形势明朗，也只会加剧相互之间的戒心。三界四宗的混战将是无可避免，这点谁都知道。

只是现在面对刑天的坐骑这等无与伦比的凶兽，谁都不敢大意，为了“刑天禁殿”中的秘密，他们此时绝对不会贸然相互攻击。

这时耀阳却拍掌走过来道：“呀，好热闹啊，今日大家真是有幸相聚，只是好奇怪，为何大家刚好都在这个时候出现在这里呢？我还以为能进这里就只有我们呢，原来各位也有如此神通，嘿嘿，真是厉害。”

耀阳一脸笑着，讽刺味道十足，稍微脸嫩者即闹了个面红耳赤，至于几个老狐狸当然不会因此而感到尴尬，或是跟耀阳打声招呼，或是冷笑一声，没有理会。

耀阳环首四顾，突然惊讶道：“耶，这里不是刑天族地吗？怎么不见刑天氏出来？不会是他们知道这里有刍吾守着，所以才不肯出来吧？”

九尾狐媚眼一抛，却是配合耀阳的话道：“很有可能啊，本宫以为刑天氏怎么这么好相与了，原来是另有目的。”她现在是唯恐天下不乱。

谁都知道耀阳的目的只是想将刑天氏拖下水，但是耀阳的话却也的确在情在理，这里怎么说也是刑天氏的老窝，他们没道理不出现，除非是真有什么阴谋。

“小狐狸，你别瞎说。”一声喝斥，刑天灭带着刑天放及一众高手亦出现在刑天族地。

“哈哈，刑天宗主来得可真是及时啊。”耀阳还是满脸嘲讽之色。刑天灭等人在这个时候出现，不可能是凑巧。

刑天灭怒哼一声，盯了耀阳一眼，心中愤恨得很，就是耀阳这家伙自己想来找刑天族地不说，还在三界四处宣扬，害得他们一时应付不及，手忙脚乱。本来想乘机坐山观虎斗，但是又被耀阳说破，不得不现身出来，心中恼怒可想而知。

刑天放此时冷冷发言：“耀将军真是一个好心人啊，自己找到我刑天氏的族地不说，还约了这么多高手，是不是嫌我们刑天氏太次，想代我们刑天氏而起?”

耀阳摊摊手摇头叹道：“好东西当然是大家一起来了，耀阳知道贵族可是一直想知道自己的族地之秘，认识这么多年，我没什么礼物可送，只有替贵族将这个刑天族地之秘打开，绝对没有代贵族而取之意。因为耀阳觉得这么大的事情，当然要让大家都知道了，只是没想到大家对这件事都这么感兴趣，竟然一起来了，真是热闹。如果贵族不肯领情，那我也没办法，只能怪耀阳疏忽。”

耀阳这话近似无赖，但是刑天氏一族偏奈何不了他。在场一干人也知耀阳脾性，倒也没有一点奇怪。

刑天氏一族以往对耀阳兄弟动手尚且不得不顾忌他们那一身不俗的修为，此时更加不会不顾一切地对付他们。

刑天灭终是冷哼一声，厉芒扫过耀阳三人道：“多谢你们打开了我族地之秘，你们的作用还是挺大的。”言下之意就是现在是没作用了。

耀阳哈哈笑道：“刑天宗主也不用谢我，说实话，我耀阳也想看看这名扬三界的刑天族地之秘究竟是怎么回事?”

刑天放喝道："此乃我刑天氏族地，为我们刑天氏私有，岂容外人觊觎？耀将军，请恕此事我们不能答应与你。"

耀阳愕然道："这倒奇怪了，为何你们刑天氏族地之秘，你们自己却是万千年不得打开，反而要我们这几个外人替你们打开？"

四大法宗各族派中也就只有刑天氏的族地之秘是谁都难进的禁地，本来这是威慑三界的刑天所构建的，刑天氏自己也搞不定亦不觉丢脸，但是现在耀阳以这种口气当众提出，刑天氏族人不赧颜也难。

"你……"就算睿智如刑天放也难在短时间内做出有力的反驳。

"吼……"此时一阵巨吼声又传入众人耳中，却是那刍吾见被众人撇在一边不理，不由心里恼怒，仰天怒吼起来。不过毕竟是活了万千年的通灵之兽，知道眼前这批人不像刚才那些家伙可以被他轻易解决，所以一时也不愿扑上来受到围攻。

刍吾的这声怒吼提醒了众人，现在刍吾才是真正的主角。

耀阳指指刍吾，做无奈状，说道："刑天宗主，这不好办啊，这个畜生可是你们先祖刑天的坐骑，现在却挡了大家前进的路，这该怎么办呢？"

广法天尊身为玄宗老一辈高手，对此刑天之事由来戒惧，此时立即厉喝道："刑天余孽，但杀不赦。"

刑天灭怒喝道："广法，你嚣张什么？你们神玄两宗就知道杀，还自认什么悲天悯人？"说起来整个刑天氏一族那不正是真真正正的刑天余孽？刑天灭哪会不怒。

原本脾气不差的广法天尊因女娲娘娘和元始天尊等人之事对魔门已是恨之入骨，当然不会对刑天灭客气，冷哼道："别急，刑天贼子，迟早你们会受到天罚。"

刑天氏大呼道："广法老贼，你找死不成？"

雪赤极对于他们之间的争夺，显然丝毫不感兴趣，喝道："你们有完没完？谁有本事将这刍吾搞定再得意也不迟。"

以雪赤极的身份，哪有资格对他们两人如此说话？不过无论是广法天尊还是刑天灭都没心思叱他。毕竟这个刍吾是谁都难以单独对付的，现在的确不是算旧账新恨的时候。

耀阳和倚弦看着眼前一批人，感觉有点好笑，无疑这里各方之间，几乎都是对立的形势。如果没有刍吾出现，大家很可能马上打成一团，但现在反而不敢轻易动手，专心想着如何对付刍吾。

刑天氏、祝融氏和共工氏的人已经集合一处，不管他们之间是否钩心斗角，但是几族的联合协约还是有点用处的。现在形势相较，他们当然会联手一起。

当下的形势便是神玄两宗一方，刑天氏等魔门几族联合抗衡，妖宗九尾狐仅能自保，雪赤极也难起风浪。耀阳、倚弦和素儿亦只有三人，但是以耀阳和倚弦的修为，就算是广法天尊也难言必胜。

刍吾等得不耐烦了，骤然暴呼一声，巨尾闪出就砸在地上，只闻得一阵霹雳巨响，大地狂震，地面上断裂成一道道巨大裂痕，强猛无比的冲击力从裂缝中狂冲而出，威力无匹。

没人敢小觑这一击，包括广法天尊等人都骇然纵身躲闪，这刍吾的巨尾之悍实在让人惊异非常。只有耀阳不信邪，大呼一声，硬生生一拳击下，金光狂闪而起，竟然真的将周围的强力冲击给震了下去。

不过耀阳也受了点苦，被那股冲击力震得气血沸腾，整个胳膊发麻震颤，微呼道："这个畜生，真的厉害。"

倚弦睨了他一眼，哂道："谁让你自己逞强，你不见广法天尊都要避开吗？你以为刑天为何会放自己的坐骑在此守殿？"

耀阳撇撇嘴道："我就是想看看这个刑天留下来的东西到底有多强。"

在场诸人无一不是在事隔三年之后，首次亲眼目睹耀阳的实力，不由骇然失色，要知那刍吾一尾击地之威绝对是真正强悍，在场没有几人敢像耀阳这样硬接。

没人想得到不过三年的时间耀阳的修为竟然能增长到这等地步。各人心中忌惮万分，又得重新估量耀阳和倚弦的能力。

刑天放、淳于淼和桓冲等年轻一辈的高手更觉不甘心，他们在这三年中得到族内耗尽积累的尽心培养而至修为大进，本来以为已经赶上甚至超越了耀阳和倚弦这两人，今日一见耀阳随意一击，便很明白他们又被耀阳落了一段不小的距离。

耀阳和倚弦亦是吃惊不小，耀阳的修为三界之中找不出几个对手来，却不料竟被刍吾的一尾击地之力震退数步，由此可见这刑天留下来的坐骑是真的不可小觑。想起来耀阳和倚弦更是心惊，单是刑天的坐骑就有如此强悍，可以想象当年刑天能一统魔妖跟盘古对抗，并非侥幸。

不过，没容得诸人有太多的想法，刍吾见有人敢跟它对击，不由勃然大怒，猛地张嘴就是暴吼一声，而随着这声暴吼，一道狂猛无比的魔能铺天盖地的向耀阳扑去。

耀阳怒喝，就是不肯避闪，伸手祭出金龙缭绕的轩辕剑，雷霆斩出。

“砰！”巨响如天崩地裂，金光爆碎飞射，耀阳一剑之威，震得身形庞大无比的刍吾连退三步。耀阳更惨，整个人顿时飞了出去，飞出十余丈外，狼狈的摔在地上，连打几个滚。

素儿甚是担心，不过倚弦拍她肩膀道：“你别为他担心，虽然这只刍吾的确厉害，但刚才一击还不至于让耀阳受到重伤。”

果然，耀阳稳住身体，灰头灰脑地起来，一手擦去嘴角的血丝，又松松筋骨，郁闷地道：“这个畜生，居然搞得我这么狼狈。”

其余的人目瞪口呆地看着耀阳，谁都想不到耀阳这么乱来，跟刍吾这样的怪物对上。

刍吾占了上风，大为得意，吼声连连。将身上尘土拍去后，耀阳大恼道：“你这畜生嚣张什么，等会儿拿你皮做虎皮裘。”不过暂时耀阳显然不愿再跟它单干，这样太亏了，刍吾的实力明显强过他不少，而旁边虎视眈眈、不怀好意的家伙可也是不少。

无论是刍吾还是耀阳的实力都让众人心中震撼，刍吾再厉害也只是一只畜生，只守在刑天的族地之内，并不能威胁到这里各大势力的人。但是耀阳的实力被再次证明，这就令得在场诸人不得不担心了，广法天尊甚至还想到现在耀阳这等实力作为魔星的话，分量可比以前足多了。

“这个怪物不是我所能对付的，还是交给各位搞定吧。”收了轩辕剑的耀阳拍拍手，跟倚弦和素儿退到一边，做个不愿插手的手势。

刍吾显是最重看守这“刑天禁殿”，没有追击唯一敢跟它正面对抗的耀阳，而是选择紧守入殿石门，不让任何人有偷入的机会。

众人面面相觑，一时都不知道如何是好，刚才刍吾跟手持轩辕剑的耀阳一击，完全可以看出刍吾的实力真是可怖。

当然这里一群人涌上的话，刍吾定阻挡不了他们，问题是钩心斗角的这些人绝对没有可能很好的联手。

还是广法天尊正大光明，自不会做坐山观虎斗这等事情，亦是自持修为，十指幻化，幻出白光如环，环中分两极呈阴阳状，光环陡然发散猛化日月之形，发出惊天白光，携带万千异能，向刍吾挥斩过去。

但是刍吾屹然不惧，仰天怒吼，全身皮毛针立而起，虎目狂瞪之时，伸起巨爪就是一击。白光闪华而散，广法天尊的强击也被悍然震碎。

广法天尊没有放弃，再次怒喝，发须皆是张扬飞射，玄能集结而起于结指，白光几乎将他全身覆盖。广法天尊几个手势，挥洒出白光如华，刍吾尚不明其妙，它的身遭周围顿时出现一白色阴阳太极状光芒，将它缚起。

刍吾一惊，怒吼连连，但是广法天尊这一手累积数千年的修为，威力岂是等闲可比，刍吾虽强也难在短时间内将之挣脱。刍吾大怒，聚起全身魔能意欲挣开白光束缚，白光暴涨，似乎竟能将白光崩裂。

广法天尊早有准备，哪会让它如意挣脱，喝出一声，双手挥斩而下，日月各形的白光锋刃尽展而出，不需要瞄准，所有锋刃全部被刍吾身上的白光所吸引，尽数招呼过去。亢金龙等人立即配合广法天尊的攻势，各出法宝强击刍吾。

而刑天灭等人也不会放过这个机会，虽然相互忌惮，留着神器法宝傍身，但还是元能尽出，一时间，各种元能向刍吾强势压去，如万丈瀑布灭顶一般如潮冲击。

“轰隆……”暴响如雷不断，各种色彩光芒集结成辉，让在场众人皆刺眼难视，刍吾承受如此强击，吼声震天，肆虐着众人耳膜。

这等攻击几乎可以说是能让人真正的遭遇灭顶之灾，不过刍吾不是人，万千年蛰伏在此，再不济也积累了一身的精钢铁皮，众人的狂轰滥炸尽数倾于刍吾身上，刍吾竟然还能挣扎怒吼。

不过一干人等倾力强攻，威力强悍无匹，刍吾的声音是越来越小，不消半晌，便已不闻它的吼声。众人还不肯休，各施绝学，尽情向刍吾招呼而去。一时间“刑天禁殿”之前，各色光芒爆射，爆声裂耳，仿若天崩地裂一般，荒漠大地亦已多了无数的巨大裂隙。

远处的耀阳和倚弦没有在意这壮观的场面，却注意到，在此等情况下，那“刑天禁殿”竟然是纹丝不动，就像那狂猛爆炸离它有千百万里远一样。耀阳和倚弦骇然相视，都知道了这“刑天禁殿”的厉害。

这等威力下，恐怕就算是鼎盛时期的蚩尤和元始天尊也难保完身。但是没等众人得意多久，突然更响的吼声震起，击在刍吾身上的元能尽数反射而回。在场众人脸色倏地全部大变，慌忙惊骇飞窜闪避，配合他们身边急驰而过的元能反击，看起来就像是油锅爆炸。

刍吾浑身伤痕累累，皮肉是伤了不少，但是丝毫没有伤到筋骨，因为受到广法天尊蓄力形成的白光束缚难以动弹，而至遭受如此狂猛的攻击，此时的它暴怒无比。刚挣脱身上的白光束缚，刍吾就是一爪生生击在地上，就如九天惊雷怒炸而下。

“轰！”飞石像是火山爆发一般爆散开来，众人却感觉无匹压力如泰山压顶由上而下迫来，似乎要将众人尽数压入九幽之地。修为稍差者，就算顶住了那强大的压力，也被蕴含强劲力道的飞石砸伤。

而同时，刍吾再加上甩尾一鞭，惊人风刃成片飞射而出，毫不给众人一个可以喘气的机会。这些风刃强劲之甚，强如广法天尊亦不敢硬接，只能闪身躲避。

除却刑天灭等人的修为强悍外，其他诸人在承受压力之余，匆忙躲避风刃，样子极是狼狈，有几人还被风刃伤到，幸好在场诸人都是各族各宗的翘楚高手，在如此强击下，还能勉强自保。

“这畜生，刚才跟我一拼，居然不用全力，摆明了是看不起我吗？”耀阳看到刍吾的实力，心中大是不忿。

倚弦横睨他一眼道：“你应该庆幸，否则刚才它全力一击，你不粉身碎骨，也至少是重伤难治。”

耀阳狠狠地盯了刍吾一眼，低声道：“你这畜生够嚣张！”

素儿初见如此强势的交战，一时目瞪口呆说不出话来，她现在肯定凭自己的修为在真正的高手面前根本算不了什么。

无论是广法天尊还是刑天灭等人都是骇然急退，离得刍吾远远的，心中惊异莫定。这样的攻击下，刍吾竟然还能做出如此强劲的还击，可见，如果不出神器法宝，恐怕根本对付不了这个活了万千年的刑天坐骑。但是一旦他们全力使出神器法宝，谁都不敢保证没有人乘机偷袭他们。对魔妖两宗而言，就是一向声誉显著的广法天尊也不可信，神玄两宗天生就跟魔妖两宗对立的。没有神器傍身还全力而为，一旦有人偷袭他们根本挡不住。

刍吾还是恼怒非常，但看到众人退得老远，它也没有追上去，只是虎视眈眈地盯着诸人。虽经过万千年，它也不敢忘了自己最后的职责。

“各位认为怎么办?”耀阳伸伸懒腰，懒洋洋地道。

一干人等相视无语。广法天尊扫视一下众人，知道没有一人肯轻易离开，也无人敢放心全力而为。心中微叹暗思，难道真的要用乾坤弓和震天箭?

元始天尊曾经嘱咐，三界最强神器虽是龙刃诛神和轩辕剑，但乾坤弓和震天箭却不是神器法宝之类，它们是天地至宝的圣器，威力之强可撼天地，但是乾坤弓和震天箭难放亦难收，而且真正发挥出两者的威力，反噬之力强得可怕。就如当年以后羿之强，修炼震天箭籍千百年，连射九箭后亦是耗费大半修为，否则刑天也未必能轻易灭他神识。广法天尊虽有一身惊人修为，也难以射此弓一两箭，所以不到万不得已，万万莫用弓箭。

但是元始天尊亦曾说过，当年在刑天覆灭后他手上那三界无双的魔器百夜魔刃兵解消失，极有可能是回到了“刑天族地”之内，那把百夜魔刃是刑天以归元魔能所铸，如果能找到它，就有可能找出彻底消灭蚩尤之法。所以，无论如何务必进入“刑天族地”。

如果不是因为如此，他广法天尊又岂肯轻易在此跟这些魔妖贼子周旋？万一没办法，他只能拼着消耗一身修为，用乾坤弓和震天箭来消灭这只强悍的凶兽刍吾，进入“刑天族地”。

刑天灭等诸人心中各有打算，其中刑天灭是最不急的，其他等人却心态不同，他们不可能长期就待在刑天族地之中。

正当各人各怀鬼胎之际，突然一声朗笑声打断众人的思绪。妖能波动无忌，一条修长的人影闪入“刑天族地”，众人定睛看去，来人却是自认蚩尤代言人的“妖帝”卓长风。

卓长风这次却是孑然一人，迎风而立，衣衫随风展扬，妖异魅力尽显无疑。

广法天尊见到不周山一役的凶手之一卓长风不由勃然大怒，双目赤红，杨戬等人也无不愤慨万分。不过此时显然不是意气用事的时候，无论从哪方面而言，现在撕破脸皮对双方都没有一点好处，卓长风敢于在此时出现在神玄两宗面前，也大抵是自持神玄两宗不敢在短时间内轻启战端。

耀阳和倚弦最忌惮的就是蚩尤这一批人，此时见到卓长风来此，不由相视一眼，眼中都是戒备。不只是耀阳和倚弦，在场一干人等又何尝不对卓长风忌惮三分。

卓长风环视众人，微笑道：“诸位何必这么费力？卓某有一良策，可让诸位轻松过了刍吾这一关，不知各位有没有兴趣听呢？”

广法天尊怒哼一声，没有说话。倒是杨戬收敛怒色，说道：“如果妖帝愿意告诉我们，我想没人会反对。”

刑天灭亦道：“卓兄既然知道，何不说出来？”

这时耀阳却是淡笑道：“卓兄有话不妨直说，何必吞吞吐吐？”

卓长风哈哈一笑道：“明人不说暗话，卓某就直言了。卓某只要这大殿里面的一样小东西，如果你们能答应卓某进去后，将一物让卓某拿走，那卓某定然不会再有任何的隐瞒，各位以为如何？”

包括广法天尊和刑天灭等人都是一惊，耀阳则是沉声问道：“你要什么东西？”

卓长风道：“别紧张，我要的东西，对你们而言并不重要，卓某只需要《上古魔典》，其他的卓某任由各位夺取如何？”

第一百四十八章　遗秘之争

包括耀阳和倚弦等人都是大疑，问道：“你真的只要这个？”《上古魔典》虽然也是奇物，但是跟“刑天族地”之中其他诸物相比就显得并非那么重要。

卓长风道：“卓某说话算话，各位答应否？”

耀阳一拍手道：“我们没意见，但是其他诸位是否这样想，我就不知道了。”

杨戬看了一眼广法天尊道：“我们没意见。”

魔妖两宗的人亦是点头同意。

卓长风笑道：“这样就好，我就说了。刍吾是刑天的坐骑，它对刑天是唯命是从。而刑天一身纯正无比的归元圣能更是成了独一无二的招牌，故而刍吾绝对不会也不敢违抗拥有一身归元圣能的人。所以只要耀阳和倚弦你们两人联手逼出纯正而完整的归元圣能，即可安然进入这大殿之中，刍吾绝对不敢阻拦你们。”

“原来如此。各位想来如何？”耀阳恍然。

杨戬向耀阳抱拳示意道：“那就扰烦耀阳兄和倚弦兄了。”

刑天灭横扫了耀阳三人一眼道：“那还不行动？”

耀阳哈哈笑道：“好说好说，不过既然要用到我们两兄弟，我们不提点小小要求似乎对不起自己啊，各位说是不是啊？”

淳于焱喝道：“你想要讹诈什么？”

耀阳皱眉道：“淳于兄，说话客气点，万一耀某人不高兴，就只好改日再来拜访贵地。”

改日再来那不是想将里面的东西独享吗？面对耀阳赤裸裸的威胁，众人也无可奈何。

耀阳知道贪多无得，也不想多做要求，道："我耀阳从不作非分之想，要求很简单，我现在缺钱，但是各位想必都是富得流油的有钱人。耀阳多也不要，一共三十万两的金铢，不需要多一两，也不能少一两。"

"三十万两金铢？你抢啊？"刑天灭大呼。

耀阳摊摊手道："没办法，我就是需要钱，就只是三十万两金铢而已，我想对各位而言，这点钱根本不算什么，何必这么计较？"

淳于焱冷笑道："不算什么？三十万两金铢至少能够养活十万大军三年。"

耀阳也不废话，直接道："如果各位连这点钱都不舍得，那我们就没话说了。一本《上古魔典》就不值三十万两金铢吗？"

杨戬和广法天尊商量一下，便道："好，我们神玄两宗能给十万两金铢。"

九尾狐笑吟吟的道："本宫比较穷，这个钱就不必本宫出了吧？"

雪赤极直接道："本尊没钱。"

刑天灭和淳于焱以及祝融氏的长老商量片刻便道："没问题，剩下二十万两金铢就交给我们搞定。"

耀阳笑眯眯地鼓掌道："好，爽快，这样我们以后就不用再饿肚子了。你们大家都听到了，这是他们亲口答应的，这里事完，请几位十日内将金铢送到宋城，莫要忘了。"

刑天灭没有好气的道："行了，本宗主既然答应了，就不会少你的。"

杨戬伸手一指道："耀阳兄、倚弦兄，两位请。"

耀阳当即和倚弦默运归元异能，异能溢于全身，相互呼应。刍吾亦感到熟悉的异能波动，不由一惊，赫然站起，偌大的眼睛布满血丝紧紧盯着异能来源。

"大家走吧。"耀阳和倚弦护着素儿先向刍吾行去，自然他们也不敢大意，小心戒备着前进。刍吾果然不敢攻击，耷拉着脑袋，丝毫没有刚才的嚣张模样。

耀阳喝道："快点让开！"扬手一挥示意刍吾走开。

刍吾迟疑一下，低呜几声，让出一条路来。

看这家伙这么听话，耀阳甚至有一种让刍吾挡住众人，他们自己进去夺宝的冲动。不过耀阳清楚得很，一旦他这样做会有什么样的后果，马上放弃了这种冲动。耀阳明白贪一时的小便宜往往会替自己招来极大的祸端。

卓长风紧跟着耀阳和倚弦进去，四大法宗其余诸人犹豫一下也跟上了。

刍吾真如卓长风所言不敢随意攻击，一众人进了"刑天禁殿"。耀阳轻推倚弦，嘿嘿道："这世界上的事情还真是奇怪，上次在伏羲武库，四大法宗可是争得亦乐乎，现在倒好，都这么客气礼貌了。"

倚弦低声道："他们现在是客气，那是因为谁都不敢保证能轻易进出'刑天禁殿'，在这个时候先相互争夺显然不是明智之举。等遇到了他们各自想要的东西，定然不会如此礼让。"

耀阳忍不住笑道："这次连你都看清楚了他们的真面目了吧？"

"我只是实话实说而已。"倚弦白了他一眼。

进入"刑天禁殿"，见到的就是一条极为长长的宽大的通道不知通向何处。两边石壁发出红色光芒，相映之下就如映红的血光一般，给人一种异样的狰狞感。心惊之下，素儿微有颤抖，不过倚弦轻拍一下她的肩膀，就让她镇定下来了。只要有倚弦在一旁，素儿就有安心的感觉。

除了素儿，在场众人早就见惯了什么光怪陆奇，阴森可怖的地方，自然不会因为这一片像血光的红色有任何心悚之感。但是其他人也不轻松，他们不怕这环境，前面却有一股莫名的庞大压力压得众人透不过气来。

这刑天族地之秘果然不简单！众人皆有如此想法。

顶着压力前进，没有一个人敢大意，就算前方真有什么三界奇宝，他们也断不会贸然冲上前去。没有一个人敢小视刑天督建的东西。

通道之内没有什么沙土石子，甚至连一点灰尘也没有，干净得很，就像是一直都有人在打扫。当然众人对此不会有任何的奇怪，想做到这点，魔门中就有很多种方法。

空荡荡的通道不知何时开始，四面的石壁多了各种雕刻，各种千奇百怪的凶兽张牙舞爪到处都是，狰狞非常，在一片血色光芒中更显噬血之色。

杨戬环顾一会儿，皱眉道：“这些凶兽现在好像都没见到了。”

广法天尊回答道：“这些凶兽都是万千年前的洪荒巨兽，当年被刑天征为兽军已是死了大半，后来又被蚩尤屠戮殆尽，现在还能剩下的都不知躲到哪里去了。”

一干人等前行长长的一段路后，眼前终于大亮。出现在众人面前的是一个高大宽广的巨大石筑殿堂，林立其中的都是各种石像，在中央一个像是祭台模样的石台后，矗立了一座远比其他石像大了许多的人形雕像。

“魔帝刑天！”当众人看清楚这最大的雕像之时，不由都骇然连连惊退，甚至一时说不出话来。

石像所雕之人手持魔刃指天，气宇擎天，身如顶天而立，如山岳巍峨的伟岸身躯散发出魔势盖世，一双赤焰魔瞳睥睨而视，扫尽三界众生。

这就是刑天！

就只是一尊石像，便让在场一众当世的法道高手凛然骇退，这是何等的威势？

众人全身战颤着看着刑天雕像，心中的震撼莫名。

耀阳较早反应过来，抽了口冷气道：“刑天果然不愧为三界数年来无与伦比的魔帝，真是厉害无比。”

倚弦亦冷静下来，注意到刑天雕像周遭的一些石像，发现这些石像无论是人还是兽都半屈向刑天跪拜，石脸上尽是崇拜仰慕之色。

而其余诸人的目光都投向那祭台上的金鼎，此鼎五足撑地四平八稳，鼎身如焰势欲冲天，鼎中有物不知是何？

所有人的眼中都发出精光，雪赤极已经忍不住扑上去，却被刑天灭拦住。刑天氏一族已经全部戒备起来，刑天灭沉着脸道：“祭台上之物乃我刑天氏一族的，请妖尊莫要轻动。”

雪赤极怒哼道：“圣帝刑天乃是我圣妖两宗的老祖宗，凭什么说，它的东西都是你们的?”

刑天灭沉声道:“妖尊，其他诸物你有本事可以拿去，但是那祭台上的东西，却不允许任何人瞎动，否则我刑天氏就算倾尽全族之力也不会罢休。”

雪赤极见刑天氏族人都是一脸悲愤，知道如果他一上祭台，刑天氏肯定会翻脸。在场诸人没有谁会帮他，而共工氏和祝融氏却很有可能会助刑天氏，何况这里也算是刑天氏的地盘，他动手的话肯定吃亏。

当下雪赤极也只有闷哼一声，退了回去。

卓长风冷眼旁观看白戏，桓冲本要上前被广法天尊拦住，他们的目的并非祭台上的东西。共工氏和祝融氏此时当然不会跟刑天氏作对，九尾狐亦没有作声。

只有耀阳和倚弦注意着殿堂内的一尊尊石像，素儿只是略有担心的环首四顾。

刑天灭见无人阻拦，便施施然的向祭台疾去。

就在刑天灭将要踏足祭台之际，耀阳和倚弦同时惊喝，异变已生。

除了刑天雕像外，其他所有的石像竟然骤然一震，马上全部窜动起来，向在场所有的人攻击，几人不备纷纷惨死在石像的手中。

众人骇然大惊，没想到这些石像竟然是活的。石像的威力甚强，一击挥出如雷霆万钧，让人难以抵挡。

耀阳喝声如雷，一拳击向石像，却不料石像竟然非常快捷的躲开了。耀阳愕然间，那石像就反击撞来。耀阳大喝道:“该死的，老虎不发威还当是病猫，去死!”翻身踢出腿影如潮向石像砸去。

“轰!”一声炸响，石像这次躲不过耀阳的反击，飞身跌出砸在地上，顿时砸出一个大窟窿来，但是石像本身只是断了个着地的胳膊，还能跳起来攻击。

“什么鬼玩意儿?”耀阳大骇道，在他刚才一击下，那石像居然只断了一个胳膊，这个东西也太强了点吧?不过此时他也没时间感叹，不再留手，一记气刀强猛斩出，而蕴含玄能的拳脚也跟随而上，硬是将那石像砸得粉碎。

耀阳在击碎石像之时发现这石像之中有一拇指大的圆珠微微发光，立即伸手一把抓来，发现那圆珠魔能暗涌，看来是石像的核心。

倚弦感觉到那些石像的厉害，忙护着素儿挡住石像的攻击，他不敢大意，怕石像伤到素儿，挥手就是三道风刃全力斩出，毫不留力，风刃威力。迎面而来的石像躲过一道风刃，却被另外两道风刃斩裂。石像爆出的圆珠被旁边的耀阳不着痕迹地拿了。

耀阳和倚弦稍费手脚击碎石像，这些石像也难不倒刑天灭、杨戬等人，但是修为稍差的却抵挡不住石像的攻击，转眼又有几人死伤。

这殿堂中的石像有上百尊，都是实力相若，在场任何一批人单独闯入恐怕都会死伤惨重。现在虽然高手甚多，但是将上百尊石像尽数击毁也费了不少时间，当中的伤亡亦是不轻。

耀阳游斗全场，尽量夺取或是捡拾地上的圆珠，上百颗圆珠他捡了近三分之二。虽然不知道这个珠子是什么玩意儿，但是能驱动石像做出如此攻击和防御的，肯定不是寻常之物。

整个殿堂一地狼藉，但是刑天雕像仍巍巍而立，即使它身遭再无那些石像，也丝毫不减它的凛人威势。

刑天灭再次踏上祭台，众人无不心存戒心，不过再没有异变发生。刑天灭到了鼎前也不知使了什么手段，那五足之鼎便已消失不见。

在刑天雕像之后又有一条通道，其余诸人先行向前走去，很快刑天氏的人也赶上了。

这一条通道跟刚进入的通道相差不大，区别就在于这条通道弯弯曲曲，甚至转了几个圈，才到了另一个大型的殿堂。

这个殿堂放了至少百个石箱，还有数不尽的利器法宝甚或神器，只是历经岁月过久，各类利器、法宝等物蕴含的魔能差不多都已流失。

而位于殿堂中央的有一样物件，那是七彩光芒闪烁的玉简，肯定就是《上古魔典》了。

雪赤极挥手就是一击，妖能爆发席卷整个殿堂，将上百石箱全部击碎。便见一片金光闪烁，无数的奇珍异宝倾翻而下，闪得彩光耀眼。在一片华光中，还有其他各物。

魔妖两宗的人尽数扑上抢夺，他们的目的当然不会是那些珍宝，而是混杂而下的各类远古奇物，有些甚至是能增进修为的奇果。

耀阳也动手了，他的目的却只有一样，那就是混杂在其中的半箱玉简。刑天保留下来的玉简之中肯定有不少好东西。

半箱玉简大概有十几卷，耀阳只在意这些，当然比其他人快了一步，抢了十来卷。接下来，耀阳、倚弦和素儿就随意捡取各种珍宝和奇物。

有不少好东西让各人都互相动手，但是耀阳三人都不贪，能捡的就捡，不去抢别人的，但是他人若想抢他们的，却也别想。

卓长风伸手拿了《上古魔典》，没有跟众人一起抢夺地上的奇物，只是负手一边，冷眼旁观。

神玄两宗诸人也没有理会地上的东西，只是盯着前面一扇铜锈斑驳的巨大铜门，各自警戒。只有桓冲看看卓长风，说道："天尊，那《上古魔典》记载不少要事，可能对我们很有帮助，现在落在了卓长风的手中，我们是不是……"

广法天尊摇头道："我神玄两宗正大光明，言而守信，不能做此等违诺之事。"

桓冲不肯罢休，还道："对魔妖两宗的贼子，不必……"

杨戬听得皱眉，打断他的话道："如果我们违诺不遵，无此诚信，那我们跟魔妖两宗有什么区别？"

广法天尊点头道："杨戬说得不错。而且《上古魔典》虽有魔星的记载，却并不详细，而此玉简又只有制作的鳖灵圣母能识。现在鳖灵圣母的徒弟苦鳖婆婆已经失踪，我们得了《上古魔典》也没用。"

桓冲心中不以为然，却不好说出口，只能点头称是。

广法天尊说着话，眼神却一直没有离开过前面的铜门，瞧了一会儿，沉声道："此铜门蕴含的魔能非同小可，如果老夫估计没错的话，里面藏了不得了的东西，很有可能就是我们要找的东西。"

桓冲道："那好，就让我来将它轰开了。"说罢，便是一剑向铜门奔袭去。

"小心……"广法天尊话声未落，便见光华爆出，桓冲被反震回来，狼狈地落地，踉跄了几步才勉强用剑撑住站稳。

杨戬沉声道："看来这个铜门真的不可小看啊，以桓冲师兄的修为竟然也动不了它分毫！"

亢金龙叹道："刑天这个魔头果然是厉害，布下的封印经过万千年竟仿佛丝毫没有减弱的痕迹。天尊，我们二十八星宿神将试一下吧？"

广法天尊点头道："也好，你们试试。"

亢金龙回首道："大家准备。"

二十八星宿神将布成一阵，各擎法宝，喝声"叱"，神能灌注，尽数展开向铜门倾砸而去，顿见光华万丈，鸣声如惊天爆雷，气流激劲如射，反激而出，逆起风起如旋。

广法天尊等人也不由为之一退。光消风逝，仔细看去，却见那铜门青光缭绕，不见一丝裂痕，二十八星宿的合力一击竟然不能伤它分毫。

卓长风长笑道："广法，你不要枉费心机了，刑天是何等修为，他当年手下无数，几个能匠建成此门，他亲自灌注魔能封印之门。如今破解封印之法失传，三界中唯一能打开这门的就只有可能是'梵一秘匙'了。"

"不行。"这时素儿跟耀阳倚弦过来，闻言立即摇头道，"梵一秘匙非寻常之物，以我的修为，一年内再用不出第二次。"

其他诸人已经结束争抢，亦是到了这铜门之前，他们也想到这里面肯定有好东西，否则刑天不会再加第二道封印。

"不知道说的是真是假。"雪赤极冷哼一声，表示怀疑。

祝融氏的一个长老亦道："谁知你们会不会以后再偷偷的来。"

耀阳冷眼一扫，喝道："不行就是不行，哪来这么多废话，这是刑天氏族地，如果让我们轻松进来，刑天氏还有脸在这里混吗？"

雪赤极冷笑道："谁知道你们会不会跟刑天氏勾结？"

祝融氏长老自然不会说怀疑刑天氏，只有无话可说。

刑天灭怒道："雪赤极，你说话小心一点。"

雪赤极本在前面就跟刑天氏有隙，刚才抢夺奇物之时，双方又各有死伤，他不免对刑天氏生恨。此时哪肯轻屈于刑天氏之下，当下雪赤极便反唇相讥："你在威胁本本尊？"

刑天灭大怒，正要喝斥，却被儿子刑天放拉住，在他耳边小声说了几句，两人同时看向铜门，刑天灭也不再跟雪赤极纠缠不清，显然刑天放是让父亲忍让，以铜门内之物为重。

淳于焱等人不肯相信卓长风的话，祭出神器强击在铜门上，结果不是被震回来便是悄无声息，这铜门始终没有一点的损耗。

几下试探下来众人终于死心，这铜门封印之强，根本不是他们所能硬破的。

“看来是不行了，各位请回吧。”刑天灭丝毫不急，示意大家目的差不多，应该离开刑天族地了。

这次连九尾狐也不满道：“刑天宗主这样做，是不是想独吞门内之物?”

卓长风含笑道：“如果卓某所料不差，广法天尊手上应该有打开铜门的东西藏着，天尊何不拿出来一用?”

听卓长风这么一说，众人的目光齐刷刷看向广法天尊。

广法天尊心中一惊，诧异地看看卓长风，心知乾坤弓始终藏不住，今日若不能拿了百夜魔刃，下次是否还能进“刑天族地”都是一个未知数。

“妖帝果然是睿智。”当下广法天尊向杨戬打了一个眼色，便肃穆地看向铜门，微一咬牙，伸手祭出幽青双龙咬弦的乾坤弓，青黑色光芒散射，凛然之气立即弥漫在广法天尊周围，殿堂之内空气蓦地一紧，令人窒息的压力充满整个空间。耀阳和倚弦对视一眼，不由暗惊，这乾坤弓真正发挥出威力之时，果然是非同小可。

在乾坤弓的惊人压力下，不少人被迫后退，骇然看着持弓的广法天尊。

广法天尊拉弓，玄能注入弓身之中，乾坤弓一阵呻吟，却似咬弦的一对蛟龙发出吼声，暗青色的光芒大涨，瞬间连接成一体，光芒又不断凝结，最终形成一支青色光箭。青色光箭发出幽然光彩，直如实体。

广法天尊发须皆张，将乾坤弓拉成极至，蛟龙四目都发出血红光色，红光与青色光箭连在一起，纠缠不断，仿佛密不可分。

“呔!”广法天尊怒目大叱，龙尾结端的血珠爆出耀眼光芒，裂响如爆，竟震得地面震裂，珠宝暴跳而起，青色光箭如长虹贯日，化成一条青龙呼啸而出。

“轰！”爆声未消，巨响再起，一直稳如泰山、文风不动的殿堂竟也是为之震颤不已。劲气狂震，携带无数碎片激射而来。

看这声势，不论耀阳还是倚弦都不由骇然大惊，两人同时祭出神器，全力挥舞斩出，硬顶劲气，紧紧护住素儿。

气劲只是一扫而过，但殿堂内的物件却被一卷而空，无数的珍宝直接镶到了石壁之上，倒像是将这殿堂好好装饰了一番。

修为不行的人甚至死得连骸骨都不见了。

太强了，只是爆炸余波就能有如此惊人的威力，这乾坤弓和震天箭果然不愧为三界无双的圣器。

在乾坤弓和震天箭之下，就算是刑天亲布的封印，亦抵挡不住，整个铜门硬是被这一箭击破，连带掀下一整片石壁，铜门里面的一切终于都出现所有人的眼中。

却见里面仿佛是个山洞，石乳嶙峋，怪石林立，暗红色或混着暗青色，就在这洞中央，一把巨大的暗青色长刃插在石地之上，刃上尽是粗逾手臂的铜链将它缚在地上。

此刃静静地插在地上，没有一点颤抖，却仍给一种欲挣脱铜链深锁，翱翔于天空肆虐三界之感。

耀阳和倚弦看到此刃的同时，身上的归元异能微颤起来，似跟此刃发生感应。两人同时惊疑地相视一眼，退了几步。

“百夜魔刃！”刑天灭看到此物先行惊呼起来，他身为刑天氏宗主，自然不会不了解刑天驰骋三界的得意魔器，如今见到此刃不由大惊，想也没想就扑了过去。

不只是刑天灭，其余诸人都不甘落后，疯狂去抢百夜魔刃。

“取！”以广法天尊的修为，射出这一箭，亦是支持不住，嘶哑着出声。杨戬和桓冲等人早有准备，不等他吩咐便已出手。

桓冲持剑横扫，剑气凌霄，威力非常。杨戬却更强，只见他扬戟一击，戟风如怒涛激扬，所及之处，皆被震裂爆碎，强如卓长风都不敢硬触其锋。

耀阳和倚弦都看清杨戬不只是修为增进良多，更重要的是将“焚神天戟”的威力发挥出来了，仅次于龙刃诛神和轩辕剑的神器果然是厉害异常。

耀阳不由问倚弦道：“小倚，我怎么看这‘焚神战戟’的威力好像比我们的龙刃诛神和轩辕剑都强啊？”

倚弦说道：“神玄两宗自有驾驭‘焚神天戟’之法，杨戬兄习了三年当然有此能力。”

耀阳皱眉道：“不知我们这两大神器该如何才能发挥出真正威力来……对了，那乾元绫巾在你那里吗？我怀疑那里面就有龙刃诛神的使用方法。”

“乾元绫巾？”倚弦一愣，愕道，“自从应龙前辈将它还给我后，我一直放在身上，后来诸事甚多，而且也有危险。我怕留在身上会有遗失，将身上不少东西都交给紫菱保管，其中就有此物。幸好是交给了紫菱，要不三年前也就灰飞烟灭了。你不说我都快忘了，不过据闻这是广成子证道之物。”

耀阳兴冲冲地道：“不管是什么，等我们忙过这一段时间，就去找这丫头，好好看看。”

素儿看里面打得热火朝天，问两兄弟道：“看他们争得这么激烈，里面似乎有宝物。”

耀阳耸耸肩道：“他们所争之物，我们拿了也没用，而且看神玄两宗志在必得，我们拿到的可能性不多，还要得罪他们，何必呢……”

耀阳断了断，转身一扫镶在石壁上的珍宝，双眼发光，嘿道：“现在，这石壁上的东西就没人跟我们抢了吧？我们此时急需的就是此物。”

倚弦摇头道：“你真是个财迷。”

耀阳哼道：“如果你有这么多钱供曜扬军和牧场之用，我还用得着贪财吗？废话别说，将这些值钱的东西全部拿下来。”

耀阳和倚弦两人哪会客气，挥手间便将石像上的珍宝震了下来。这时，《幻殇法录》上的魔门奇学便又有用处了，在耀阳的元能催使下，没有损坏的珍宝大部分都被耀阳收入元能袋中。

“走了。”耀阳回头看看，里面打得真是热闹。

素儿指指正在争夺百夜魔刃的神玄魔妖四大法宗，问道：“他们怎么办?”

耀阳撇撇嘴道：“别替他们担心，这些老狐狸精得很，肯定会知道如何出去。我想那刍吾对企图进殿的人格杀勿论，但未必会对想出去的人横加阻拦。不过老实说除了杨戬兄外，其他的人真死在这里也活该。”

倚弦点头道：“小阳这次说得不错，我同意他的话。有乾坤弓在广法天尊手中，他们不可能被困于此。”

素儿也不过随便问问，当下也不再多说。

三人就此不再理会还在不断激战的众人，向外而去。他们怕此时不走，过后，未必走得掉，毕竟他们不只是魔星身份，还是魔妖两宗的眼中钉。

出去的时候，刍吾果是没有理会他们，自顾着打盹，耀阳推推倚弦指着刍吾道：“没想到这么快，这个畜生就已经完全复原了。”

三人从刍吾身边经过，耀阳又骂道：“这头畜生长这么大个子干吗?”

倚弦道：“它长成什么样，你管得着吗？快走吧。”

耀阳沉思道：“我在考虑，如果把它宰了，是否够得我曜扬军吃上一餐。”

倚弦点头道：“好主意……不如你现在就去宰了它……”

耀阳连忙打断他的话，道：“你不见我身上这么东西？当然是我出主意，你动手，哈哈……”

两兄弟笑闹着离开刑天族地，素儿看他们的亲切的样子，发出惬意的微笑。

“劈劈啪啪……”秦骊如和小千、小风目瞪口呆地看着那些珍宝倾滚而下。

耀阳终于撤去了玄能，长吁了口气，道：“真的够累，现在想起来，幸好是那些珍宝损坏丢失了大半，否则还没回到这里，我就被活活累死了。”

小千口吃地道：“耀大哥，这些东西至少值……值……”

“值什么？说话流利点。”耀阳一拍徒儿的肩膀。

小千咽了口水，才道：“至少值上百万两的金铢。”

“上百万两？”耀阳、倚弦和素儿同时惊呼，他们虽然知道这些东西值钱，却也没想到竟能值钱到这等地步。

秦骊如回过神来道：“百万两也不止，可惜不可能一下子换成金铢或其他什么，要花个几年时间才能全部脱手。”

耀阳哈哈笑道：“看来这次我们没有白去，不只是这些，十日内还会有三十万两金铢送来。这笔资金再怎么说也能顶个两年，那时差不多能将这笔珍宝换成金铢了。”

当下耀阳立即下令宋镇继续募兵，秦骊如则是负责将这批珍宝逐步抛售出去。小风去探听刑天族地，小千自然留守本地谨防奸细。

离开了几日，耀阳不放心曜扬军的训练状况，去军营查看了一下还算满意。

到了晚上，耀阳拉着倚弦、素儿和秦骊如入房，将从“刑天禁殿”拿到的一些东西拿了出来，十几卷玉简先放在一边。其他诸物，仔细点算，发现也有十余样奇物。其中还有件金丝镶玉的衣衫，虽然里面元能流失甚多，但是还不失为一件防身的好衣服，耀阳大是高兴，界神镯已经还给了人儿，现在妲己身上并无防身之物，现在有了这件衣衫刚好防身。耀阳还将这衣服取名为“护心衫”，意为保护心爱的人。

除了“护心衫”，还有一个幻面具，戴在脸上可以完全地幻变成另外一个模样，只是幻变出来的模样只有一个，是固定不变的，刚好可以给秦天明用。

还有一个小玉鼎，只需元能注入，便能散发出奇特的香味，而这种香味能吸引三界万兽，根据元能输入的多少，那香味散发的距离范围相对应长短变化，想来很有可能这就是当年刑天征兽为军的宝物，的确是个好东西。

其他的一些东西，耀阳替小千和小风各选了件宝物，剩下的都给素儿和秦骊如，素儿和秦骊如挑了几件好看的，其他的却也不要了。

耀阳将剩下的东西抛给倚弦，随意道："你处理吧。"

倚弦将东西丢回给耀阳道："我拿了有什么用？你自己看着办。"这些东西虽能提高修为，不过就算对于素儿来说，作用也不是很大

耀阳沉吟一下道："这个给莫继风他们傍身吧，虽然替他们打通法脉，但是修为不是一时间就能提高很多的。他们在法道上算是初学者，这些刚好能提高他们的修为。"

倚弦等人自然没有意见。

"接下来就让我们看看，刑天这家伙还替我们留了什么好东西。"耀阳拿了玉简跟众人一一看了起来。

玉简上记载的大部分都是魔门绝学，还有一卷玉简写的是万千年前的三界秘闻。倚弦看的两卷玉简之中，其中有一个就是说如何使用小玉鼎等物的，当然也介绍了小玉鼎的名字就叫"驭兽香鼎"。

这些都不是耀阳所注重的，他随手再拿起一卷来看，猛地跳了起来，喜道："就是这个了。"

另外三人讶然看向耀阳，甚是不解，有什么值得他这么兴奋的？

耀阳喜不可耐，挥手将从"刑天禁殿"带来的石像圆珠放在桌上，说道："'刑天禁殿'内那些石像的威力你们也看到了？现在有了这卷玉简和这些'灵元禁珠'，只要给我一段时间，我就能造出同样的石像来，威力未必会比那些经过了万千年的石像差。"

对于那些石像，无论是倚弦还是素儿都是心有余悸，闻言不由亦是喜道："真的吗？"

耀阳满怀信心地点头道："决无虚言，而且那些石像可以只听制造者一人的，决无背叛的可能。"

几人一时都是满脸喜色。

耀阳伸伸懒腰笑道："这样就好了，这驭兽香鼎还能驭兽为军，以我们现在的能力，大概能驾驭百只虎熊，可惜现在那些真正的万兽之王是找不到了，否则只需收服一只万兽之王，就能拥有一大批兽军，那用来冲锋陷阵是最好不过的了。"

倚弦立即出言打击他："天下哪有这种好事，我们不费心力又想要有什么好收获，你就别想了。如果能有百只虎熊作先锋军，敌军恐会未战先畏，我军的胜算亦是大增。"

耀阳拍手道："不错，改日就立即试一下。"

正说着，小风闯门而入，惊呼道："大事情，大事情。"后面跟着小千，不过看神色连小千也不知道小风来报的是什么事情。

耀阳问道："什么事情，慢慢说。"

小风喘了口气，又深吸一口气，道："刑天族地内情况有变，你们想都想不到，最后发生了什么?"

"想不到?"耀阳问道："是不是那什么百夜魔刃没落在神玄两宗手中了?"

小风一怔，讶道："师父，你怎么知道?"

耀阳淡淡道："四大法宗在刑天族地内外，虽然相互有隙甚至有深仇大恨，但一直没有动手，直到百夜魔刃的出现众人一哄而上，由此可见此物的重要性。你所说的大事情，想必就是如此。不过，我很好奇，凭着神玄两宗的厚实实力，广法天尊还有乾坤弓，谁能从神玄两宗手中抢走'百夜魔刃'?"

小风说出一个在场所有人都想不到的人物："卓长风。"

"怎么可能？卓长风不是只有一个人吗?"包括耀阳和倚弦在内，众人无不吃惊，耀阳回来就说了情况。

小风得意洋洋地道："这下你们都猜不到了吧?"

耀阳顺手给他一记爆栗道："别卖关子，快点说出来。"

"师父，都让你打笨了。"小风摸摸头埋怨，见耀阳又举手要打，忙道，"好像事情是这样的，刑天氏、共工氏和祝融氏联手对抗神玄两宗，广法天尊被迫再用乾坤，让三族夺宝人马元气大伤。然而此时九尾狐、雪赤极竟猛然发力助卓长风抢得了百夜魔刃。谁都不备，被卓长风等人逃出刑天族地。"

九尾狐和雪赤极助卓长风？耀阳和倚弦都是震惊莫名，这个表示九尾狐和雪赤极最终是选择投靠蚩尤。不过，仔细想来，这也很正常，九尾狐虽有势力，但在朝歌的势力基本上被陆压也就是纣王给灭了，安置在淮夷的人手也被拔了，伯邑考一败再败，实力大减，在短短几年内人界的优势全部没了。手下妖宗势力也在其中损耗甚多，根本无力跟其他势力抗衡。而雪赤极更不用说了，近几年来根本可说是没有出过头。在现在这种情况下，他们投靠蚩尤也不奇怪。

耀阳喟然叹道："恐怕这是三界动乱的开始，一旦四大法宗全面开战，势必会牵连人界，我们剩下的时间不多了，看来只能快点准备。"

倚弦三人也是赞同。

耀阳将挑好的宝物送给小千和小风，两兄弟大喜，拿着宝物细看不肯放手，欢喜非常，大拍耀阳马屁。

第一百四十九章　东海龙变

对于当前的局势，耀阳沉思甚久，问道：“现在我们势力范围周遭还有什么小势力吗？”

秦骊如对这些比较了解，答道：“有不少，除了苓城外，还有六七个不成气候的小势力，对我们没有什么威胁，也不敢招惹我们，不需要理会他们。”

耀阳微微一笑，说道：“他们不敢惹我们，我们却不能放过他们。我要在半年内将他们全部拿下！”

秦骊如一愣，道：“这几个小势力皆只占一小城，没有多少油水？我们为何去攻他们。”

耀阳无奈地摇头道：“他们只是我军练兵的靶子而矣，我之所以定下半年的期限，也是因为我军训练不够，还需要三到四个月的训练时间才能勉强凑合。三四个月时间根本训练不出能跟几大诸侯叫板的精兵，只有以真正的作战来增加兵士的作战能力。”

小千插话道：“那为何不多点时间训练呢？”

耀阳横睨了他一眼道：“你这家伙刚才有没有听我的话，我们的时间不多了。万一什么时候要跟几大势力作战，我军若还都是未曾一战的新兵，那跟送死没什么区别。”

倚弦沉声道：“小阳说得不错，无论是西岐兵士还是南域精兵的实力都不是我军所能相比的。同样的兵力对战，我们必输无疑，何况我们对手的兵力远胜于我们。短时间内，我们只能让他们从实战中取得一些经验。”

耀阳说道：“好了，就这样吧。骊如，不知现在宋镇情况如何？”

秦骊如明白耀阳问这话的意思，点头道：“现在我们已经控制了整个宋镇。”

“那好！”耀阳断然道，“即日起，宋镇境内所有奴隶全部释其自由，任何人如敢阻拦此事，全部拘押，如有人枉杀奴隶，皆是杀人之罪。”

倚弦早知耀阳会做此决定，丝毫没有一点惊讶之色，秦骊如却霍然一惊，迟疑道：“耀大哥，这样不好吧，此事恐怕不知会有多少人反对，对我们统治宋镇没有好处。”

耀阳摇头道：“我意已决，决不容更改，如果我参与这人界之争，却不能做些什么有利于天下百世千秋的事情，那有什么意义？百姓皆人，为何会有平民与奴隶之分？我耀阳现在所能做的就只有让天下少一些不被当人看的奴隶，多一些能过上好日子的百姓。”

耀阳这话说得真心诚意，恳切的神情没有一点做作，除了倚弦之外，其他诸人首次听到耀阳如此感人肺腑的言论，无不是感动。

秦骊如当下便道：“耀大哥说得对，骊如绝对支持耀大哥到底。”

素儿也道：“虽然素儿未能亲身体验，却亦是知道奴隶的日子实在是苦到不让人活的地步，耀大哥如此决定，素儿更觉我牧场没有跟错人！”

小千和小风亦道：“师父，没想到你这么伟大。”

耀阳摇头道：“我不是伟大，而是吃过同样的苦，不希望别人再受苦。我本想等过一段时间，完全把握宋镇再说，可惜现在的时局变动太大，早点搞定此事为好。”

小千问道：“但是现在就这样做，会不会反而会引起骚动，这对我们以后的行动会很不利的。”

耀阳道：“你会想到这个问题，说明你长进了不少。不过你没想到一点，那就是虽然三界天下形势已变，但是变乱都是由小而起。一旦变乱全起，将成难以变更之势。此时不乘此缓冲之时的良机，解决此事，以后恐怕会一拖再拖，不知到何时才能施行。而此一段缓冲之机已完全足以将此事做好。”

小千和小风连声道考虑不周，还是师父英明。

众人又安排了一些事情，耀阳便拿着玉简去研究关于石像的事情。

接下来几日，曜扬军开始招兵，耀阳亦是频繁出现在训练中，或是激励将士，或是跟将士一起训练，没有一个将士敢偷懒，人人都想让这名扬天下的曜阳大将军看重自己。

不久，四大法宗承诺的金铢也送到宋城，有了这笔钱，耀阳立即着手发展经济，有了这批金铢，宋镇的经济自然也是一步步恢复起来。

耀阳给予奴隶自由的事情在当地也掀起了大风波，甚是有不少富豪联合起来，想将曜扬军赶出宋镇。可是耀阳怎么会让这些人破坏自己的大事，当下二话不说，软硬兼施，一边跟那些人协商调停，曜扬军亲自出钱换取奴隶的自由，一边直接派兵镇压那些罪大恶极的家伙，很快这场风波就被耀阳以雷霆手段平息下去。

本来白淮和奋镇对耀阳的做法有意见，但是耀阳说只在宋镇范围内施行，又送了两方各万两金铢，将他们的嘴也封住了。

也许是奴隶自由后对耀阳感恩戴德，也许是奴隶想找条生活的出路，前来投军的奴隶甚多。奴隶们虽然身体有些瘦弱，但是苦事做多了，力气不少又肯卖命训练，稍加调养后，这些人成了曜扬军的中坚力量。

一个月后曜扬军兵力达到六万有余，耀阳立即命令停止募兵。

六万人再经过两个月的训练，也算是勉强像是个真正的兵士。当然一切事情纠缠起来，耀阳累得够呛，自然他肯定把倚弦拉来帮忙。暂时，他们也没时间去找紫菱了。

四个月来，各种大事情接连不断的发生，朝歌强攻东鲁，连姜兴鲁领军抵抗都节节败退，但是一个月前姜兴鲁受伤，慕行云全权处理军务，马上他便赢下了漂亮的几场战，赢得东鲁朝野一阵好评。而姬发在进攻殷商之时，遇上了真正战无不胜的武成王黄飞虎，姬发跟黄飞虎一场激战，虽有姜子牙出谋画策，仍落得两败俱伤。而南域则是强攻东鲁，先胜后败。

几方势力似乎战得激烈，却是白白损耗了不少实力。几方还成胶着态势，一时难分难解。崇国冷眼看着热闹，一副事不关己的模样。

就在这个时候，曜扬军沉寂了一段时间后，终于行动了。不动则已，一动惊人！

曜扬军兵分两路，分别是耀阳和倚弦率一万五千人连破四处小势力，秦骊如和莫凌风另带两万五千人战胜另外三处小势力。两路进攻，都是战绩骄人。短短两个月的时间，曜扬军连胜七战，只付出不大的代价，占领五个小城，招降万余兵士，获取四万两金铢以及一干物资。曜扬军的损耗大部分是来自第一战，新兵刚入战场，心慌胆战，手脚发软，自是不行，难免有不少意外的伤亡。

这七战后，宋镇旁边除了伯邑考所占的苓城外，再无其他势力。

分别经历三四场真正的战斗后，曜扬军逐步成熟起来，七万左右的兵士算是能征善战的兵士了，而在战争中，亦是提拔了不少有功有能的将领，暂时也解决了之前所愁兵多将少的问题。

曜扬军的行动震惊天下，两月内连灭七处势力，如雷霆万钧之势，在众人刚知道曜扬军行动之时，曜扬军已经结束了征战之行。

经此七战，曜扬军实力大增，虽然兵力只增加区区一万，但是经此七战，曜扬军兵士都由手足无措的新兵变为身经数战、经验老道的老兵，将兵同心，将知兵心，兵知将意，上令下达。这些所得比再增加两倍的兵力还有用得多。

不只是这些兵将，就耀阳、倚弦、秦骊如和小千小风兄弟也大有长进。耀阳现在对于用兵之道更加熟练，疏忽更少。倚弦本就聪颖，看了《龙虎六韬》后又跟耀阳一起连续征战数场，对军事了解不少。秦骊如更不用说了，以她的军事天赋而言，也就只有耀阳能比她胜上一筹，以往少了经验，至耀阳到后经历数战，无论处于劣势还是处于优势的战斗她都经历过，现在的她已能算是真正的能将。小千和小风更加清楚在军事上如何发挥特长，现在三界的探子之王非他们莫属了，而对于军事的其他方面，他们也绝非一无所知。

莫继风等一批人少了以往的稚嫩，现在亦能独当一面，这无疑是替耀阳他们分摊了很大一部分的军务琐事。而继莫继风一批人后，还有不少新的将领出现。

耀阳现在对《龙虎六韬》中所言名将难求，但是能将无数，只看有无识才之人之话，信服无比。耀阳心中更想在军事上跟姜子牙这个事实上的师父一争高下。

此时的曜扬军除了苓城外，再无后患。宋镇的经济亦是发展起来，半年多的时间内，整个宋镇恢复了以往的繁荣，百姓安家乐业，逐渐开始有了税收。这个时候白淮和奋镇，也知道耀阳的厉害，马上改变态度，当下便不肯收纳那八成的税收，只是意思一下的各收一成税收，还同意跟曜扬军结盟。他们这两个老狐狸自然知道有些钱是不能贪的。

从原来的只有两成税收变为八成，虽然宋镇定下这两年内的税率只收正常的三成，而耀阳所定的正常税收甚至不到殷商的四成，但宋镇地广物富，这次税收仍让曜扬军的财力更增不少，首次税收便抵消了宋镇上的各种花销。相信当宋镇完全恢复后，正常的税收应该能抵过宋镇军政开销还有余。

现在除五大势力外，恐怕就曜扬军最强，不过耀阳很清楚，跟五大势力相比，曜扬军还远不够实力，但现在自保一时是没问题了。

剩下的就是要加强训练，经过几场战争，曜扬军将士大都有拼杀相搏的经历，越来越明白在战争中，自己的实力最重要。之后的训练是没有一个人会偷懒的，他们现在很清楚，在训练中多出一份汗水，便能在战争中多一份保住性命的希望。

耀阳来巡查几次，看到兵将训练状况，暗暗点头。如果再给他两年的时间，他一定可以练出一支真正的精兵来，不会比南域兵将差，可惜他也知道，形势急遽变化，再拖也拖不过一年的时间。

此时耀阳对于如何使用“驭兽香鼎”已甚是了解，他亦能让招来的猛兽乖乖听他的话，更让耀阳高兴的是他终于研究出了制作石像之法，只是制作石像还需要不少其他材料，可惜当时他没在意石像石料也是加工过的，否则拿些过来，当即就能做出能动的石像来。

要让石像能被“元灵禁珠”驱动，除了必要的花岗岩外，得要好几种特殊的材料。比如菱煌玉、千年血珊瑚等，这些东西较为稀少，但也不至于太罕见，像千年血珊瑚深在海底，龙宫里这些东西不见少。

耀阳和一众人商量一下，一致认定，短时间内宋镇还不会受到其他势力的威胁。

耀阳和倚弦终于空出了时间，便决定去东海龙宫找紫菱，拿乾元绫，顺便要些千年血珊瑚。反正现在神玄两宗也不愿与他们为敌，想必就算被龙宫的人发现，也不会为难他们。

当然他们也可以正大光明进龙宫，但是那时恐怕烦琐之事甚多，而且礼节上反而不好与紫菱相见。

还是在那阴气盛然的十涧九洞，阴森深窟之底。卓长风遁风进入山洞，那里血色迷雾已化为黑色的魔气，蚩尤的人影还在里面晃荡，却实在多了，蚩尤渐有实体的双手撑住“百夜魔刃”。血色双眼扫视卓长风，如惊电一般。

卓长风行礼道：“恭喜尊主即将恢复，长风期待已久。”

蚩尤满意地点头道：“这有你很大的功劳，本尊主会记得的。对了，现在四宗和人界的形势如何？”他此时的声音逐渐雄厚。

卓长风说道：“无论是神玄两宗还是我圣妖两宗，现在都不敢妄动。人界的纷争依旧，但是有一点连长风都感到意外，曜扬军在近来短短两个月来竟然连胜七战，实力大幅度提升，已经超过小徒姬旦，隐有成为人界第六大势力之势。”

蚩尤“咦”了一声，愕然道：“这两小子这么厉害？本尊主还是小看他们了。”

卓长风担忧道：“他们现在已经稳定了阵脚，就算其他五大势力此时想对付他们也不容易。而且耀阳这小子才智过人，即使连小徒姬旦都不如他。这样下去，这人界迟早有一日会落入他的手中，请尊主乘早提防。”

蚩尤哈哈大笑道：“长风，你莫要担心，本尊主任由他们两小子折腾。

一切都在本尊主的控制之下，他们现在做的一切都只是替本尊主扫除拦在前面的石头而已！”

卓长风道：“尊主英明，看来早有妙计在胸，是长风多虑了。不过还有一件事情，长风想问一下尊主的意见。那祝融氏和慕行云该怎么办？”

“祝融氏和慕行云的底细，本尊主一清二楚，任他们耍手段吧。慕行云是个难得的人才，但这点小把戏在老夫眼中还嫩着呢。”蚩尤哼道，“慕行云以为他釜底抽薪，夺去祝融氏一族就有资格跟本尊主斗，太天真了。你不要去理会他们。”

卓长风喜道：“原来尊主对此亦有安排，长风这下完全放心了。”

蚩尤红色目光一闪，沉声问道：“长风，本尊主吩咐你的事情，你已经做好了吗？”

卓长风禀道：“一切准备就绪，请尊主放心。”

蚩尤点头道：“这样就好，哼哼，神玄两宗？天庭冥界？迟早都是老夫的囊中之物。”

“三界之内，无人能与尊主争锋。”卓长风此话说得真诚，丝毫没有一点拍马屁的意思。

蚩尤微微一笑道：“长风，今日，本尊主介绍一个多年不见、却又见过好几次的老熟人给你认识。”

“多年不见、却又见过好几次的老熟人？”卓长风大讶，连尊主都说的老熟人会是何人？为何是多年不见、却又见过好几次？

蚩尤轻喝道：“出来吧，你们都是同甘共苦的老朋友了，相信不需要本尊主介绍了。”

“是。”随着一声喝响，一个全身漆黑的老者突然现身，站在卓长风面前。

卓长风惊道：“你？”

来人笑道：“就是我，长风别来无恙吧？”看他一片漆黑看不到脸容，赫然就是魔门高手通天教主。

普天之下，恐怕无人能想到竟连神秘莫测的通天教主亦是蚩尤的属下，无论是通天教主还是卓长风都有惊人修为和不小势力，论修为不再隐瞒实力的卓长风可能略胜一筹，但是论起手下势力来，通天教主又在卓长风之上，这两人合力，若不算上蚩尤，连实力最强劲的九离族都要靠边站。

卓长风和通天教主的确是见过几次，能算得上老熟人，但多年不见是怎么回事？

通天教主微笑道："长风，当年你们并肩作战，你可还记得。"说着缓缓撤去脸上的黑气。

看通天教主的长相，卓长风不由大震，喜道："原来是铁臂将军，我还以为你已经为神玄两宗那些家伙害了，没想到你竟然能在神玄两宗的眼皮之下发展势力。"

通天教主沉声道："当年我的确受到神玄两宗围截，差点就被杀得灵元俱灭，不过最后我还是凭着一个口气逃出来了。但当时实在是受创过重，我潜居了数百年才得以恢复一身修为。出世后，我记得尊主之言，隐姓匿名创出一个通天教来。当我知道魔星重现，我就知道尊主亦即将重出生天。尊主一切都安排好了。"

卓长风衷心敬佩道："果然一切都在尊主的掌握之中。"

蚩尤问道："当然，无论是深藏不露的陆压还是自以为是的慕行云甚或是那狡猾奸诈的闻仲，他们背地里究竟在搞什么鬼，本尊主都知道得一清二楚，只是时机未到，随他们去吧。"

卓长风和通天教主齐声道："尊主圣明。"

蚩尤挥手道："你们下去吧。"

"是。"两人应声领命，自是领命回去。

等卓长风和通天教主走了，蚩尤又是一挥手，他后面出现了还是被缚在墙壁上的苦鳖婆婆，只是苦鳖婆婆的面前多了一卷玉简浮动着，正是三界闻名的奇宝《上古魔典》。

蚩尤问道："苦鳖，怎么样，已经半年多了，你将《上古魔典》译出没？"

“成了。”苦鳖声音嘶哑，显然这几日都没有好好休息过。

蚩尤道：“你将魔星的内容说出来！”

苦鳖婆婆看了看蚩尤显得有些犹豫，蚩尤叱道：“还不快说来。”

苦鳖婆婆叹了口气，缓缓道：“《魔典》上说，九星蚀月，魔星始出，三界异变，六道无常。”

“什么？”蚩尤大震，以他对耀阳和倚弦的注意，如何不知九星蚀月正是耀阳和倚弦吸取归元魔璧之时，难道他们真的就是魔星？

苦鳖婆婆喟然道：“《魔典》中说了的事情，定然不会有假，三界六道的大难将至。”

蚩尤厉喝道：“我蚩尤就要逆天改命，什么魔星，全部都在老夫的控制之下。我蚩尤就不相信三界之中有什么可以逃出老夫的手掌心。”

到了龙宫，耀阳和倚弦隐身去找紫菱，施法进了龙宫，刚摸索一会儿，便见有个房间两个虾兵狼狈跑出，还满脸淤青，不由大是好奇，稍微呆了一下。

其中一个虾兵摸摸脸上的淤青，咬牙道：“好痛啊……”

另外一个虾兵嘘声道：“小声点，别让公主听到了。”

喊痛的虾兵郁闷道：“公主怎么老是发火？”

嘘声的虾兵拍拍他的肩膀，叹道：“老弟，你刚进龙宫办事不久，自然不知道。我在龙宫几年了，三太子闯出大祸的时候我就在了。那个时候公主就娇蛮得很，龙宫上下没有一个不怕她的，就算是骄横的三太子也不敢轻惹他。何况这半年来她的心情很不好。”

新虾兵问道：“她一个公主，金枝玉叶的，怎么会心情不好？”

老虾兵道：“听说公主要出去找个人……对……好像叫什么倚弦的，听说是个了不得的人物。不过龙王似乎对那人没什么好印象，不准她这么做，还让人将她好好看管起来。你说她一个公主被禁足，心情能好起来吗？唉，苦就苦我们这些当兵的了。”

耀阳和倚弦一听就知道前面那个房间应该就是紫菱的房间了。

新老两个虾兵唉声叹气地离开，耀阳和倚弦便摸进了那个房间，站在门口守着的两个虾兵毫没发觉。进了房，却见紫菱正拿起琉璃瓶就丢，俏脸上满是怒气。另有两个伺婢蚌女呆在一边，不敢阻止。

倚弦悄悄传声给紫菱："紫菱，我是倚弦，你叫她们走。"

紫菱一听是倚弦的声音，不由脸上大喜，转而又忍住喜色，哼声道："你们两个出去。"

两个伺婢神色忸怩，一人道："公主，是王爷要我们伺候公主的，我们不敢擅离。"

紫菱大怒道："本公主让你们出去，你们竟敢违抗本公主之命？是不是连本公主想安静一下都不行？"

两个伺婢吓得跪了下来，连声道："奴婢不敢。"

紫菱喝道："那还不退下？本公主在房间里还能跑到哪里去不成？"

两伺婢迟疑一下，便应声退出了房间。

等伺婢出了房间，耀阳和倚弦才现身出来。紫菱喜道："倚大哥……"眼中晶莹闪烁，似有泪下之色，如不是因为有耀阳在旁，可能马上便扑了过来，现在只是急窜到倚弦眼前仔仔细细地将他看了个清楚。

倚弦这次倒也不是很尴尬，只是轻声道："紫菱，近来过得还可以吧？"

紫菱点点头道："还好，你呢？"

倚弦微笑道："过得挺好。"

耀阳嘿然道："紫菱公主啊，你似乎太厚此薄彼了吧？我这么大一个人在这里，你连眼角都不瞥我一眼。"

紫菱俏脸一红，嗔道："耀大哥你瞎说什么？"

耀阳哈哈一笑，突然惊讶地问道："紫菱公主，那雷震子去哪里了？它应该是跟你在一起的吧？"

紫菱无奈地回头看看内房，哼道："这个懒惰的家伙，整天就知道睡觉，现在就占了我的床睡着呢。"

正说着，一条紫影从紫菱的房间内窜了出来，挤开紫菱，就扑到倚弦的怀中，就是紫龙神兽雷震子，这小家伙看来活得挺好，现在是整整大了一倍。

紫菱大恼，伸手就给它一个爆栗，斥道："死雷震子，臭雷震子，枉我平日对你这么好，怎么从来不见你这么关心我的？"

耀阳也拧拧雷震子的鼻子道："对啊，忘恩负义的雷震子，你这个名字还是我替你取的，你怎么也学紫菱公主一样厚此薄彼？"

雷震子不满地挪开头，鼻孔中哼出声音来，显然是表示对耀阳的不屑，又讨好的看看紫菱。

耀阳摇头道："真是，雷震子，本来想找点菱煌玉给你的，现在……唉……"

雷震子一听，眼睛一亮，忙示好的伸伸前爪抓抓耀阳的衣服，两眼汪汪地做出可怜像。

耀阳笑骂道："贪吃的小家伙。"

三人坐下，笑着聊了一会儿，耀阳便问道："紫菱公主，倚弦交给你的那些东西还在吗？"

紫菱道："当然在，倚大哥的东西我怎么会弄丢呢？就在我的房间内，我去拿来。"

很快紫菱便将倚弦交给她保管的东西全部拿了出来放在桌上。

倚弦拿了乾元绫细细看了一遍，但始终看不出什么名堂来，只是乾元绫银纱微波，的确不是凡物。

耀阳却拿了"异水元珠"一看，啧啧称奇道："这个珠子很不错啊，看来是个三界少有的宝物。"

倚弦随口道："这个是神宗十大名器之一的'异水元珠'，你说是不是好东西啊？"

"异水元珠？"连紫菱也为之一惊，眉目间似有所思。

耀阳奇道："你拿这珠子这么多年，难道还不知道这是什么东西？"

正在此时，倚弦突然神色一动，沉声道："有高手来了。"

"的确。"倚弦刚说完，耀阳也感觉到了。

紫菱忙道："你们进我内房。"

两兄弟有些尴尬，倚弦迟疑道："这样不好吧？我们隐身就行了。"

紫菱道："别不好意思，雷震子这家伙也是天天躲在我房中，有什么不好意思。隐身术一不小心容易泄漏元能，不是很安全。"

两兄弟对视一眼，便依了她的话。

两人立即收拾东西进了紫菱的内房。

"波王侯。"此时，外面就传来了虾兵蚌女的尊称声。

在内房的耀阳和倚弦同时一怔，立即想起来这波王侯不正是四海龙王之弟敖扃吗？他们当初以灵体之态还见过他几面。耀阳和倚弦立即小心敛起气息，敖扃的修为不是常人可比，他们一不小心就可能被他发觉，还是小心为妙。不过他们还是有办法看到外房的情况。

那敖扃问了公主睡没，蚌女回答说没。敖扃便大笑道："紫菱，为叔的来看你了。"说着敖扃便大步踏入房间。

波王侯敖扃还是那样的挺拔轩昂，气势非凡，进来看到紫菱坐在桌旁似乎还赌着气，便笑道："紫菱，怎么还生气呢？"

紫菱哼道："我才没这个心情生气呢。"

敖扃讶道："那你是为什么？"

紫菱叹了口气道："我是担心爹这样子不行，他……"

"大哥……"敖扃微微皱眉，转而又笑道，"没事，大哥只是一时糊涂，他会想明白其中关节的。"

紫菱黯然道："希望是这样。"

耀阳和倚弦对视一眼，都清楚敖扃的话是言不由衷，看来龙族可能出现了什么问题，能让敖扃也解决不了。

敖扃轻敲紫菱的额头，道："丫头，你别想这么多了，这次我替你带来一些好东西。"

紫菱好奇道："什么东西？"

敖扃笑着拿出一个盒子递给紫菱，紫菱打开盒子不由轻呼道："幻颜珠？"

敖扃道：“喜欢吗？十二颗应该够用些时间。”

“喜欢。”紫菱笑得很甜，但转眼又有些伤感地道：“当初灵姐姐也是给我十二颗，可惜现在灵姐姐……”

敖扃劝道：“都过去这么多年，而且珠灵最后能跟心爱的人共聚也算得偿所愿，你也不要太难过了。”

紫菱点头称是，但还是有些哀愁。

其实敖扃再聪明也懂不了紫菱的心思，与其说紫菱为珠灵哀伤还不如说她羡慕珠灵能有情人终成眷属。

“好了，紫菱，我还有事就先走了，你不要再生气了。”敖扃站了起来。

紫菱点头道：“七叔慢走。”

等敖扃出去一段时间后，耀阳和倚弦才轻轻出来。

坐下后，倚弦便问道：“紫菱，龙宫是不是出了什么事情？让你这么担心。”

“的确，我们龙宫出了很多事情。”一脸哀愁的紫菱突然恳切地对倚弦道，“倚大哥，我希望你能帮帮我们龙族，我不希望我爹一念之差毁了我们整个龙族。”

倚弦忙道：“紫菱，有什么事情，你尽管说，我们一定会帮你到底的。”

耀阳也道：“对，我曜阳大将军说的话绝对可以保证。”

紫菱因为耀阳的话而嘻嘻一笑，又肃然神色，说出一句石破天惊的话：“我龙族可能重归妖宗！”

“什么?”耀阳和倚弦手上拿着东西，听到此话经不住一惊，手上的东西全部“啪”的掉在地上了，张大嘴巴一时哑口无言，两人脑中难以转过思绪来。

龙族本是由妖宗转投神宗，在历经这一段漫长的时间后，三界四族甚至包括龙族自己都几乎完全把龙族看成了天生的神宗人，就连耀阳和倚弦也不例外。但如今紫菱一说，他们立即警然，龙族掌管三界之水，位于三界四宗之中非常特殊的地位，一旦龙族有什么大变故，势必会引起三界大乱。

耀阳心有疑惑，便问道："这怎么可能？你们龙族先是离妖宗投神宗，现在又背神宗复投妖宗。这样做，龙族不只是失信于三界，恐怕还会为四宗所不容。老龙王应该能想到这点才对啊，为何……"

紫菱叹道："七叔波王侯也想到这点，极力劝阻父王，可惜父王都难以听入耳中。我也帮着七叔劝父王，就连龟丞相等臣子也劝过父王，但是父王一意孤行，怎么也不肯听我们的话。"

耀阳和倚弦对视一眼，都露出疑色，倚弦道："我记得老龙王也算是一个英明之人，怎么会短短几年的时间就变成不听谏言了？"

紫菱道："不是几年，而是短短不到半年的时间。半年前父王虽然将我禁足，但处理其他诸事皆非常合理得宜，但是半年前我三哥突然出现，并受到父王的庇护，转眼间所有的事情都变了。"

"敖丙？他不是被关在天庭吗？这是三界皆知的。他怎么会出现在龙宫？"耀阳和倚弦同时大惊，敖丙此人心性阴险狠毒，又骄横自大，如果龙王听他的，那龙宫真是危险了。

倚弦沉声道："天庭因水淹陈塘要囚禁敖丙百年之事三界皆知，其实这点处罚已经完全给足龙王的面子了，换作他人哪有这么轻松。如今龙王竟然还要包庇私自逃出的他，那无疑是跟天庭和神玄两宗上下较劲，一旦此事传出就算天帝想保住龙族都不可能。龙王这次的确太过糊涂了。"

耀阳亦道："就算龙族最终重归妖宗，以现在的魔妖两宗形势而言，没多少人肯相助龙族，而神玄两宗动手的第一件事肯定是灭叛徒立威。龙族虽强，但以一族之力跟神玄两宗相抗，无疑是螳臂挡车。"

紫菱急道："七叔跟你们的想法一模一样，可怎么说父王都不明白，坚持让三哥留下来。本来这事能瞒则瞒，七叔说只要事情不大肆宣扬，在现在这种情况下天庭需要龙族的助力，就算知道了也会睁只眼闭只眼。却不料不久之后三哥提出龙族重归妖宗的决定，父王竟鬼迷心窍地答应了，幸好七叔联合其他几个叔叔全力阻止，所以才一直拖到现在。刚才我不顾禁足的命令想去劝父王，发现三哥和他的两个朋友跟父王在一起，没等我说出口就找个借口把我赶出来了。”

“敖丙的朋友？”耀阳和倚弦同时想起曾为魔门的杨戬，现在敖丙的这两个朋友当然不是杨戬，但很难保证他们是否是魔妖两宗的人。

紫菱沉声道：“是的，三哥的两个朋友从来不让人见到他们的真面目，还特意声音变调，但是七叔说那两个人是一男一女。”

倚弦问道：“波王侯怎么知道他们是一男一女？”

紫菱道：“七叔说，从他们的言行举止来看，那两人再极力伪装，都改变不了多年积累下来的习惯，所以稍有留心就能看出他们性别。”

耀阳皱眉道：“你父亲是东海龙王，虽为四海之首，但是他一人也不可能完全单独决定这些事情吧？还有其他三海龙王定然不会允许你爹这样做的。”

紫菱苦笑道：“此话说得没错，然而你们忘了一件事情，能控制天地三界水脉的‘天一玄水珠’是由我爹控制的，这对我以水为生的龙族来说，比十万天兵天将还管用。一旦我爹意决，就算其他叔叔反对也没用。所以，倚大哥，耀大哥，我需要你们的帮忙。”

倚弦一愣，道：“你要‘异水元珠’？”

紫菱恳求道：“倚大哥，希望你们能帮我们龙族一次，我只要借‘异水元珠’一用，压制我爹的‘天一玄水珠’就行。”

倚弦浅笑道：“傻丫头，你要就拿去，不用跟我客气，我们还会不帮你吗？”

紫菱感激万分，连连感谢。

耀阳却突然问道：“这些事情是你自己想到的，还是别人说的？”

紫菱说道：“是七叔常来跟我说话，这事是他说的。”

耀阳和倚弦不由又对视一眼，知道看来就算杰出如波王侯敖扁也无法控制形势，否则断然不会将这些事情告诉给紫菱听。紫菱再贵为公主也没有什么发言权，根本不能起什么作用。波王侯恐怕真正的目的是希望紫菱的外公“龙神”应龙能支持他们，而应龙本不愿为神玄两宗之人，波王侯会想到他可能是真的别无选择，希望通过紫菱让疼爱她的应龙改变立场，只有以应龙的超人修为和辈分威望或能跟拥有‘天一玄水珠’东海龙王敖广一争上下。

倚弦问紫菱道：“那应龙前辈对此事的看法如何？”

紫菱黯然摇头道：“七叔一直在找外公，但没什么消息。”

“果然如此。”耀阳和倚弦心中都是如此想，看在紫菱和应龙的份上，他们自然不会坐看龙族自寻死路，当下便一起道：“我们一定帮你。”

“好！有两位相助，就算找不到应龙伯伯，我们也可以跟敖丙他们斗上一斗。”一声爽朗的笑声传入三人耳中，紫菱闻声色变，耀阳和倚弦却神色不动。

来人入房，竟是去而复返的波王侯敖扃。

耀阳和倚弦凛然，更加不敢小看这个波王侯，他们两人虽是因为紫菱说出的事情太过惊人而大意疏忽，但是波王侯能潜到门外而不让他们发觉，仍是出乎他们的意料，看来敖扃以前还有所隐藏实力。

紫菱看到敖扃嗔道：“七叔，你怎么可以偷听？”

敖扃笑道：“紫菱啊，为了我龙族的兴衰，七叔偷听一次两次没有什么问题吧？”

紫菱还是气恼，嘟着嘴不说话。

耀阳目光炯然直视敖扃，道：“波王侯何以会怀疑紫菱？难道是发现我们的形迹了不成？”

敖扃哑然失笑道：“我没这么厉害，只是你们想想，紫菱被禁足半年，气闷得很，每次我来了，她都会像只小鸟一样唧唧喳喳，今日我送了她最喜欢的幻颜珠她也没什么话说，遇到这种情况你们会不会疑心回来一看？”

耀阳和倚弦面面相觑，没想到这点，遇到此事，换作任何一个细心点的人肯定都会怀疑，不过敖扃能在为龙族生死存亡费心之时还能注意到这点，更见其之不凡。但耀阳和倚弦的心中更是沉重，波王侯如此才智卓越竟然也被迫处于下风，对手绝对是难对付的很。

耀阳也不再废话，直接道：“不知波王侯对现在的形势有何看法？”

敖扃神色凝重，道：“情况很严重，前几日，我被撤了守护龙宫之职，接手的是与我素来不合的五哥、六哥。明日将是四海龙王相聚商议之日，如果我所料不差的话，恐怕明日之会将会是龙族大变的开始。”

倚弦奇道：“你的五哥、六哥?”

敖扃摇头道：“他们比较低调，你们可能不知道。”

耀阳立即明白敖扃的五哥和六哥怎么会和他不合了，身为波王侯敖扃的哥哥，他们竟然听都没听过，而波王侯却是龙族中仅次于四海龙王的显赫人物，心胸略有不宽者，都不可能对敖扃有什么好脸色。

“我们一共有九兄弟，其中八弟上天庭管理天水，九弟下冥界管理冥水……”敖扃将龙宫中的人物一一说给耀阳和倚弦听。

说完后，敖扃皱眉道：“敖丙虽然品性不佳，但我总觉得这次他回到龙宫后很怪，据我对他的观察，他可能身负不浅魔能。”

“魔能?”耀阳和倚弦同时呼道。

波王侯点头道：“我也希望我的观察是错的，但是几次见他，都是同样感觉。”

耀阳和倚弦脸色大变。

耀阳喃喃道：“魔能？无论龙族法术算是妖还是神，都不可能是魔，要想将一身修为转化为魔能，就算有绝世高手相助，没个三五年的时间也绝对不可能。敖丙如果在天庭的天狱中，根本不可能知道如何转化，也决不会有转化的阵法。而且他凭什么能从天狱中逃出，除非有人帮他。半年前，敖丙回到龙宫，而在之前卓长风刚从‘刑天禁殿’夺走《上古魔典》和‘百夜魔刃’……”

“蚩尤!”耀阳和倚弦同时惊喊。

波王侯赫然惊起道：“什么?”

就算紫菱也决无不知蚩尤可怕的道理。

倚弦微微叹气道：“如果我预料不差的话，敖丙定是在三年前被蚩尤放出来的，同时亦是蚩尤教他修炼魔功的。看来蚩尤在那时就处心积虑想对付龙族了。”

敖扃从惊骇中镇定下来，沉声道：“我龙族自投入神宗来，以对三界之水的控制能力成为神宗莫大的助力，同为水之族的共工氏亦不是我们的对手，这是魔妖两宗深为戒惧。若那传闻三界的黑衣老者的确是蚩尤的，他肯定会对我龙族下手。”

紫菱道：“既然这样，我们将此事说给父王听，不就行了？这样就不会让三哥胡来。”

敖扃摇头道：“事情没有这么简单，就算说给大哥听，大哥也未必会相信，而且我总觉得大哥似乎有些异样，跟以往大是不同。”

倚弦讶道：“不会是中了‘金傀符’了吧？”

敖扃说道：“应该不是，除了行为和言语略有不妥外，中‘金傀符’的各种症状，大哥身上都没发有。”

耀阳沉吟道：“其实人心思变，只要龙王对神玄两宗有所不满，敖丙身为他的儿子就有办法，略多说几句话就让龙王产生脱离神玄两宗的念头，不必要什么‘金傀符’。”

敖扃道：“但是大哥一向来对魔妖两宗都没有什么好感。”

“所以才说父王是鬼迷心窍了，否则，怎么会听三哥的混话。”紫菱的神情甚是无奈。

耀阳摸摸下巴，道：“此事恐怕另有隐情，没我们想象得这么简单。”

敖扃沉声道：“不管大哥为何会现在这个样子，明日的议事都不可避免，到时，拥有‘天一玄水珠’的大哥如果一意孤行，我们根本无法劝阻，那么龙族的灭顶之灾也就在眼前了。”

倚弦道：“你们是想用‘异水元珠’对抗‘天一玄水珠’？可是你们知道如何使用‘异水元珠’吗？”

敖扃摇头道：“不是对抗，是制衡。‘异水元珠’与‘天一玄水珠’大同小异，大哥也未必知道我们不知其中法诀，所以只要我们有‘异水元珠’，大哥势必不敢乱动。到时我们便可以从长计议了。”

耀阳道：“说得有理，那侯爷就拿了‘异水元珠’准备一下吧，我们明日会隐身相随，必要时定现身助你一臂之力。对了，你们这里有千年血珊瑚吗？”

敖肩一愣，不明白耀阳为何会这么问，当下便道："千年珊瑚比比皆是，至于千年血珊瑚就不是很多了，不过在龙宫里还是有不少积蓄，你问这个干吗？"

耀阳笑笑道："我用来有点作用，侯爷能否给个总重二十几两的血珊瑚。"

敖肩立即道："没问题，我的私藏就有十几株，给你个百八十两都没问题。"

"就只要二十四五两就足够。"多了也没用，耀阳做石像只需要这点。

敖肩又跟他们说了一下具体行动，就让耀阳和倚弦去他的地方，毕竟两个大男人在公主的闺房并不合适，两兄弟自是不会拒绝，倒是紫菱对倚弦有些依依不舍之态。

敖肩居住的园子内还有客房，两兄弟就住在其中，敖肩很快便拿了两株血珊瑚给他们，足有三十两有余。

敖肩去安排好一切后，又回来与两兄弟又聊了许久，三人相谈甚欢，敖肩真算是见多识广，让耀阳和倚弦大长见识。耀阳和倚弦的部分经历亦让敖肩连连惊叹。

第一百五十章　龙族内计

第二日，耀阳和倚弦起得很早，以他们的修为半夜的睡眠便是精力无穷了。

敖扃来找的时候，他们已经准备好了。敖扃只是嘱咐他们小心隐身跟在他身后，因为这样就算两人不小心有什么元能波动，有敖扃掩饰，也不至于被察觉，两兄弟当然没有意见。

敖扃带了一干手下水将向“圣麟殿”而去，耀阳和倚弦跟在其后，谨慎行事。

入了玉柱碧墙的“圣麟殿”，便见东、西、北三海龙王和龟丞相等水族主要官员已经在场，倒是不见南海龙王和那罪魁祸首的敖丙。按理推断，那敖丙断无不来之理。耀阳和倚弦看东海龙王，的确是目清神朗，丝毫没有中“金傀符”的迹象。

东海龙王坐在首位，神色沉稳，没有表露出什么来，而其他诸人亦是脸色凝重，甚或有忧心忡忡者。

敖扃向几位兄长问好了，就在既定的位置坐下，亦没有说话。殿中的气氛更是沉闷，每个人心中仿佛都压了一块大石头似，沉甸甸的。

不久之后，南海龙王终于出现了，同来的还有敖丙。两人并肩而行，竟是洽谈甚欢。除了东海龙王及敖扃的五、六哥一派势力外，其余诸人无不脸色大变。这个出乎所有人的意料，没人能想到南海龙王竟是跟敖丙一起。

敖丙嚣张地向诸人道：“各位很不错，都能准时到达。”

敖扃脸色一沉，喝道：“敖丙，这里在座无一不是你的长辈，你敢放肆?”他注视着敖丙身后隐藏脸容的两人，知道奸计是这两人出的，敖丙还没这种能耐。

耀阳和倚弦看到敖丙身上跟着的两人，感觉挺是熟悉，应该见过不止一面。

“不好意思，一时说急了。”敖丙这样说，神色间却并不将包括敖肩在内的诸人放在眼中。

无论是敖肩还是耀阳倚弦，都感觉敖丙有恃无恐的气焰，三人无不心想，敖丙所依仗的究竟是拥有“天一玄水珠”的东海龙王还是他身后的两人，抑或是另有他人?

“坐下。”东海龙王一声沉喝，敖丙暂时还不敢忤逆他的意思，当下乖乖坐下。

等南海龙王等人坐下，东海龙王便轻咳一声，沉声说道：“今日各位水族的重要人物全部聚集于此，我们需要考虑一件事关水族安危的大事。”

众人没有说话，就是安静地坐在那里，听由东海龙王说出下面的话。

“有人提议我等水族重新考虑三界立场，各位以为如何?”

东海龙王说出了众人正忐忑不安等待的一句话。

西海龙王立即反对道：“不必考虑，我族受神宗重视，镇守三界之水万千年，决不能因一念之差，将万千年的辛苦和功劳付诸流水。”

敖丙哼道：“什么万千年的辛苦和功劳，你看神宗把我们当回事吗?那还不是一句空话。”

北海龙王斥道：“敖丙，你才多大岁数，自然不会知道当初我水族费尽多少心血，才有了如今超然的地位，岂是说放弃就放弃的。年少无知，你闯的祸难道还不够吗？给我闭嘴!”

敖丙听到此言，脸色顿时阴暗下来，恨恨地盯了北海龙王一眼。

南海龙王淡淡道：“四弟此言差矣，我水族花费的心血，我最清楚不过了，的确能有如今的地位很辛苦。但是也从此可以看出，我水族选择的错误。以我族的付出来看，怎么也得是一人之下，万人之首。然而，现在神玄两宗及天庭有几人是真正将我们放在眼中的？成无功败有过，这种地位何以值得骄傲？如果我们不思进取，迟早灭亡。”

敖丙愤恨地道："我水族对神玄两宗和天庭，没有功劳也有苦劳。他们天庭却连一点面子都不给，哼……"

敖扃没有直接反驳，而是问东海龙王道："大哥，这个提议是谁人提出来的?"

东海龙王还是面无表情地道："是敖丙!"

"原来如此?"敖扃露出恍然大悟的神色，将目光投向敖丙，盯得他浑身不自在后，才样似随意地道，"我说敖丙啊，虽然当年天庭意欲关你百年，但你还不是这么快就出来了，不要再怪他们，好好协助神玄两宗才是正途!"

"天庭若是敢将本太子关在天狱，我一定要让他们好看……"敖丙气急之下说出此话，但话一出口便立觉不妙。

敖扃哈哈一笑，转而沉下脸道："敖丙，你挟私报复，如此行为，我很难相信你的提议对我水族有什么好处。丙儿，你作为水族的一员，万勿因自己的一念之私，而引来灭族之祸。"

敖丙被套出话来，不由脸色铁青，一时说不出话来。

此时，敖丙身后的高个子忽然插话道："其实姑且这是否三太子的私念不说，只要深信这是对水族有利之事就行!"

"申公豹!"倚弦乍听高个子讲话，就知道此人的身份。申公豹虽刻意改变声调，但是倚弦六感敏锐，对这个他唯一恨之入骨的申公豹之言行，更是铭记于心，此时一听如何不知。

倚弦怒气上心，难藏杀意，敖扃早一步感觉异样，立即拍案而起，厉声喝道："你是何人？这关系到我水族荣亡之事，岂容你外人插嘴。敖丙，你将外人带入'圣麟殿'是何意思?"他作势一怒之下，元能难以遏制，一掌碎案，元能四溢，自然也没人能注意到他身后微有的一点元能波动。

敖丙撇撇嘴道："他们是我的朋友，我相信他们。"

敖扃冷笑道："你相信他们？我不相信，你说他们是什么身份？为何藏头露尾?"

这时，敖扃的五哥却道："七弟，敖丙的朋友来此，连大哥都没有什么意见，你就不要多说了。他们不便露出脸容自有难处，你何必为难别人？”

老六也道：“这位朋友说话很对啊，只要是对我水族有好处的，不管是出于何意都一样？”

敖肩冷笑道：“既然这样，好啊。那我问你们，如果我水族脱离神玄两宗，我们是该独立于四大法宗之外呢，还是投靠魔妖两宗？”

在场众人面面相觑，一时无语。

敖肩冷哼一声，慷慨陈辞道：“若我水族脱离神玄两宗独立四宗之外，则四大法宗皆不能容我。神玄两宗胜，他们虽不会为难我们，却亦不容我们再占三界水脉，我水族地位势力都将一落千丈。魔妖两宗胜，以他们的宗旨，不顺者亡，我水族决无好日子过。如我水族投靠魔妖两宗，则成反覆小人，名声败落，甚至连魔妖两宗都看不起我们，更别说真心收纳我们。而神玄两宗因我族的特殊性，必先击溃我水族以振军心，到时我水族以一族之力如何能抗实力依然强劲到无与伦比的神玄两宗？我水族覆灭之日亦不远矣。”

龙宫老五哼道：“老七，你别再危言耸听了，事情哪有像你说得这样啊？”

敖肩双眼厉芒一闪，说道：“五哥，既然你这样说，不妨说个道理来，事情究竟应该是怎么样的？”

“这个……我一时还没有想清楚。”龙宫老五显然没有考虑过此事，不由语塞。

“没想清楚？你也说得出口？”敖肩冷瞥他一眼，道，“我水族的荣辱存亡岂容你任意妄为？”

老六斥道：“什么叫任意妄为？老七，你怎么能这样对五哥说话。”

敖肩嘴角扯起一丝冷笑，说道：“那六哥的意思是我要听你们的话，而将水族无数生灵置于险境？”

“你……”老六亦不知该怎么说。

耀阳和倚弦听了，便知道龙宫的老五老六并无多少能耐，两三句话就被敖肩说得哑口无言，难怪会被敖肩这个老七压得死死的，出不了头。

南海龙王嘴含冷笑，轻轻用手指敲着桌面，让众人安静下来，沉声道："再吵下去也没用，这等关于水族至关重要的大事，不是一两个人可以做决定的，我龙宫几兄弟做出表决，是否赞同我水族脱离神宗?"

南海龙王的确是老狐狸，一句话便将敖扃述说出来的道理丢在一旁，这样就算敖扃说得再对也没用。

敖丙哈哈笑道："二叔说得对，我们都表态吧，是否是好事，看大家的意见，免得有人说我有私心。"

敖扃没有说话，脸色不好看，看南海龙王这么说，他知道他们若无把握，定不会做出如此建议。

老五和老六忙不迭地表示赞同，东海龙王亦是沉沉道："二弟的话很有道理，就这样吧。"

连东海龙王都这样说了，敖扃不可能再反对下去，当下狠狠的盯了敖丙身后两人一眼，又怒视敖丙，说道："既然大哥都说了，我就不反对了。但是此事重要，年轻一辈不经事就不必参与了。"

敖扃此言就是针对敖丙的。敖丙脸色阴沉，说道："七叔，你何以这样说……"

东海龙王打断他的话道："丙儿不必多说，你七叔此言说得也是不错，只有我们七兄弟曾经经历这么多年诸多之事，也只有我们这些人最清楚水族的出路应该往何?你们年轻一辈就不用说。"

敖丙不情不愿地道："是的，父王。"

一边隐身的耀阳和倚弦暗叫不好，敖丙肯这么容易同意，那显然是有把握才这样做的。那说明南海龙王肯定已跟敖丙站在同一战线，而且很有可能东海龙王也会支持他们。敖扃亦有同感，不由心沉下来，细思一旦事情发展到不受控制的时候该如何办?

东海龙王仍然没有多少表情的道："这样说了，谁同意我水族脱离神宗的?"

龙老五先道："我同意。"

龙老六随声附和道："我也同意。"

敖扃怒哼道："我坚决反对。"

西海龙王和北海龙王自然也不会同意。东海龙王又问沉着脸的南海龙王道："二弟是什么意见？"

南海龙王微微一笑道："丙儿的意见挺不错，我同意。大哥，该你表决了，我想你应该明白现在的形势。"

东海龙王锐利的目光扫视全场诸人，最终将目光盯在南海龙王身上，开口了："我……"

东海龙王的语调拖了一下，让所有的心都提了起来，敖扃更是急思，现在同意与不同意的人都是三人，一旦东海龙王同意的话该怎么做。

"我反对！"东海龙王的声音如在滚烫的油锅中滴了几滴水，听在别人耳中惊得心中激荡。别说耀阳、倚弦和敖扃没想到，连南海龙王和敖丙都没想到。

敖丙惊起喝道："父王你……"

东海龙王厉声道："我决不容你这孽障将水族葬送，我敖广绝对不会做水族的千古罪人。"

南海龙王亦站了起来，双眼阴恨地看着东海龙王，缓缓道："大哥想清楚了？我想你应该清楚现在的形势？你现在的意见决定了我水族的生死存亡。"

东海龙王怒斥道："你别以为跟敖丙两人能威胁到我，就算龙族受到重创，也比灭族好。"

南海龙王哈哈大笑道："大哥这样想，但别人未必，看我手上之物是什么？"伸手祭出闭光闪烁的一物。

"天一玄水珠！"众人无不惊喝。

敖扃等人终于明白，为何东海龙王会这么昏庸，原来"天一玄水珠"竟在南海龙王和敖丙手中，这对水族有着莫大的威胁，连东海龙王亦是不得不顾忌三分。但是"天一玄水珠"乃是龙宫的镇族之宝，自从上次出过事后，东海龙王将它藏得严严实实，怎么会落在南海龙王水中。

在众人为"天一玄水珠"的威胁而忧心之际，敖丙亦是得意地高喊道："李兑何在？"

"小的在！"便见巡海夜叉总管李兑从殿外随着一队巡海夜叉跑了进来，向敖丙道，"禀太子，三百巡海夜叉及一万虾兵蟹将听候太子调遣。"

"李兑!"东海龙王怒喝，不敢相信这个任职巡海夜叉总管这么多年的李兑竟然在这个时候背叛了他，敖扃等人亦是想不到此事，李兑至少掌握了东海龙宫三分之一的兵力，他的背叛对于东海龙王有着莫大的打击。

李兑恨恨道："敖广，我为水族卖命这么多年，才不过做一个巡海夜叉总管，你怪不得我。"

东海龙王叹道："狼子野心，我看错你了，你真是一个无耻的卑鄙小人。"

敖丙哈哈大笑道："父王，各位叔叔，成王败寇，成功了就好。"

现在李兑手下兵力加上老五老六掌握的兵力，已占了东海的五成兵力以上，算上南海一系的兵力，势力未必会比东海龙王诸人差多少，何况南海龙王手上还有能控制水族命脉的"天一玄水珠"，实力上敖丙和南海龙王的联手完全占了上风。

"哼!成王败寇，你们未必能成功。"敖扃冷哼一声，拿出"异水元珠"。

"异水元珠!"众人大是惊呼，他们怎么也没想到"异水元珠"会落在敖扃手中。东海龙王不由露出喜色，喝道："孽障，你们今日休想得逞。"

南海龙王和敖丙以脸色一变，他们亦漏算了三界之中还有能跟"天一玄水珠"相抗衡的"异水元珠"。不过这也怪不得他们，没人能想到数千年的"异水元珠"落在倚弦手里，而昨晚耀阳和倚弦就入了东海龙宫。

龙宫老五老六和李兑更是面无人色，他感觉到这一宝似乎押错了，但此时绝对不可能让他们后悔。

西海龙王和北海龙王露出喜色。

然而事情又有所变，一个意料之外的声音传入众人耳中："敖丙，我就知道你没用，连这点小事都搞不定，还要卓某来助你一臂之力。"

耀阳和倚弦听到这么熟悉的声音，不由呼道："卓长风!"

不过，没人会注意到两兄弟微不可闻的声音，所有人的目光都被卓长风的出现所吸引。卓长风闯入殿中，不知何时，他竟又带了一批妖宗高手围住大殿，他的出现又让形势骤变。卓长风遁至敖丙背后，轩然而立，望着敖扃说道："敖扃兄，卓某敢说你绝对没有'异水元珠'的使用办法。"

敖扃神色不变，淡然道："莫非卓兄想试试此物的威力?"

卓长风一笑，不理，转而向东海龙王道："龙王，不好意思，卓某觉得紫菱公主一个人被关在房间内太闷，所以代龙王将公主带来了。"

东海龙王和敖扃脸色大变，耀阳和倚弦亦是大惊，他们没想到紫菱公主竟会被卓长风所抓。

"不必劳驾你卓长风，我亲自带我的外孙女来了。"殿外一阵喧哗，妖宗高手跌飞起来，巡海夜叉和一干虾兵蟹将都畏惧退开。却是敖扃寻找不到的"龙神"应龙大步踏入"圣麟殿"，跟在后面的正是紫菱公主。

紫菱恨恨地盯着卓长风，叱道："你敢抓我，我外公以后会收拾你的。"

"龙神"应龙的身份是整个龙族最高的，他的到来，顿时让南海龙王和敖丙脸色剧变，他们很清楚应龙在水族中的影响力。果然应龙哼道："敖放，别以为你做了南海龙王就可以胆大妄为，今日开始就剥夺你南海龙王之位，由波王侯敖扃继位，南海那边我已经通知过了。敖扃，即日起你就是新的南海龙王了。"

敖扃并无多少喜色，抱拳道："敖扃遵命。"

南海龙王脸色大变，他清楚应龙没有说谎，以应龙在水族的超人地位，完全能做到这点。

卓长风奇道："应龙兄不是对于神玄两宗没有什么好感吗?为何要反对水族脱离神宗。"

应龙睨了卓长风一眼道："妖帝这话问得有点白痴了。我的确对神玄两宗一向都没有好感，但是水族千百年来都奉行自身的使命，所以冲着共容共存的三界原理，不能脱离神宗一事自是明了无比，根本不需要细想就清楚得很。"

卓长风长笑道："应龙兄的手段果然厉害，不过即使这样你们也没有多少胜算，现在整个'圣麟殿'都在我们的控制之下，南海的兵力我们并不需要。"

敖丙背后的两个人见此不必再隐瞒本来面目，露出真脸来了，果然是申公豹和一个女子，而那个娇艳的女人耀阳和倚弦也很熟悉，就是他们见过好几次的喜媚，难怪敖丙能策划出如此阴谋，原来是这两个最擅长阴谋诡计的家伙搞出来的。

“既然这样，那‘天一玄水珠’也不必要了吧?”出声的是耀阳，就在南海龙王心神不宁之时，耀阳和倚弦就欺近南海龙王的身边，倚弦以雷霆之势出手制住南海龙王，耀阳动手拿了“天一玄水珠”。

敖丙等人想不到会出现耀阳和倚弦这样的人物夺去“天一玄水珠”，脸色立即变得刷白，本来他们甚至还有优势，但是“天一玄水珠”一失，他们就完全处在下风了。

这个变故显然是卓长风所没想到的，他愕然道：“又是你们?”

“妖帝，我们也算是有缘吧，什么地方都能见到你。”耀阳笑着和倚弦将南海龙王带到敖扃旁，以“天一玄水珠”换了“异水元珠”。

“我被迫让老五老六掌握兵权，岂会没有准备。”东海龙王见卓长风手上再无可以威胁到水族之物，冷笑一声，再无需顾忌，高声道：“有请神宗各位高手。”

以哪吒和亢金龙为首的神宗一干高手立即从东海龙王背后窜出，包括二十八星宿神将的四五十位神宗高手出现在殿中。他们刚才一直因为“天一玄水珠”在南海龙王手上，而不敢轻出。哪吒此次会出现在此，定然是神宗想让水族不再因为陈塘关之事而对哪吒不满。

亢金龙看着卓长风道：“妖帝，我们这算是扳回一局吧。”他说的是上次刑天族地被卓长风阴了一把之事。

哪吒看看卓长风，却走到耀阳和倚弦面前，淡淡道：“到现在我还不知道当初放你们一马是对是错。”

耀阳微笑道：“放心，你的决定绝对正确。”

倚弦亦道：“哪吒兄，我们不会让你失望的。”

敖丙和李兑一干人等脸色惨白，他们怎么也没想到事情会发展到这种地步。

卓长风一目扫过，道：“东海龙王果然厉害，卓某此次甘拜下风。”说着二话不说抓起敖丙就走。

敖扃想截住卓长风，东海龙王沉声道：“七弟，让他们走。”

敖扃只有愤愤地让开路，卓长风向东海龙王笑道：“老龙王果然明白事理。”

申公豹等人当然随之离开，而李兑等人也要离去的时候，却被其他人截住了。卓长风连话都没说，因为他也明白事理。东海龙王肯让他们离去，在于水族内部问题还未解决，一旦开战，整个东海都可能遭殃而陷入混乱。卓长风也不过甚，不再干涉水族的内部事务。

耀阳和倚弦见事情已经解决，也不想插手神宗事务，抱拳道：“各位，我们告辞了。”

敖扃急道：“你们为我水族立下如此功劳，怎么能这么快就走了？”

耀阳笑道：“你们现在需要处理内部事务，我们不便打扰，而且我们还有要事。”

东海龙王发话道：“既然两位想走，我龙宫也不再强留，两位此次仗义相助，我们整个水族都铭记于心，下次若有需要，只要不违背原则，我水族定会全力相助。”

“多谢龙王，不过波王侯已经帮了我，告辞。”耀阳和倚弦联袂离去。

“这里太闷，老夫也走了。”应龙还真对神玄两宗没有什么好印象，回头说了一声，便跟两兄弟一起走了。

“外公我跟你一起走走。”紫菱哪会不抓住机会逃避禁足之令，当下跟在应龙后面跑出去了。东海龙王此时还需要处理内部问题，也没精力去管这个女儿了。

耀阳和倚弦出了龙宫，耀阳问道：“应龙前辈来得正好，否则刚才就麻烦了。”

应龙哼声道：“老夫就知道，蚩尤这老贼想抓我，一定是有什么阴谋，原来想乘机对付水族。但是你们两个怎么会在这里呢？”

倚弦简单地将事情说了一下，道：“我们的出现也算是机缘巧合，能助水族一臂之力，我们也很是高兴。”

应龙呵呵笑道：“这样看来，你们才是来得正好，如果不是你们借的‘异水元珠’和制住敖放取回‘天一玄水珠’，卓长风等人势必会乘机一战，让东海龙宫甚或四海水族陷入混乱。”

倚弦道：“举手之劳而已。”

应龙看看两人，大笑道：“你们两人现在已是今非昔比，三界无论是谁都不会不给你们一点面子。想起当日初见小倚的时候，那时你还嫩着呢，却怎么也想不到不过短短几年的时间，你已有不输于老夫的修为。将来的三界肯定是你们的，到时可要照顾我这个老人家。”

倚弦连声道：“岂敢，我们跟您老还差得远呢。”

应龙叹道：“你不要谦虚，老夫现在唯一的优势就是经验了，假以时日，你们连这点也不比老夫差的时候，老夫也差不多可以退隐了。不说这些，老夫现在要走了，你们好自保重。”

倚弦道：“应龙前辈不在龙宫吗？”

应龙耸耸肩道：“在那个鸟地方干吗？我现在去找妖师元中邪，看看这个家伙对现在形势有什么意见。”

耀阳讶道：“怎么应龙前辈跟元师是旧识？”

应龙道：“我们这些老不死的，经过这么些年，哪会不认识？”

紫菱一听外公要走，立即脸出为难之色，吞吞吐吐地道：“外公，我……”

应龙眼睛一瞪，哼道：“你这丫头，是不是不想跟外公走？真是女大不中留，有情郎在就不要外公了，随便你啊，到时候被这小子欺负了可别来找我。”言罢哈哈一笑，风遁离开。

紫菱脸色潮红的道：“倚大哥，我跟你去玩玩行不？”

倚弦知道拒绝不得，当下便点头道：“怎么会不行呢？就怕你去了无聊。”

紫菱连忙道：“一定不会无聊。”

耀阳取笑道：“当然，有小倚在，你肯定不会无聊。”

紫菱脸上一红，骂道：“臭耀阳，死耀阳，你胡说什么。”突然想起一事，惊呼道：“雷震子呢？刚才卓长风抓我的时候，它为了保护我被打得很惨，后来在我的命令下才逃走的。”

“喏，它没事，也溜出来了。”倚弦随手一指，果然一个黑影从海中飞窜出来，直往这边飞来，正是雷震子。

头肿脸青的雷震子见到倚弦立时扑到倚弦怀中，“呜呜”叫起屈来，显然是因为方才被卓长风打得不甘心，紫菱一把把它抢过去紧紧搂住道：“雷震子，你没事就好，你这家伙怎么这么傻，想帮我也看看自己的能力嘛。”

耀阳看雷震子辛苦地吐着舌头呼气，忙出声道：“紫菱公主，你再勒下去，雷震子可真有事了。”

紫菱这才不依不饶地放开手来，惹得雷震子一阵高兴，低鸣阵阵。

回到宋城，耀阳、倚弦和紫菱意外地见到了许久未见的土行孙，几人见面自然是非常高兴。

细说起来，耀阳和倚弦才知道原来三年前有炎氏就不满神玄两宗追杀两兄弟，立即离开蜀山剑宗。神玄两宗对有炎氏也微有歉疚之情，没有因耀阳和倚弦的事情牵涉他们，亦不勉强，让他们离开了。

有炎氏自解除禁制后，每个人都修为大进，实力大增，就算没有自保之能，却足以逃避敌人，所以他们干脆回到原来的族地，三年来，仅存的有炎氏族人拼命修炼，倒出现了一批人才。

土行孙的情况很特殊，他的修为在有炎氏的年轻一辈中是最强的，但与之相反的，他还是不能完全恢复高大的身材，每天有近半的时间只能保持原来的矮小模样，看来似乎他的身高大部分化为修为了。

这次有炎氏得到消息，说是有魔妖两宗觊觎耀阳的领地，当即便派了土行孙等一众青年高手日夜兼程赶到宋城，刚好今晨有不少魔妖高手偷袭宋城，在有炎氏的襄助下，宋城很快就将敌人击退。

说到这里，还能保持高大形象的土行孙故作豪气地用力拍拍耀阳肩膀道：“你们是拯救我有炎氏一族的圣使，以后我们这些人就为你卖命了，水里去火里来，绝对不会皱一丝的眉头。”

耀阳微笑道：“老土，看你说得这么严重，其实只要你们能帮我一下忙，就足够了，不必做出这么大的牺牲。”

土行孙拉着耀阳到一边道：“我说个场面话而已，你不要当真了，嘿嘿，咱们很熟了，我直接说，送死的事情我不做。”

耀阳点头道："放心，我不会让你去做危险的事情的，最多就是发挥你的专长潜入敌军，这应该不会有什么危险吧，哈哈……"

"你这不是间接谋杀吗？"土行孙大恼。

跟有炎氏一众年轻高手交代一些必须注意的事情后，耀阳就让素儿安排一下有炎氏的住所等事。耀阳又找秦骊如问了关于今晨魔妖偷袭的事情，得出的结论只有一点，那就是这次是九尾狐以及"梅山七怪"一批人带着手下企图偷袭宋城，结果因为小千和小风的神通和有炎氏一族人的到来而无功而回。而小千和小风乘机亦揪出了那个通风报信的奸细。

耀阳自是要多谢有炎氏赶来相助，也赞扬了两个乖徒儿几句。紫菱刚到不久就抱着雷震子跟妲己、小仙在一起了，几人私下里嘻嘻哈哈不知在谈些什么，当然往往笑得最大声的就是紫菱。

耀阳和倚弦自然不会去管她们三个女人的事情，他们要忙的事情有很多，哪里还有什么空闲。耀阳要管理宋镇和曜扬军的事务，收集剩下的材料，耀阳便一股脑儿交给倚弦，土行孙闲着没事也跟着倚弦去了。

就在龙宫事变那一天，三界形势各处都有大小事情发生，但是人界却反而是风平浪静，仿佛一时间所有的势力都安静下来，相安无事。但是耀阳等人都认为这只是一时的，暴风雨之前的平静也就是如此吧。

乘此机会，耀阳更是抓紧曜扬军的军事训练，耗费体力的锻炼减少两成，但是将士上下相互的配合磨合的训练却是加强不止一倍。耀阳亲自参与训练，没有一点偷懒，这让其他将士更加不敢懈怠。

倚弦去寻造石像的材料，虽然也算珍贵，却不算稀有，倚弦只花了两天的时间就找了回来。

又半个月后，人界的形势终于变了。正如耀阳等人所料，没人会让曜扬军安安稳稳地发展起来。曜扬军受到敌军威胁，却不是东鲁的兵马，而是南域的大军。南域的卧榻之侧始终不容许有任何的威胁存在，何况甚是靠近南域的曜扬军已经表现出了强劲的实力。

当小风来报，南域军陈兵十万，意欲一举击溃曜扬军。正在细查地图的耀阳听此消息，连眼睛都没眨一下，只是随意道："知道了。"一副成竹在胸的模样让人猜测不出他究竟在搞什么鬼，大部分人都认为他现在已有对策解决此事。

其实耀阳心中叫苦，曜扬军现在虽然实力大增，但是跟南域军还远不能相比，十万跟七万之差看来并不算很多，但是能跟西岐军相提并论的南域军论起素质来，曜扬军将士短时间内绝对赶不上。

耀阳心中暗叹，如果曜扬军七万将士的个人作战能力能跟南域军相比，他肯定有信心击退南域军。但是事实上，双方的实力差距并不是他有信心就能弥补的。

就算曜扬军能战胜十万南域大军，也绝对会损伤惨重，两败俱伤的情况是最有可能出现的。南域军若损失三四万兵马，对南域来说只能算是较大的损伤，但是曜扬军若少了三四万兵士，那辛苦发展出来的势力将损耗大半，也绝对再没有多少时间让曜扬军缓过气来。若南域军的领兵是虎遴汉的话，耀阳虽有心报三年前之仇，但是他清楚虎遴汉是南域第一号名将，在双方实力对比悬殊之下，天下间无人能完胜虎遴汉。

现在耀阳最期盼的是鄂崇禹看不起他，随便让其他的将领带军。

可惜世事永远都难如人意，当天内小风第二次来报："南域军主帅是虎遴汉。"

耀阳只有苦笑，真是越不想发生的事情就越会发生。

打发走旁边诸人，身边只有倚弦，耀阳不必再装，当下便靠在桌上揉揉眉头，叹道："小倚，这下麻烦了。曜扬军现在可还比不上南域军，你能想个办法，将这事搞定吗？如果再给一段时间，让我将石像搞出，同时配合兽军或许还有一线转机。"

倚弦却是沉吟不语，半晌才道："如果我猜得不错，眼前还另有一个转机，虽然你我都不愿意到这个地步。"

耀阳一愣，沉思道："你说的转机是慕行云？"

倚弦点头道："半年前慕行云便欲要和我们合作，那时我们并不需要亦不肯同意，但是现在应该是他提出的良机，以他的聪明应该不会放过这个机会。"

耀阳拍拍额头，头痛的道："你说得很对，不过跟这个家伙合作，我真的不放心也不愿意……"

此时门外便来报说是东鲁慕行云求见，耀阳和倚弦对视一眼，都想，他出现得还真是及时。形势比人强，两兄弟再不想，还是得请人进来。

英姿风发的慕行云进来便是道：“两位近来可好，听闻两位前些日子一手挫败蚩尤在龙宫的阴谋，的确是三界奇人，无时不是三界的风云人物啊。只是两位似乎在人界有点小麻烦，行云不才，或能帮上一点小忙。”

耀阳和倚弦心中暗忿，这小子不是摆明了来寒碜自己吗？

耀阳没好气地道：“慕行云，不需要别的废话，你不妨开门见山将来意说清楚，我们没时间陪你兜圈子。”

慕行云眼中寒光一闪，道：“爽快，既然如此我就直说了，经过半年时间的相互征伐，现在各大势力都默契的安然相处，休养生息，乘这个时机，南域军便想拔除你们这虽处鲁地却近南域的隐患。相对较少顾忌的他们这样强攻，你们能挡得住吗？我想这个时候，我提出联手，你们不会反对吧？”

耀阳沉声问道：“你想如何联手？”

慕行云道：“很简单，我现在可领东鲁三成兵马，你我合力击退南域军就行。”

耀阳微讶，说道：“此事不会这么简单吧？”

慕行云淡然笑道：“我要你彻底击溃虎遴汉，甚至杀了他，但是不能伤南域军的根本。”

耀阳心中一动，道：“你想图谋南域？”

慕行云傲然道：“现在我已经控制南域三成的兵马，只要虎遴汉惨败，我就能从他手中夺去剩下的兵权，到时整个南域便在我手中了。”

倚弦说道：“你这样说出来，不怕我们破坏你的好事吗？”

“说不说都一样，我不说你们也能想到。”慕行云挥手道，“而且两位想必不会为了跟我作对，而让你们辛苦搞起来的曜扬军毁于一旦吧？”

耀阳忍不住嘲讽道：“慕兄对我们了解颇深，看来是下了一番功夫吧？”

慕行云摇头道：“两位现在可是三界的大红人，慕某不花时间也能知道一二。”

耀阳看看桌案上的地图，说道：“那就不废话了。我同意你的建议，不过东鲁军只能从宋镇边境过来。而且到时候，你们东鲁军必须听我的指挥。”

慕行云知道耀阳是戒备他，不可能让他的兵马威胁到宋镇，不过他的目的已经达成，也不再多做要求，反正也不需要绕什么路。当下他便鼓掌道：“好，痛快。慕某这就去准备一切。”

“请。”耀阳和倚弦也不送，让他自己走了。

等慕行云离开后，耀阳郁闷地一拍桌案道：“这下真让他得逞了，真是心有不甘。”

倚弦笑笑道：“人生总是起起伏伏，你我当然不可能一帆风顺。偶尔有些挫折也是很正常。”

耀阳哼声道：“这次算他得意。他爷爷的，如果那三年的时间我们都在发展的话，现在还怕他什么南域？”

倚弦道：“你也别发牢骚了，没有那三年的沉寂，你我的修为也不可能提升到现在这样的地步。”

耀阳撇撇嘴道：“好了，不管他，我们还是做我们的。”

倚弦疑道：“不过慕行云为何不趁曜扬军跟南域军开战之时从背后偷袭，他可不是什么正大光明的人。”

耀阳冷笑道：“你以为他不想吗？慕行云他在东鲁还有姜兴鲁和幽云等竞争对手，神玄两宗又不想轻动我们，他一旦动手就是摆明了违背神玄两宗的意思，这不是自曝魔宗身份吗？就算他攻下我宋镇恐怕也最终成了东鲁的成果，你认为他肯吗？除非他得了南域，有足够的实力支持。”

当下，耀阳便聚集曜扬军准备迎敌应战，通知全镇小心戒备，勿要阻拦东鲁的兵马，但亦要谨慎监视他们的一举一动。世事难料，谁知道慕行云会不会阴他们一把。

第一百五十一章　智者失算

不久，耀阳就得报南域军侵入境内，此时东鲁大军业已赶到，看来慕行云早就知道耀阳会答应合作，已早有准备，否则断没有可能这么快速。

这个时候白淮和奋镇却是连一句话都没说，更甭提同盟之事，显然是都不看好耀阳，毕竟现在对曜扬军动手的南域可是根植南方几百年的最强势力，实力绝非现在的曜扬军可比，他们不乘机偷袭曜扬军已算是看在秦骊如的情面上了。

耀阳也从没想过要借助两个盟友的兵力，他只是去通知了他们一下，让他们做好准备，在曜扬军胜后分享一点小小的成果而已。而此时的耀阳已经想好在何处迎击南域军。

就在南域与宋的边境长风原，耀阳要正面与虎遴汉一战。

所谓长风，是指若是起风，通畅无阻，可以持续很长。长风原地势平缓，决无可伏击之处，虎遴汉知道耀阳非是等闲之辈，不敢大意，宁可绕路也要从这最安全的地方进军。

耀阳就偏偏在此处等待虎遴汉和他的南域大军，打定主意就是要正面将战力仅在飞虎军和西岐军之下的南域大军击溃。对其他人来说，这显然是不可思议的。虽然慕行云领东鲁五万大军前来助阵，跟曜扬军合起来足有十二万兵力，但是就双方的真正实力而言，还是十万的南域军占了上风。

没人会认为虎遴汉是无能之辈，就算现在被公认为人界第一名将的黄飞虎在提到几个能人时，也提到了南域的大将军虎遴汉。

战力处于下风的曜扬军想正面击溃南域军，真的有如白日做梦，这甚至连慕行云也不信。当耀阳亲口说出要击溃虎遴汉的时候，慕行云心中亦在琢磨，这个耀阳在玩什么？

心有疑惑的不只是慕行云，虎遴汉亦听到耀阳这句大话，当即大笑道："毛头小子，不知天高地厚。"

双方将士听到有信之，有完全不信，亦有半信半疑。

耀阳需要的也仅仅于此。只有倚弦和秦骊如知道耀阳的计谋，当时便问道："你这样会不会有些冒险？"

耀阳耸耸肩道："我军耗不起，你说不冒险能怎么办？"

倚弦无语，的确他亦是想不到更好的办法。

清晨，双方大军已有足够的休息，就正面对阵。

不知是否是耀阳相信慕行云，耀阳就让东鲁军位于曜扬军之后。

曜扬军列阵，左右两翼各二万兵马，中军二万兵马。耀阳下令，曜扬军左右两翼前突合阵，中军在后。左军主将秦骊如，右军主将莫凌风，中军耀阳亲自率领。

曜扬军全阵呈防守之态，等着南域军攻击。

虎遴汉不是庸将，出征之前早就研究过耀阳自落月谷之后的一场场战斗，得出一个结论，曜扬军最擅长出奇制胜，要花招没几个人能跟耀阳这只小狐狸相比。在耀阳面前施计成功的至今为止只有他上次攻西岐城之役，他也很清楚，那次的事情是谁都难以防备的，甚至连虎遴汉自己都想不到姬发居然会愿意跟他里应外合。

耀阳经过上次那个教训后，绝对不会再轻易上当。

虎遴汉的想法就是跟曜扬军正面作战，绝对不施奇计，这次显然是个很好的机会。

虎遴汉没有急着动手，他怕耀阳会有其他什么奇策，但是法道出身的探子已经将曜扬军周围方圆数十里内的一切都探听得仔仔细细，曜扬军不可能会有什么援兵或是埋伏。

再三确定后，虎遴汉就不再犹豫，下令全军攻击。为将者最戒不够果断，他不可能因为耀阳战前所说不着边际的话而畏首畏尾，否则，南域军必未战先输。

曜扬军左右两翼位于正前，中军在其后，最后方却还有东鲁大军护持，把耀阳及其亲兵围得团团密密，坚若磐石，这倒让虎遴汉感觉奇怪万分。耀阳绝对不可能是个胆小的人，而且之前还口口声声说是要完胜南域军，怎么会摆出如此阵势？难道他另有用意不成。

“全军步步进逼，正面击垮敌军。”虎遴汉绝对不敢大意，做出非常小心的命令，这样做丝毫不怕对方有什么阴谋诡计。

耀阳下令所有将士坚守原地不得擅动。

长风原上，一步步进逼的南域军动作不断加快，近曜扬军一里外，虎遴汉终于下令全军冲杀。大地从微颤到狂震，千军万马踏地发出雷轰的巨响，南域军的战车像是洪水浪峰一般势不可挡地向曜扬军怒冲而去，矛戟利刃如折竹，直对曜扬军，其之尖锐刺入人心。

“立盾持矛！弓箭手准备！”耀阳大喝下令，一块块铜光反射的坚盾连成一道坚不可破的防堤，长矛穿盾形成倒刺如林，欲将来军尽数挂在矛林之上。

“射！”耀阳声如爆雷，随着他的呼声，成片箭雨尽情倾出，着实地扎在南域军人马身上。马声惨叫起，马翻车倾，南域军兵士死伤不断。但这当然不可能阻挡南域军的前进之路。

潮水般的南域军似是无可披挡，马蹄声混杂车轧声震天而响，直欲震垮天地。

“铿锵！”无数的震声同一时间响起，交响声如霹雳交鸣，紧接着便是人仰马翻的嘶吼裂叫声，矛戟入体飞溅出鲜红的血液连串成片。仿佛是一条血链横在半空中，将两方人马硬生生隔开。

南域军的兵士驾车撞在盾堤，将曜扬军士兵连人带盾震飞，但是被长矛捅个正着者亦是连人带马飞摔，砸得后面的人马车一个稀巴烂。散架的车上一片片触目惊心的血红，不知是人血还是马血。

无论是南域军还是曜扬军，只要有缺口，便立即有人从后面补上。南域军的一次冲击将曜扬军的防线硬是冲退几丈，但是曜扬军始终还能勉强保持防线，不让缺口真正的引成。

终于南域军冲势逐渐缓下，双方将士像是血水混杂一般慢慢渗入缠战，就在这时，耀阳下令两翼迅速左右分撤，让曜扬军中军正面对上敌军全体。

南域军面对曜扬军如此改变，一时甚至不知该做出什么样的反应。虎遴汉果然不愧为南域名将，当机立断下令南域军只管冲杀敌军主帅耀阳亲临的中军，左右两翼暂时可以一放，虎遴汉就不信冲垮了耀阳亲兵，曜扬军其他的兵马还有什么作用，就算东鲁军那五万将士再想有任何举动也不可能。

但是事情难料，耀阳早就料到虎遴汉的想法，就在左右两翼退开之时，耀阳便做好了一切准备。当南域军冲到曜扬军阵前的时候，才知道曜扬军此次跟他们对抗的并不是任何兵士，而是一个曾经名扬天下的旧兵种再次摆上战争舞台。

南域军实力的强悍无论是曜扬军还是东鲁军都很清楚，即使同为四大诸侯兵的东鲁亦有所不如。可是南域军将士再强也是人，他们还无法做到无畏无惧。耀阳针对此点制定的战策在此时开始启动。

南域军兵士面对任何一支军队都不会有一点怯意，但是他们现在面对的却不是人，而是一群凶猛无比的巨型青虎。

青虎非寻常猛兽可比，居于没有一点人烟的远古深林之中，其之强悍凶猛连上百狼群都不敢惹一只青虎。当然越厉害的猛兽就越难控制，此时以耀阳的能力能御使寻常老虎近两百只，但是御使青虎却不到一百。

对寻常人而言，谁都知道虎乃百兽之王，只有耀阳和倚弦所知的奇禽怪兽常人极少能有幸看到，就算见到了，也是以为妖孽精怪。南域军将士也一样，他们至少知道不同种类的虎，但是从来没人见过浑身青毛斑斑、体型大了寻常老虎将近两倍的巨虎。

即使不知道青虎为何物，南域军见到如此一群巨兽也无不吓得魂飞魄散，面对这些猛兽，只是常人的南域军将士极少有地生出无力感，不少人已有退意，人怎么能跟兽争。不只是南域军上下兵士，那些拉车的战马更是因为天生的恐惧慌乱嘶叫起来，不少马匹不听指挥拉着战车互撞，整个南域军立即乱了起来。

耀阳绝对不会放过如此良机，马上下令："左右两翼冲杀!"而自己却是控制近百青虎向南域军扑了过去。

南域军甫一见到青虎已是吓得军心涣散，马匹狂乱，阵形全乱。耀阳乘机控制这近百青虎向南域军杀去，因为没料到有青虎这种猛兽而措手不及的南域军又遇战马惊慌，哪里抵挡得住凶猛无比的百来只青虎肆虐。

强悍无匹的青虎巨爪一扫，竟将整辆车子给击飞了，如此惊骇人心的威力更是进一步打压了南域军低靡的士气，南域军的人或马都不由自主地后撤甚至逃跑。

南域军强悍胆大的兵士绝对不少，但是长戟戳在青虎身上却像是给它搔痒一般，而那戳肉的痛意反而激起了青虎的凶性，一只只青虎张开血盆大嘴，将獠牙凶猛地扎入南域军并不算薄弱的身体之中，将他们生生撕裂，巨爪甚至一抓就将人抓下大半个身子来，虎尾亦像是铁条般能硬生生的将头骨砸裂。

面对青虎恐怖的杀伤力和战友们死的惨状，南域军哪有勇气跟这样的怪物交战，只有逃窜不已。本来青虎再厉害也挡不住几千训练有素的南域军兵士攻击，只是事出突然，耀阳绝对不肯给南域军重整军队的机会。

而跟在青虎后面的是一万步兵，他们没有受惊马匹的牵累，手脚麻利，对付混乱成一团的南域军没有一点问题。

耀阳带领以青虎为首的曜扬军几乎是通畅无阻，将南域军的阵营撕出一道巨大的裂口。如果说南域军能以战车一鼓作气冲杀而来的话，即使有青虎开路，曜扬军也绝对不可能如此轻易地撕开他们的阵形。可惜南域军第一次全军冲击受阻后，士气已有所弱，亦无冲杀之势，如此一来便再难阻止曜扬军以青虎开路的箭头冲击。

青虎的作用巨大，在割裂敌军阵形之际尚致使敌军慌乱不已，就算不少南域军兵士镇定下来也难以阻止马匹被凶兽的天生克制。而曜扬军中军得利，一万步兵渗入敌军使其难以再结阵，两万战车兵却随后给了落后的南域军致命一击。

曜扬军两翼恰时从旁插入，将相对薄弱的南域军两边切开，顿时将南域军切得四分五裂。

形势骤然大变，虎遴汉亦没有意料到竟会有这样的转变，但他还算是镇定，立即下令不顾曜扬军中军肆虐，军分两边先集中将曜扬军两翼挤压消灭。此时东鲁大军却也动手了，五万兵马压上，让虎遴汉的机会彻底丧失，同时这也是给了南域军致命一击。

“轩辕剑出，天下归心！”耀阳乘机吼出此话，轩辕剑祭出，九条金龙再次冲霄而上，似翱翔天地。轩辕剑的精光洒遍整个战场，极大振奋己军和友军的士气，亦给了南域军士气以致命打击。

“耀阳仁心，降者不杀！”配合着耀阳的吼声，曜扬军全军上下暴喝出声，汇集成震惊天地的天雷，似乎将这片天地间的空气震碎。

而耀阳之前发布的说要完胜南域军的话也起到了极大作用，双方将士都想到原来耀阳真的不是信口开河，看来曜扬军的确是有必胜的把握。南域军兵士最后一点战意都没了，他们面对士气如虹的曜扬军只有节节败退，空有一身实力发挥不出来。

“完了！”虎遴汉看到这一切，痛苦地闭上了双眼，哀叹一声，终于下令全军撤退。这样纠缠下去，完全处于劣势的南域军恐会全军覆没，虎遴汉不是那种拿全军将士性命来发疯的蠢材。

南域军马上撤退，这让很多被完全隔离在曜扬军中还在拼死抵抗的南域军兵士彻底死心，只能选择两条路：死或是降。不少南域军兵士选择了死路，还有大批的人选择了投降，如此情形下，投降也是无可厚非，再坚持下去跟送死没有什么分别。

南域军虽撤，却不像是溃逃，毕竟他们还是天下闻名的精兵，虎遴汉的手段不错，此时还能指挥南域军组织几次有力的反击，让曜扬军有些麻烦，追击也不由慢了一些。不过一路上曜扬军乘胜追击，南域军毕竟已是败势，断不是乘势而为的曜扬军对手，南域军兵士非死即降。

南域军一撤不止，甚至直接退到南域境内，曜扬军朝着南域军追击不已，仿佛真的想根据慕行云所说，非杀了虎遴汉不可，甚至追入山野之中，东鲁军紧随其后似乎也是想分一杯羹。但是不知不觉中，追杀的曜扬军似乎追不动了，逐渐被东鲁军追上。

南域军终于全数逃入山坳中，耀阳与一众青虎早一步追入，东鲁军的高级将领却将视线投在曜扬军身上，

“杀曜扬军！”听到命令，东鲁军将士都愣了一下，才持起手中武器向曜扬军兵士杀去，但就在此时，正在追击曜扬军突然转身，向东鲁军动起手来。那些东鲁军将士根本没想到曜扬军会早一步对他们动手，一时没有准备，竟完全不是曜扬军的对手。

即使慕行云也没想到曜扬军竟然能刚好早一步向东鲁军动手，不由大怒吼声如雷：“卑鄙的耀阳，言而无信，我军好心助你击退南域军，你竟在这时偷袭我军。”

“哈哈，慕行云，你不要再装了，现在这种情况，你应该知道你的奸计已被揭穿。”耀阳亦是回应大吼道，“你借南域军攻我宋镇之际，骗我军主力离开宋城，你却暗中派人去袭我宋城。你以为凭你这点小伎俩能骗得了本将军？本将军早有准备。而且刚才就是你东鲁先要杀我曜扬军兵士，我军难道坐等你将我们杀光？”

不知何时，耀阳也率一众青虎参入战中，东鲁兵士也是人，他们本来是庆幸青虎的厉害，让他们能更轻易地对付敌军，现在却因为青虎的凶悍而付出惨痛代价，两者相比何止千里之远，这使本来已为命令而惊诧不已的东鲁军士气低落不已。

“慕行云小儿，可敢与倚弦一战！”倚弦早得耀阳通知，飞天邀战，因为耀阳要分心控制青虎，不能全力跟慕行云一战，当然得由倚弦代劳。

慕行云大恼，他绝对不想应战，东鲁军现在居于劣势，如果没有他的指挥更难抵挡，但是如若他不应战的话，东鲁军必会以为他胆怯，亦会士气大落。

慕行云最终还是不得不纵身与倚弦一战，两人俱是当世可数的法道高

手，这一战可谓惊天动地，各色光芒耀眼爆射，声声震耳。

倚弦持龙刃诸神，慕行云持翻天印，两大神器尽显威力，光彩绚丽、夺目璀璨，让人目不暇接。

倚弦虽不好战，但难得与这样一个修为奇高的对手一战，亦是心中雀跃，龙刃诛神尽展攻势，冰寒剑气在慕行云身旁肆虐，竟是迫得慕行云一时间手忙脚乱。

但慕行云亦是不世高手，靠着翻天印的莫大威力还是逐渐稳住阵脚，寻机反击。

倚弦不由讶异，本以为慕行云如果不死，凭着当年《灭天魔典》的成就，借着翻天印之威，实力应该还在自己之上的，此时却发现他也不过如此，这不能不让倚弦感觉奇怪。不过转而一想也就释然了，可能是当年在不周山顶，他的爆炸消耗了不少元能，因为慕行云在那种情况能活下来就是一个异数了。

当然慕行云的修为虽不如三年前的顶峰时期，却也不会比倚弦差多少，虽然处于下风，但鹿死谁手还未可知。

不过耀阳并非是要倚弦击杀慕行云，在倚弦和慕行云苦战之时，耀阳暗中让曜扬军逐渐后撤，让东鲁军的兵士靠近南域军逃走的方向。耀阳算算虎遴汉应该已经重新集合军队了。

果不出所料，虎遴汉身为南域名将绝对不会放过一丝机会，以他坚韧不拔的性格，就算在南域军溃败之际他也没有丧失信心。正当东鲁军和曜扬军纠缠的时候，南域军在耀阳的期待下出现了。

虎遴汉在确定曜扬军和东鲁军真的起内讧而不是做戏之后，立即就下令全军反击。而当南域军再从山坳出来的时候，便是东鲁军离他们最近。

自然不用多说，虎遴汉才不管是曜扬军还是东鲁军，当然是舍远就近，实力尚存的南域军兵压东鲁军。

耀阳见目的已经达到，也不再逼迫东鲁军，只是让曜扬军稳住阵脚，逐步后移，减少跟东鲁军的战斗，让东鲁军能更好地对抗南域军。

慕行云棋差一着，满盘皆输。他发现耀阳的用心便是让东鲁军和南域军拼个你死我活，曜扬军好渔翁得利，但是他现在却被倚弦缠住，根本无法脱身指挥东鲁军。慕行云知道自己错了，当时计谋败露就应该让东鲁军撤退的，否则也不至于陷入如此困境。

虎遴汉到后面亦发现耀阳的想法，可惜此时战事正酣，东鲁军被逼起火性来，不顾一切地强袭南域军。南域军绝对不能退，一退则立即兵败如山倒，虎遴汉再有能耐也无法挽回败局。

而做困兽斗的东鲁军并不是南域军的对手，虎遴汉虽知最终得利最多的肯定是曜扬军，却也不可能放弃剿灭东鲁军的良机。

东鲁军的败局已定，不少兵士终于不肯白白死在此地，或是投降或是逃跑。慕行云见此，也绝望了，大喊道："全军撤退。"

慕行云这句话无疑是旱时甘霖，东鲁军上下将士顿时放弃了最后的抵抗，全部做鸟兽散逃了。

耀阳见此，亦下令全军后撤，他可不想跟一心报仇的南域军正面交战。虎遴汉亦对耀阳心有余悸，不敢追击，反正要追恐怕也追不上。

慕行云敌不过倚弦，一挥手，金光闪耀，翻天印展出最大威力，迫退倚弦后他也立即风遁退出战场，这个时候他就算能赢下倚弦也没有一点用处，他还不如早点集结败退的兵士，尽可能地将损失减少到最小。

倚弦见目的已经达成，也不再追他，倏地到了耀阳身边，问道："怎么样?"

耀阳笑道："本将军出马，怎么会有问题，现在希望有小千帮忙的莫继风不要让我们失望就行了。"

倚弦微笑道："莫继风是个可造之才，他定可大胜而归。"

此战，曜扬军战死两千，重伤三千，但杀敌包括南域军和东鲁军达数万，俘虏两军兵士上万，可谓大胜，而收获大量兵器等器械对于曜扬军来说用处甚多。

回到宋城，莫继风果然有好消息，慕行云另行派遣两万人攻打宋城，被小风将他们的路线探听得一清二楚，莫继风据此埋伏，竟用向白淮和奋镇借来的六千兵马顺利击败猝不及防的两万东鲁军兵士，并以一千的伤亡俘虏东鲁军四千人，可谓战绩显著，看起来似乎比曜扬军战南域军的成绩还要不错。

不过莫继风是个聪明人，知道两方赢此一战的情况不同，丝毫没有一点得意之色。

由于慕行云阴谋在先，又是他们先下令偷袭的，所以耀阳此次反袭东鲁军的行为丝毫没受到任何信誉上的诟病，曜扬军毕竟算是自保。

经此一战，曜扬军更加成熟，毕竟南域军和东鲁军的兵士实力非同小可，不是淮夷等兵士可比。耀阳亦酌情收编七千俘虏加入曜扬军，曜扬军的实力又进一步。

耀阳的意思决不止如此，趁东鲁临近宋镇的兵力被抽调一空之际而侵入东鲁境内，如雷霆风暴一般，不费吹灰之力就迅速占领了东鲁临宋镇的两城。等东鲁知道慕行云兵败的时候，兵力空虚的两镇已被曜扬军占领，东鲁再做反应已经来不及了。

不过短短几日，曜扬军不只解除了南域军对宋镇的威胁，还大肆扩张了势力。不过曜扬军的地盘虽涨，兵力却没有多少发展，若没有足够的时间，这些地盘不过是镜花水月，根本不实在。

经此一役，无论是南域还是东鲁势力都有所减弱，而双方显然都没预料到会形成这样的局面，一时间没来得及做什么反应。

曜扬军乘此机会招兵，并加以训练。新老兵士混杂在一起，虽然减弱了战斗力，但是好处就是可以让新兵减少些不必要伤亡，也可以助新兵迅速成长起来。因为谁都清楚，无论是南域和东鲁都不会愿意看到曜扬军坐大，绝对不可能让曜扬军休息多少时间。而且，南域和东鲁恐怕都咽不下这口气，一旦他们重新集结了足够的兵力，绝对就会向曜扬军动手。

招兵倒不算难事，很快曜扬军便扩充到十二万，也算是有模有样，如果不论单兵作战的实力，曜扬军还真能跟南域和东鲁相抗衡。

不过耀阳等人心知肚明，真想跟南域和东鲁相提并论，这样还远远不够。表面上曜扬军实力大增，但是这样增长的实力实在是太不扎实，两城刚占，耀阳想完全掌握还得要过一段时间，而曜扬军只是声势浩大了些，实际上并没有提升多少战斗力，所以说曜扬军始终还是不能跟其他五大势力相比，只能说是进一步接近。

这次慕行云的东鲁势力虽然因此而大弱，但是虎遴汉毕竟曾为曜扬军大败，化身祝蚺的慕行云肯定能进一步掌握南域的兵力。所以战局上虎遴汉半败，慕行云全输，战场下却是刚好相反，慕行云反而有益，最亏最郁闷的肯定是虎遴汉了。慕行云偷袭曜扬军不成反被阴了一把，虽然一定程度上达到了当初跟曜扬军联手的目的，却绝对不会甘心，他一旦要出兵，无论是从总体战略还是从私仇上来说，第一攻击对象也应该是曜扬军，除非又有什么其他的变化。

稍为稳定后，耀阳便立马召集众人商议具体事宜。

对于这次的作战，曜扬军虽然赢了，但是诸人还是有不少疑问，如倚弦便提出为何耀阳敢肯定慕行云不会在南域军刚交战之时偷袭曜扬军。

耀阳耸耸肩说出的话让人心惊：“老实说我也不能太过确定，慕行云如果在那时动手，我军将死无葬身之地。我只能赌他不会这样做，因为那样的话，虎遴汉大胜，对慕行云控制南域将大幅度增加难度。其实那时我们已经别无选择，幸好我的预感很灵，慕行云是做大事之人。”

众人吓出一身冷汗，这慕行云的行动若有所偏差，那耀阳岂不是完了。

耀阳又道：“其实我敢这样赌是因为慕行云只要不笨就会这样做，除非慕行云能为了个人恩怨而放弃增长实力的最佳时机，所以说起来我还是有足够的把握才敢这样赌的。”

秦骊如问道：“但是耀大哥如何确定慕行云不是跟虎遴汉勾结在一起呢？”

耀阳微笑道：“虎遴汉是什么人？慕行云虽能以祝融氏新宗主协助鄂崇禹的身份让虎遴汉不敢轻易忤逆，但是想要从虎遴汉手走夺走兵权谈何容易，所以虎遴汉一胜，慕行云想从他手中拿些兵力那可更加是难上加难，我想慕行云不会做出利人不利己的事情。”

倚弦皱眉道：“你这样做很是危险，如果慕行云放弃从南域着手，而一心想以姜涣楚外孙的名义从东鲁起步，那我军岂不是死路一条?”

耀阳哈哈笑道：“绝对不可能，西岐跟东鲁联手，就说明东鲁的势力已被神玄两宗纳入姬发一系，最终是为姬发服务。慕行云绝对不肯屈居人下，以他慕行云的身份当然不可能直接跟神玄两宗作对，所以在东鲁他仅能以神玄两宗弟子的名义控制一定兵力。但是在本来就受祝融氏支持的南域，他却可以用祝融氏新宗主的身份，逐步全盘掌握整个南域，这种情况下，他当然会选择南域。”

对于诸人的问题，耀阳一一回答清楚，说得很是清楚详细。

最后，耀阳还道：“不过，奇怪，以慕行云的能耐他应该能做得更好才对啊，怎么会这么容易就败给我们？这其中似乎有些蹊跷。”

倚弦点头道：“说来我也有这样的感觉，慕行云的修为不及在不周山之时，如果我所料不差的话，应该是当初爆炸之时，他大受损伤。”

耀阳笑道：“他不会是脑袋也炸坏了吧?”

“也许吧。”倚弦随口道。

时间不多，曜扬军要抓紧时间训练，耀阳每日都会不定时抽些时间去军营巡查一下曜扬军的训练，同时也振奋一下曜扬军的军心。事实上，由于耀阳的巡视，曜扬军兵士的训练更加卖力，对此耀阳还算是满意。

耀阳的事情相对较多，他便将石像的制造方法尽数教给倚弦，剩下的让没有太多事情的倚弦去研究。而耀阳自己却将全部精力放在如何真正驯服青虎，在没有“驭兽香鼎”情况下让青虎还是听他的命令。想驯服凶兽，非“驭兽香鼎”不可，但是当年刑天能驱使“万兽大军”断不可能一直以“驭兽香鼎”耗费精力控制，如果所料不差真正被“驭兽香鼎”驯服的凶兽，以后不需要“驭兽香鼎”他也能自如使唤凶兽。

现阶段，曜扬军的实力不可能一下子增长多少，而青虎的出现第一次会有出其不意，打击敌军士气的作用，但是以后肯定没这么有用，但是他若能研究出真正驯服凶兽的法子，再增加两三百只青虎，而且又不必自己太费精神的话，那对曜扬军来说也是一股较强的战力。

当耀阳正为“驭兽香鼎”最正确的使用方法而烦恼之际，突然门外闯入一个倩影直扑而来。耀阳一惊，正要一拳将来人击退，定神一看却是许久不见的梅若冰，忙将拳头收回。

梅若冰一到就将耀阳抱住，连连娇声道：“耀大哥，耀大哥，冰儿想死你了。”

耀阳伸手拧拧梅若冰的瑶鼻，高兴地道：“我也想你啊。”

“骗人。”梅若冰的樱唇在耀阳脸上亲了一下，放开耀阳说道，“耀大哥，我替你介绍两个人，他们是我爷爷的徒弟，修为可是不低。”

耀阳喜道：“原来是梅老前辈的高徒，那还不请来?”他知道若冰的爷爷梅清远不简单，那其弟子应该也有不凡的才能。

“师父曾言当今世上能者无数，没有几人能比得上曜扬大将军，如今一见果是英气逼人。”门外爽朗的笑声响起，不久就有两个中年人在秦骊如的带领下进门。

那两人一个穿红白相间的衣衫，甚是英俊潇洒，一个青衣随风，修长挺拔，两人皆是轩然卓越，立于房内仍有让人清新之感，显是不凡之辈。

耀阳抱拳道：“既是梅老前辈的高徒，耀阳当以礼相待，两位请坐。”

那两人回礼坐下，他们对耀阳甚是客气，不等耀阳问话便主动报出姓名，穿红白相间衣衫的叫高明，青衣中年人叫高觉，说是跟随梅清远修行多年，少有沾惹尘世，此次是因为梅清远有感三界将变才命两个弟子前来助耀阳一臂之力。

耀阳谢过后，叹道：“梅老前辈果是非常人物，睿智过人，此时正是关键时候，有两位帮忙，耀阳幸矣。”

耀阳借着跟高明、高觉两人交谈，暗中试他们的才学，却闻两人妙语如珠，无论是对现在的三界形势还是天下大势都有独特而深邃的见识，果是真才实学。耀阳自是大喜引为上宾。

相谈甚欢，之后耀阳便请秦骊如让下人替两人安排住宿，只是秦骊如第一次仿佛没有听到耀阳说话，只是神色有些异样地看着梅若冰，耀阳愣了一下，心下略有所思，口上提高声音再说了一次，秦骊如才恍然清醒，脸上一红便去安排了。

送高明和高觉去休息后，梅若冰便缠着耀阳一起去见妲己，进入妲己所住的院子之时，梅若冰竟狠狠地拧了耀阳一把，痛得耀阳不由惊呼："冰儿，你干什么?"

梅若冰满脸醋意地道："你这花心鬼，有了我和妲己几个姐妹不够，还要勾引秦家小姐。"

耀阳喊冤道："我哪有?"

梅若冰气鼓鼓地道："还说没有，看那秦家小姐的神色，那还不是摆明着吗?"

耀阳正要辩解，妲己等女子出现了，紫菱见到梅若冰却是皱了皱眉，说道："耀大哥，你真是花心，怎么又是一个?"

耀阳老脸一红，道："你胡说什么呢?"

紫菱嘻嘻一笑，跟梅若冰打了声招呼，又问道："倚大哥呢？他怎么没跟你在一起?"

耀阳道："他现在正在忙着制造那些石像呢。"

"我去找倚大哥，不打扰你跟几位姐姐亲热，嘻……"紫菱笑着离去了。

"我看是你自己想去见小倚。"耀阳摇摇头，从妲己怀中抱起儿子，问道："天儿，最近乖不乖？有没有让妈妈为难。"

耀天黑漆漆的双眼看着父亲，只是摇头，没有说话。

妲己笑道："天儿很乖的，很少吵闹。"

耀阳笑道："果然不愧是我耀阳的好儿子，很像我。"

"像你就完了。"梅若冰含嗔的看了他一眼，伸手逗着耀天玩，小耀天看着她却露出一丝奇异的笑容。

妲己笑道："看来若冰妹子很讨天儿喜欢，天儿难得一笑。"

耀阳摸摸耀天的头说道："才几岁啊，就这么少年老成。"

耀天拨开他的手道："我不喜欢这样子。"

耀阳说道："臭小子，这么拽，也不会叫声爹？这些天内，你才叫了几声啊？"

耀天皱皱小鼻，稚声稚气道："妈说要说实话。"

"臭小子，你叫你妈倒勤快。"耀阳嘿嘿一笑。

梅若冰这时说话了："耀大哥，你和妲己姐姐都有这么可爱的儿子了，你们什么时候成的亲？我怎么一点都不知道呢？"

"成亲？"耀阳一愣，老实说这个他真的没有想到这方面，不是他不想成亲，而是一来事忙没时间，二来他感觉同妲己等人就是这么自然，没想到需要什么一个成亲的程序。

妲己对耀阳是体贴非常，忙说道："耀大哥近来很忙，不必再费心这些事情。"

梅若冰连连摇头道："这个怎么行，耀大哥，你们大男人真是不会想想女儿家的心思，就算妲己姐姐不介意，你也应该为她想想。我们都算了，但是妲己姐姐都有了一个儿子，你至少要跟她成亲啊？小仙，你说是吗？"

小仙脸上一红，支支吾吾的说不出话来，她的脸皮薄，怎么说得出口？

耀阳哈哈大笑道："放心，你们三个我都娶。"

"娶什么啊？"倚弦笑着进来，后面自然是跟着紫菱。

"当然是娶老婆了，怎么，你那边的事情搞定了？"耀阳笑笑问道。

倚弦拍拍手道："紧张有道，我也要休息一下嘛……"

耀天看看天上，看看耀阳和倚弦两人，粉嫩的脸上浮起笑容，很是可爱。

倚弦道："耀天笑得真可爱……"

突然耀阳和倚弦同时神色一变，心生灵兆，向天际望去，轻喝道："蚩尤！"

"蚩尤？"儿女都吓了一跳，蚩尤这个名头说出来就能吓死人，向耀阳和倚弦看着的方向望去，却见那边隐有黑气，给人以莫名的压力。

倚弦沉声道："神识有感，归元异能异动，只有可能是蚩尤吸收了'百夜魔刃'的归元异能，提早恢复。"

耀阳皱眉道："这下事情还真是麻烦了，唯一能跟蚩尤抗衡的元始天尊还未能恢复，那三界之中无人能阻蚩尤，只能任他肆虐了。不过这个也是可以预料到的，蚩尤在这个时候对龙宫下手，定有原因的，以我看来，他的复原无疑是最好的理由。蚩尤过早出现，我们的计划恐怕又得有变。"

倚弦问道："我们该怎么办？"

耀阳笑道："蚩尤再出，有好有坏，如果东鲁和南域也知道此事，他们就得想想攻击我曜扬军是否有用了。不管了，我先得和我的三个亲亲老婆成亲。"

三女同时啐了他一口，小耀天也笑了，似乎挺高兴的。

这时带着雷震子出去玩的土行孙也来了，看到众人高兴，问道："怎么了，大家都笑得这么开心？"

耀阳喝道："快点恭喜我，你大哥我要成亲了。"

"那真是恭喜耀大哥了。"土行孙大是高兴，连声恭贺耀阳，但私下又嘟囔一句，"我也想成亲啊。"

第一百五十二章　奇兵突出

身为曜扬军的主帅，拥有现在仅次于五大势力的地盘，耀阳的婚礼自然马虎不得。三日后就是良辰吉日，耀阳心急就选了此日，决定同时迎娶妲己、梅若冰和小仙三女。

耀阳当众将消息散布出去，当场便是一阵喧闹，众人无不兴奋，只有秦骊如神色一黯，向耀阳道贺后偷偷离开了。耀阳心中叹息，跟一众人聊了几句，便跟了出去。

秦骊如就在后院水池旁，看着水池中荷叶荡漾，神色幽然的从地上捡起几颗小石子，一颗颗地扔入池中。她心有所思，甚是沉湎，竟连耀阳到了他身后都不知。

耀阳张张嘴，有些尴尬和为难，但还是开口问道："骊如，怎么？不开心？"

秦骊如突闻人声，心中一惊，竟是一阵踉跄站立不稳，耀阳忙上前扶住她，顿时温香软玉入怀，耀阳这才发现秦骊如挺拔健康的娇躯竟也是可以这么柔软。

秦骊如见是耀阳脸上一红，忙从耀阳的身上离开，摇头道："哪会，耀大哥大喜将近，我怎么会不开心呢？"

耀阳笑笑道："那你怎么会一个人出来在这里发呆？"

秦骊如装作很随意地道："我哪是发呆，只是在里面闷得慌，又不想扫你们的兴，所以一个人出来透透气而已，你别想歪了。"

她说话时，眼神却是闪烁着旁顾，根本不敢正视耀阳双眼。耀阳也算是骗人专家，怎么会看不出她言不由衷，他也能想到秦骊如为何不开心。

想起秦骊如这些日子来无怨无悔地帮助他成立曜扬军，而且南征北战从无一句怨言。耀阳心中甚是感动，深吸一口气，非常唐突地问出一句话："骊如，你是不是喜欢我？"

"嗯……"心不在焉的秦骊如应了一声，立即发觉耀阳问的话不对劲，忙道，"你瞎说什么？我……我怎么会喜欢你呢？你……你有了妲己、小仙和梅若冰……我怎么还能喜欢你……"她坚决不肯承认，但是声音却是越来越低。

耀阳也算是情场老手了，怎么会不知道秦骊如的心意，沉声道："骊如，你一向敢爱敢恨，此时难道连一句真心话也不肯讲？"

秦骊如一呆，道："我……我……"说了半天却说不出话来。

耀阳有些急道："骊如，你就说吧，把你心底的想法说出来。"

"我……我能怎么说？你都要成亲了，我说什么……"秦骊如的声音竟然有些哽咽，完全的女儿态。

耀阳从未见过秦骊如如此模样，不由怔了怔，当下道："那么说你就是喜欢我了，骊如，我希望你也嫁给我，你愿意吗？"

"不行！"说话的是梅若冰，她脸若寒霜在远处看着他们，就像是抓奸的妒妇。

秦骊如看到梅若冰听她这么说，顿时脸色变了，转身欲走。耀阳皱了皱眉拉住她，迟疑下要说话。但是梅若冰却突然清脆地笑了起来，说道："秦姐姐别误会，冰儿只是跟你开个小玩笑罢了。耀大哥这个花心鬼，冰儿就算想管也管不了。"

秦骊如变得苍白的脸色又红润起来，耀阳诧异地问道："若冰，你是说……"

梅若冰拉了秦骊如到一边，又白了耀阳一眼，低声跟秦骊如说了好久，秦骊如的脸是越来越红了，几乎能滴出水来。耀阳刚想倾耳细听她们说的话，却被梅若冰一句"不许偷听我们的话"给顶了回去。

耀阳摸摸鼻子，就算是情场高手的他也难以明白女儿家的心态。

梅若冰总算跟秦骊如嘀咕完了，秦骊如立即向两人告辞离去。

耀阳纳闷地问道："冰儿，你到底跟骊如说了些什么，这么神秘？"

“不告诉你。”梅若冰嘻嘻一笑道，“我跟秦姐姐说了，不介意她跟你在一起，但是现在她不能嫁给你。你刚宣布我们三个新娘，突然多了秦姐姐，不是很妥当，所以我希望你们能再过一年成亲。秦姐姐可是已经答应了，你呢?”

耀阳苦笑道：“我能说什么?”虽然他不觉得有什么不妥，但既然事情已经解决，他也不必节外生枝。

几日后的婚礼甚是热闹，只要暂时没有交恶的各方势力都有人来贺喜。

神玄两宗的来人中有幽云、杨戬、哪吒，他们跟耀阳和倚弦的关系较好，水族使者是新任的南海龙王敖扃，他跟耀阳和倚弦算是一见如故，甚是聊得开。

同时见到杨戬、哪吒和敖扃，耀阳和倚弦不由想起了水淹陈塘那段事情，世事还真是多变，想起以往，无论是耀阳还是倚弦都难免有些感慨，杨戬和哪吒都肉身再塑，也没有当时的记忆，但是耀阳和倚弦还记得清楚。

刑天氏的刑天放和共工氏的淳于淼也带着手下前来贺喜，他们虽然一向跟耀阳和倚弦不怎么对头，但近来还没有什么明显冲突。当然这个时候前来贺喜，恐怕也有光明正大打探曜扬军情况的意图。耀阳和倚弦不在意他们打探什么，反正曜扬军才刚发展起来，本就没有什么见不得人的秘密。

卓长风亦是来贺，不知是否是奉了蚩尤之命。

神玄两宗诸人见到卓长风，倒也没有什么，只是一眼瞥过并不怎么注意，他们暂时也不想跟蚩尤翻脸。耀阳和倚弦知道蚩尤应该复原，心中更是揣测卓长风来贺是否另有目的，或是有何意思?

防风氏只有一人代婥婥来说声抱歉，因为她由于某些原因无法来此祝贺，耀阳自不会介意，他知道防风氏受挟与刑天氏几族难以随心所欲。但是婥婥控制之下的淮夷有人来贺，使者也是熟人，是曾经败在耀阳手下的毛洵，他在淮夷也大小算个人物。

西岐姜子牙让金吒前来贺喜略表心意，崇国来的人是耀阳见过几面的崇芒。但是朝歌没有派人来，这很正常，曜扬军这新起的势力本就没得到朝歌的同意封侯，名义上还是天下之主的纣王当然不可能派人来。

祝融氏、南域和东鲁没有派人过来，他们刚吃了败仗，自是没什么心情跟耀阳虚与委蛇了。

诸人纷纷来贺，耀阳等人可是忙得不亦乐乎。

耀阳暗中苦着脸跟倚弦道："早知道就不成亲了，比打仗还累。"当然这话是不能跟梅若冰几个女子说的。

倚弦自是道："你算了吧，能娶到三个如花似玉的妻子，你该高兴。"不再理会耀阳，却跟幽云去散步了。耀阳骂他重色轻友，结果倚弦头也没回，一句话还给他："记住了，现在是你娶老婆！"

耀阳还是哀叹，土行孙听到后气得要死，蹦到耀阳面前恼道："老土我还想找个漂亮的成亲，你不要在我面前为了成亲的事唉声叹气，怎么也顾虑着点我这个光棍汉的想法。"

耀阳拍拍他的肩膀好意地劝道："老土，我劝你打一辈子光棍算了，真的，这样对你好……"

土行孙顿时气急道："我要跟你绝交，绝交，绝交……"

"不用这么紧张吧？你想成亲想疯了。"耀阳愕然。

跟土行孙相似，心中不怎么舒服的还有小千和小风，他们到现在还是很喜欢小仙，他们也清楚小仙对耀阳是死心塌地，自不会阻拦小仙愿望成真，然而爱慕的人儿成了师娘，这种感觉并不怎么好。替小仙高兴之余，他们也只有自己添伤口，幸好他们对小仙的部分感情也算是亲情，心底更对耀阳这个师父甚是尊敬，倒也不至于悲伤欲绝。

来恭贺的人不少，不过大部分都心怀鬼胎，表面上热情亲切，暗下钩心斗角。曜扬军诸人才懒得理会，自是招呼客人，大摆酒席。

应付过后，耀阳便迫不及待和三个妻子入洞房，倒不是他心急，而是真的想早点结束这麻烦的婚礼。小耀天果然是乖巧，也不缠着妲己，由素儿暂时带着。

洞府之内，一夜春色自不必提。

第二日，来贺诸人分别离去。关系好的走得自然晚一点，但亦不会留多久。幽云走之前，自是跟倚弦有较多的话，有情人之间的话好像就是说不完，耀阳取笑他们也赶快成亲算了。

等客人走完，耀阳带着三个妻子在花子爷爷的灵位面前拜祭，以慰花子爷爷的在天之灵。无论是耀阳和倚弦两兄弟经历多少事情，他们都不会忘记以前他们唯一的亲人。

“花子爷爷，耀阳不负您的期望，终于成家立业了。”耀阳默默地念道，看看现在的自己，想起以前花子爷爷的辛苦，耀阳竟不由泪下。

妲己三人不明白耀阳的感受，倚弦却清楚得很，拍拍耀阳的肩膀道：“这次你给花子爷爷带来三个孙媳妇，下次你要给爷爷带来你的天下！”

耀阳点点头，坚定的道：“绝对会的。”眼神坚定无比，不管是为了花子爷爷，还是在天下悲苦的奴隶，他都要得到整个天下。

倚弦不必再说，含笑退回一边。

从今日起，梅若冰、妲己和小仙真真正正的成了耀阳的妻子。

虽然才成亲不久，却也不容得耀阳闲暇，曜扬军的事情可是不少。梅若冰倒是心疼耀阳繁忙，执意替他分担点事务，别看梅若冰似乎有些纤弱，但是处理起事情来井井有条，事情也办得很稳当，让耀阳大为吃惊。梅若冰得意的道：“这些事务，爷爷从小就教给我了，很容易啊。”

耀阳恍然，梅清远的能耐不小，他教出来的孙女儿自然也有些本领。

既然梅若冰有这样的本事，耀阳自然乐得让她替自己分忧解愁，让她去忙乎。梅若冰也不负所望，在高明和高觉的辅助下，什么问题都轻易解决了。

耀阳对梅若冰的办事能力也相信了，便让她放手而为。

奇怪的是本来对梅若冰没有好感的小千和小风对于高明和高觉倒是亲切，帮忙也算勤。小千和小风是妖，他们的感觉有时不能以人的角度来考虑。

有了小千和小风的帮助，梅若冰很快就熟悉了曜扬军的事务，做起事来也更加麻利。耀阳笑着对梅若冰道：“看来我不只是娶你当老婆，还多了一个好助手。”梅若冰用玉指一点耀阳的额头道：“便宜你了。”

随着时间的推移，曜扬军的势力一步步逐渐扎实巩固起来，对曜扬军来说，稳步前进比虚浮的发展更加重要。无论是东鲁还是南域暂时都没有行动，耀阳暗思，很有可能是慕行云在南域夺权，导致南域内争不断，没有时间来对付曜扬军。至于东鲁，因为上次慕行云率兵时先行出手偷袭的事情，让他们亦觉不好意思，但是更多的恐怕是朝歌对他们的威胁，让他们无暇跟曜扬军纠缠下去。

暂时一切平静，这对于现在正需要时间稳固势力的曜扬军来说，无疑是最好的。不过世事无常，绝对不是什么事情都能如人愿的。耀阳越是希望平静的局面持久，那事情就发生越快，不过情况并非出自曜扬军身上。

当耀阳正准备策划一个月的训练之时，小千和小风两人却是一起兴冲冲地跑来禀报：“东鲁，姜涣楚遇刺身亡，姜兴鲁重伤。”

耀阳正拿着玉简看着，闻言脸色大惊，竟是将玉简一扔，急忙问道：“怎么回事？姜涣楚怎么会死的，谁下的手？”

小千和小风都摇头道：“不清楚，据闻当时若非幽云仙子在场，姜兴鲁和其子姜成业都得死。幸好幽云仙子修为过人，察觉后救下姜兴鲁和姜成业。”

“原来如此，幽云没事吧？”耀阳问道，幽云不只是倚弦的红颜知己，也是他的朋友，自然会有所关心。

小风道：“幽云仙子没事，只是姜兴鲁伤势严重，就算有玄宗救助，能否活下来也是个问题。”

耀阳听了不由骤起眉头来，来回的在房内踱步，看得小千和小风有些莫明其妙。

小千看出师父似乎有些头痛，不由奇怪地问道：“师父，姜涣楚一死，东鲁必定大乱，那对我们不是有好处吗？”

耀阳看看小千，道：“小千你虽然见识大增，但是还少了大局观。你别只看东鲁与我们的关系，还有其他几个势力跟东鲁的牵扯。东鲁如今一乱，无论朝歌还是崇国都将对东鲁进行蚕食吞并，这就迫我们得做出反应。”

小风迟疑着说道：“师父是要跟他们争东鲁的地盘？”

耀阳叹道：“不是我要跟他们争，而是为了曜扬军不坐以待毙，只能插上一脚，虎口夺食。否则的话若如让朝歌和崇国瓜分东鲁，没有东鲁这个矛盾的集中点，无论是哪个势力都会转而对付我军，那时我们哪里还能有对抗之力？”

小风道：“怕什么，我们始终得跟他们交手，将他们剿灭，早一点也好。”

耀阳摇头道：“我宁可姜涣楚和姜兴鲁能主持东鲁大局，让东鲁顶住崇国和朝歌的压力，而南域还陷于内争之中，无力对我军动手。这么好的一段时间让曜扬军的兵士好好锻炼一下，同时进一步稳固我军的势力范围。那比什么都有用，可是，为什么一直都不给我们足够的时间呢？”

小千愣道：“师父，我觉得我们曜扬军已经很厉害了，比什么南域军和东鲁军并不差。”

耀阳神色一凛，盯着小千沉重地道：“没想到连小千你也这么想？小风你呢？”

小风见耀阳问得认真，迟疑一下亦道：“弟子不敢说谎，我也认为，这几战我军将士上下表现很好，不比南域军和东鲁军差多少。”

耀阳喟然长叹，说道：“连你们也是这样的想法，那恐怕其他人更是以为如此了，我虽然能训练出兵士的战力，却无法左右他们的思想。”

“师父，难道我们错了？”小千和小风不由愣了。

耀阳苦笑一下，问道：“你们仔细想想，南域军和东鲁军在已呈败局时候的表现？特别是南域军。”

小千仔细想了一下道：“他们的确厉害，不管在什么时候都能保持足够的战力，即使士气低落他们亦从未放弃过抵抗，大部分人是直到主将说撤退的时候才开始撤离战场的。”

小风道：“特别是那南域军，他们一路败势，却还能冲出重围，并在短短时间内能重整军队力图反击，这些都不是新兵可以相比的。不过我军的表现也很不错啊，士气高涨，能压着敌人打，最终赢得胜利。”

他们两人跟耀阳在一起久了，受多熏陶，亦能说得有理有据，倒不是胡说。

耀阳点头道："你们说得不错。但是你们换个方式想一下，他们能在败势之下继续顶住谁的攻击？南域军在怎么样的情况下突破了谁的重围？我军士气高涨压着敌人打，但是敌军的损伤并未达到大败应有的损失，这些是什么原因？"

小千和小风顿时一愣，的确，他们并没有想清楚这几点。

耀阳继续道："我军在形势一片大好之下，也只能使敌人达到一般的战争损失，不能困住敌军将他们围剿，还让敌军从容突破。如果我军形势不妙，隐现败局，那会有什么反应呢？到时恐怕我空有妙计，亦难回天。"

小千和小风骇然，他们还真是想得不够周全，虽然还未发生过这种事情，但是他们知道，一旦形势不妙，不是千锤百炼的军队的确是很难再保持斗志。而无论是南域军还是东鲁军，他们兵士表现出来的素质真的不是常人可比。而曜扬军若是战局不妙，那真的很难保持这样的军心和战力。

小千和小风之前是丝毫没有想到这些，此时才知道想将曜扬军真正打造成能征善战的兵马，还需要一段不短的时间。

耀阳沉声道："可惜没有时间让我军稳步发展了。姜涣楚死得真不是时候，而且我更怕姜兴鲁还会出事。一旦唯一能撑起大局的姜兴鲁也死了，那东鲁也就完了，如果这样我们还不如也趁早强占地盘，以跟朝歌和崇国一争长短。"

好像为了验证耀阳说的话，第二日小千和小风便听闻姜兴鲁伤重不治，东鲁大乱，姜涣楚的子孙没有几个成才的，慕行云却力顶姜成业。

耀阳听了后，立即下令全军集结，进逼东鲁。现在绝对不是去追查究竟是何人杀姜涣楚父子的时候，曜扬军一旦动作稍慢，以后将更加麻烦。可以预见，没有东鲁，朝歌和崇国很快就会将矛头对准曜扬军。曜扬军就算现在置身事外，也无法有足够的时间，既然如此只好先下手为强了。

姜涣楚父子身亡的消息一传出来果然是震动天下，崇国首先便忍不住进入东鲁境内大肆侵占城池土地。朝歌不甘落后，亦乘机进攻，只是他们被西岐牵绊，自然不可能全力以赴。

而让人想不到的是曜扬军亦是主动侵入东鲁境内，还是像以往一样，以雷霆万钧之势连占隶属东鲁的大小城池七座，除了首战曜扬军攻入城池外，其他四城全部是因为东鲁内争又无兵力守城，面对曜扬军十万大军，哪有能力相抗，除了投降以外别无他法。

耀阳集结十万兵力纯属无奈，他希望在这相对不能算是严酷的战争中让那些新兵逐步成熟起来。其实对那些新兵而言，就算只是长途行军亦是一种必要的磨练。第一场攻城战，虽然因为实力悬殊而战况并不激烈，但亦让那些新兵尝到战争的血腥，有助于新兵成长。

耀阳此次的行为甚是冒险，曜扬军在自己的势力范围内只有三万守军，一旦南域军大兵侵入，曜扬军势必陷入困境。只是现在情况只能如此，若不是姜涣楚父子猝死，东鲁大乱，耀阳何致于用这等冒险的策略。百足之虫死而不僵，东鲁再乱还是有足够的实力，曜扬军若是兵力不够未必能有多少收获，而五万新兵暂时也无大用，耀阳干脆就将五万新兵一起派遣去攻城略地。

而此时姜成业在慕行云的帮助下已继承东伯侯之位，正式统治东鲁。

耀阳闻此，便断言道："我军与东鲁一战不可避免。"

秦骊如和莫凌风等人对此表示怀疑，慕行云不是笨蛋，他应该知道现在的情况，东鲁最好选择是先击退强敌崇国，再全力对付曜扬军，因为崇国国力强盛，后盾强劲，一旦占据城池，东鲁再想从他们嘴中挖出来就困难了。而曜扬军刚起，在附近本无根据，就算占了城池也如无基之殿楼，只要后方没有崇国威胁，东鲁集中兵力稳重反击，就能让后方隐患不少的曜扬军全面败退。

如东鲁先进击曜扬军就情况就完全不一样了，后方有大敌时刻虎视眈眈，他们不得不分散兵力防守崇国，更被迫要跟曜扬军速战速决以使回头应付崇国。

秦骊如等人的话自是理据十足，绝非无的放矢。

耀阳却想都没想地摇头道："可惜你们忘了一点，现在的东伯侯是姜成业而非慕行云。慕行云在东鲁再有影响力，也暂时不可能取代姜成业。

姜成业此人我跟他接触过两次，又调查得甚是仔细，恐怕他不是很有理智的人，听说他现在的伤还没好，为了私怨做些让人难以理解的事情，也非是不可能。慕行云以己度人认为姜成业不可能会这么愚蠢，但是像姜成业这样从小骄横无理的人是绝对的自我，恐不会听慕行云之言。”耀阳最后几句虽然话语只是臆断，但是口气却是肯定得很，显然对姜成业了解不浅。

正如耀阳所言，慕行云亦想不到姜成业对耀阳的嫉恨竟能掩盖所有的理智，就连他的威胁也无法阻止姜成业要报复耀阳之心，东鲁集结大部分兵力，兵发南方前线，要跟曜扬军决一死战。

耀阳没有退缩的余地，只能选择跟东鲁军正面一战，其实他何尝不想抓住东鲁军的弱点拖延下去，可惜的是东鲁军甚是急迫这个弱点也是曜扬军现在的弱点，后方空虚受南域威胁是耀阳此时心中的痛。双方不谋而合，都决定速战速决。

夜晚，星月稀零。

曜扬军中，耀阳和秦骊如等人正细查着地图细看。此次据报东鲁军几乎可说是倾巢而出，兵力达到十二万，非良莠不齐的曜扬军可比，而且还有才能非凡的慕行云辅助，他们怎么能不认真对待。

而让耀阳庆幸的是此次东鲁军的主帅是姜成业而非慕行云，否则耀阳恐怕更得头痛。

正当诸人苦思对敌良策之时，有兵来报，道是幽云公主来访。耀阳也不意外，无论如何东鲁也是幽云公主的娘家，她断无袖手旁观之理。耀阳早知如此，为了不让倚弦为难才没让倚弦一同过来。

事情也讨论得差不多，耀阳自让众人离去，请幽云公主进来。

幽云进来后，就直道来意：“耀大哥，幽云此次来此的用意，想必耀大哥也知道。”

耀阳点头道：“耀阳知道公主此来定是为了我军攻击东鲁之举，你我本是朋友，耀阳本应卖公主一个人情。可是，耀阳并非孤家寡人，手下曜扬军一众将士全部是相信耀阳而将性命和荣辱交在耀阳手下，耀阳不能让他们失望。”

幽云道："幽云也知耀大哥为难，如果是对曜扬军有危害之举，幽云也不会强求，可是此事只是让贵军放弃对我东鲁的攻击，不至于威胁到曜扬军的生存。"

耀阳淡然一笑，说道："公主乃明智之人，应该知道现在的情况，东鲁自姜兴鲁以来再无一睿智者，凭姜成业之能，就算有慕行云相助，也根本抵挡不住崇国和朝歌的强袭。若朝歌和崇国强占东鲁实力大增，我曜扬军却不图发展，坐以待毙，那灭亡之日也是不久矣。"

幽云顿时默然，耀阳说的道理其实她也清楚，但是让她坐看东鲁灭亡，显是心里难以接受，半晌之后又问道："东鲁如何说都算是有足够的实力，真的会这么容易被朝歌和崇国攻灭吗？"

耀阳叹道："公主，我想现在连神玄两宗都已经对东鲁不抱有什么希望，所以就只有慕行云一人替东鲁独撑大局，那恐怕也是因为慕行云和你一样是已故的东伯侯外孙。"

幽云闻言大震，骇然道："你怎么知道慕行云的身份，除了你们别人知道吗？"她知道耀阳知道的，倚弦也肯定知道，所以才会说你们。

耀阳其实想试探一下幽云是否知道慕行云的真实身份，见她这样子就明白，三界之中知道慕行云身份的人肯定不多，恐怕是神玄两宗有意隐瞒，甚至他们认为也不应该让慕行云自己知道，但耀阳清楚得很，慕行云对此早已知道。耀阳和倚弦两人也是从慕行云的口中知道他的身份。

耀阳迟疑一下，不知道是否应该将慕行云这事告诉给幽云听，但转念一想，他告诉幽云又有什么用？幽云就算相信又怎么样？她总不会去害自己的亲哥哥。最多只是徒增她伤感而已，耀阳自然不忍心让倚弦的情人伤心。

耀阳决定这事还是等慕行云自行说出来好一些，当下便沉声道："耀阳也是机缘巧合知道此事的，不过小倚告诉过我，不可让此事传得沸沸扬扬，所以除了我们之外，大概也无外人知道。"他当然替倚弦做个顺水人情了。

幽云松了口气然后谢过耀阳。两人又说了会儿，幽云明白耀阳不可能为了跟她的友情而不顾曜扬军大局，只有放弃劝说，叙了一下旧后，幽云便告辞离去。

耀阳没有因为幽云的事情而打乱心思，继续缜密地考虑即将到来的硬战。东鲁军的实力明显占优，老实说如果是慕行云领军，耀阳为免曜扬军伤亡说不定会有撤军的念头，不过现在东鲁的新主是跟他有隙又是不学无术的家伙，那事情就相对好办多了。

有慕行云在，东鲁军并不莽撞，却是全军驻守在曜扬军必进之路上，十二万大军守城，前哨木寨一一具备，曜扬军想要轻易攻下绝非易事，甚至可谓难如登天，从理论上来说，耀阳这点兵力攻城还真不够东鲁军塞牙缝的。

慕行云厉害，但耀阳也非笨蛋，岂会不知，他也不着急。就在城外二十里处安然扎营挖渠，似乎是想跟东鲁军一直耗下去。

耀阳并没有什么特别的策略，就是很简单地宣布这样一个消息："那个新立的东伯侯连个屁都算不上，以前被耀阳一人打得屁滚尿流，狼狈得很，就不信他敢来攻。"

然后耀阳又暗地里让人再将一个消息发出去："曜扬军就是想耗下去，就等着崇国不断进攻，曜扬军耗得起，东鲁内外交迫肯定耗不起。"

这些消息散布出去，慕行云肯定不会这么容易相信，但是那个姜成业就不会有这样的理智。这场战耀阳一开始就是准备在姜成业身上下手，只要慕行云无法劝阻姜成业，那耀阳就有绝对的把握。

事情的发展让人奇怪，曜扬军和东鲁军无论哪支大军都耗不起，但是他们就这样对峙下去了，谁都不敢轻出，仿佛真的准备打持久战了。当然无论是耀阳还是慕行云都明白对方绝对不可能真的这样坚持下去，就看谁先耐不住。

耀阳表面上是施施然等待东鲁军行动，一副悠闲的模样，但是心中最急的却是他，因为他已经听到糟糕的消息了：南域军大局已经定下，逐渐蠢蠢欲动。耀阳不知道慕行云怎么兼顾双方面的事情，但事情已经迫在眉睫了。曜扬军断不可能去攻有十二万东鲁军坚守的城池，那是自己找死。如果局面一直无法打开，耀阳再不愿意也只能退兵。

幸好，东鲁军的主帅是新的东伯侯姜成业而不是慕行云。最终还是东鲁军忍不住先行展开攻击。

有小风的帮忙，耀阳对敌军的行动差不多可以说是了如指掌，当东鲁军十二万大军开始进逼曜扬军之时，耀阳还是有些奇怪，慕行云难道不能让姜成业再坚守一些时间吗？耀阳从小风等探子口中，探听情况，深思良久后，他不由展颜而笑，这场仗他赢定了。

因为慕行云应该不在东鲁军之中，协助姜成业的是慕行云的一个亲信，难怪南域能定下大势。看来慕行云对南域看得更紧，定然是一将姜成业推上东伯侯之位，他便立即赶回南域去了。

对慕行云来说，无论从哪方面而言，南域的重要性都远在东鲁之上，他当然不可能为了并不属于他的东鲁而放弃最重要的南域。

耀阳对此也是甚是期望看到这样的局面。

当一意想灭了曜扬军报仇的姜成业率大军攻入曜扬军营地之时，那里却是空无一人，在东鲁军惊讶之际，曜扬军营地竟四处起火。火势不大，只能让东鲁军骚乱一下而已，但是姜成业却是气得七窍生烟，若非部下死命劝阻，他早已不顾一切地追杀最后放箭的曜扬军兵士了。

姜成业还有点理智，听从属下的意见，确定曜扬军真的退兵后，搜查一下营地就回撤了。

他肯放手，耀阳却不肯，在东鲁军离开营地退回城池的途中，耀阳却率着一百多只的青虎从他们后面追上。青虎行动迅猛，来去如风，东鲁军完全不备，刚一接触就损失数百兵士。当东鲁军反应过来的时候，耀阳已率领青虎退走了，只留姜成业火冒三丈。

东鲁军追了些时候，却怎么追得上青虎，只能泱泱而回。但是这时百多只青虎再次出现，狂猛的青虎轻则又扫去不少东鲁军兵士的性命。

姜成业积了一肚子的火气终于上来了，下令全力追杀曜扬军，追不上那些青虎，未必追不上曜扬军。

东鲁军立即向曜扬军撤兵的方向追去，姜成业誓要将敢戏弄他的曜扬军剿灭。怒火攻心之下，部下的劝阻已经无法入他的耳了。

再次通过曜扬军的营帐，他们直接向曜扬军追杀而去，但是在营地出口处，曜扬军竟然已经返回，要正面迎击东鲁军。东鲁军被堵在曜扬军原先的营地之中。

姜成业自恃兵力强劲如何会惧与跟曜扬军正面交战，立即下令全军迎击。

耀阳派青虎在前，紧跟老兵跟东鲁军硬抗，东鲁军的兵士虽强，但是曜扬军有青虎相助，亦不落下风。刚开战的双方都没有吃亏也没占到一点便宜。

东鲁军前方跟曜扬军苦战，后方却是大乱起来，竟然有上万曜扬军不知从哪里冒出来，对措手不及的东鲁军进行杀戮，这些人本就是耀阳在骚扰东鲁军之前在营地中布下的。

东鲁军本来搜查了一次很安全，第二次进入的时候根本没查，这就让耀阳有了可乘之机。

东鲁军根本想不到曜扬军兵士会突然出现在此，顿时骇然失措，不知该如何做？

突然杀出的上万曜扬军本是曜扬军的老兵，实力不比东鲁军差，此时有如天兵天将般杀出，杀得东鲁军措手不及。

东鲁军顿时大乱，一万的曜扬军兵士没有任何预兆的冲出，奋不顾身的厮杀，慌乱的东鲁军如何能抵挡得住突如其来强悍冲杀？姜成业懵了，他根本不知道怎么会有这种情况出现。十多万的东鲁军兵士没几个人能在短时间内就想到曜扬军出现军中的原因，大部分都惊骇莫名，无心作战，竟让万余的曜扬军兵士在大军中肆虐。

后防大乱立即影响到前方交战，东鲁军前方将士隐约后方发生何事，知道已军中计，不由得军心散乱，开始呈现败相。耀阳知道机不可失，想都没想就下令全军压上。

曜扬军知道已方占了上风，士气如虹，信心百倍地向敌军攻去。

姜成业本无领兵作战经验，自己本身又非睿智冷静之人，此时顿时大急，自顾着大吼，却没有做出一点能让军心稳定的举动。

当曜扬军强势冲入东鲁军之时，战局已无可挽回。

第一百五十三章　再战南域

东鲁军超人的战力还能为姜成业保持五成兵力仓皇而逃，但是姜成业初经如此大战却是败得如此狼狈，顿时胆战心惊，竟不敢逗留，直接退回鲁城去了。

曜扬军马上占领下一城池，再清点之前一战的收获，竟俘虏东鲁军两万，兵器盔甲无数，完好战车亦有不少。在入城后，耀阳惊喜地发现，姜成业居然没将暂放在城中的粮草运走，这让远途长征的曜扬军有了更好的衣食保证，这完全算是意外之喜。

接下来，曜扬军不费吹灰之力连夺八城，然后耀阳留下莫凌风等将和四万兵士，将投降的东鲁军混杂编入回宋镇的大军中。虽然曜扬军伤亡亦是不少，但是曜扬军率军回去之时还是带了强健的七万兵士。

经此一战，东鲁再无实力与其他势力抗衡，姜成业龟缩在鲁城不敢轻出，崇国在东鲁北部逐渐蚕食，并不着急将东鲁一口吞掉。朝歌也绝对不会放过这样的好机会，只派遣两万兵马却还是顺利地连占数城。

殷商虽然号称四大诸侯各领两百镇小诸侯，合共八百镇，其实大大小小的城池就只四百镇左右，而朝歌直辖的就有上百镇，剩下的几大诸侯不过几十镇。本来就没有宋镇，再被曜扬军两次占了近二十城池，北部和西面又丧失十余镇，现在东鲁的势力连曜扬军也比不上。

东鲁就此没矣。

耀阳没余暇为东鲁哀叹，将东鲁的一切事宜全权托付给莫凌风等将后，又嘱咐他们不必急于扩张，逐步稳固发展才是最重要的。他现在必须面对又将到来的苦战。慕行云的部署再次被自己破坏，他能咽得下这口气才怪。慕行云更不会愿意看到实力大增的曜扬军稳固下来。

南域与曜扬军一战无法避免。

回到宋城，耀阳本在费心与跟南域即将到来的战事，但是听到倚弦的一个好消息，心中不由大是轻松："能攻击的石像终于完成了，最后剩下一个步骤，只需加入那些珠子就行。"

耀阳大喜，当即拉着倚弦去观看那些石像。

石像是放在牧场洪泽岭的后山，耀阳乘着还有些时间，和倚弦连夜赶去。

那些石像果然已成，各个都是比常人高大了一倍的石模子，现在要做的就是将元能注入珠子中，而谁将元能注入珠子，那谁就能控制那些石像。

当耀阳和倚弦合力注入珠子元能，并将之镶入石像体内之时，那石像的身子遽然一震，一双石雕的眼睛竟然发出红光，它真的活了。

耀阳和倚弦大是兴奋，两人试着指挥了一下石像，果然能听他们的话。高兴的耀阳就此替那些石像取名为"聚灵石卫"，因为石像一切元能聚于那有灵元反应的珠子上面。

慕行云果然不会给曜扬军多少时间，南域军再次兵陈宋镇边境，此次慕行云亲率八万大军进逼宋镇，虎邌汉却是另率四万军队策应。

耀阳不知道慕行云与虎邌汉之间达成了什么协议，竟能真的联手出兵。但是这两个人都是不可小觑之辈，他们两人的配合更是难以对付，耀阳大有头痛之感。

不过，无论如何，曜扬军与南域又一次的战争将是难以避免，甚至连拖延的可能也没有。

慕行云刚控制住南域的局势，便迫不及待地率军强压曜扬军，势必不让曜扬军有喘气休养的时间。

耀阳哪敢大意？聚集七万兵力兵发邻近南域的芾城，却是坚守城池不出。虽然七万曜扬军硬抗南域军，肯定是吃力非常，但是用来守城还是足够的。

立寨建哨，这些都是必不可少的，耀阳不急不缓，按部就班，将所有的事情都准备后，就严阵以待南域军。

慕行云没想过要对曜扬军进行攻城战，这样的话就算攻下芾城，南域军也是消耗不起的。毕竟现在不是两雄争霸，而是真正的群雄割据，他便是将曜扬军完全打垮了，也不代表他便能夺取天下。慕行云想要的是在尽可能以最少的兵力将曜扬军击溃，过多的损失是他所不能接受的。

耀阳认定慕行云绝对不可能贸然攻城的，但是他也不敢轻出，慕行云和虎遴汉两人率军前后照应，无论是谁都会戒惧三分，小心谨慎的。

慕行云不愿进行消耗战，用不同方法要诱曜扬军出城，但是耀阳始终不为所动，这个时候，曜扬军还需要时间发展，朝歌和崇国还在垂涎东鲁，耀阳哪里会怕跟他们耗着。

按照正常情况推理，应该慕行云不愿意跟曜扬军打持久战才是，可是，他就是在芾城外扎营按兵不动，让耀阳等人大是纳闷，不明白他究竟想干什么，如果说他要这样跟曜扬军耗下去，打死耀阳都不信。

耀阳和倚弦等人对于慕行云的行为大是诧异，聚于芾城城府讨论，这时门外却有人来传，淮夷有使者来到。耀阳和倚弦一惊，淮夷的使者？应该是婥婥的人，两人同时想到一个问题，慕行云绝对不是一个会束手无策瞎等机会的人，他是一个主动创造机会之人。

慕行云应该对他们很了解，如果以他不择手段的个性，利用耀阳和倚弦重感情这点，绝对不值得奇怪。幽云是神玄两宗的杰出弟子，更且是慕行云的亲妹妹，他肯定不会去动，耀阳的几个红颜知己不是在耀阳的保护下，就是大有来头的人，要去动她们，慕行云恐会得不偿失，只有婥婥现在身处困境，在魔门四族联合之中，防风的处境可谓糟糕透顶。慕行云以祝融氏宗主的身份对婥婥甚或是防风氏施压，其他两族定然不会反对，毕竟祝融氏一族的实力远在防风氏之上，他们宁可得罪内部难整的防风氏也不愿跟实力还是较为强劲的祝融氏作对。

果然，耀阳和倚弦亲自去见来使，便闻得他将防风氏的危险情形道来。原来此时刑天氏、淳于氏和祝融氏都肆意打压防风氏，甚至有吞并之意。而防风氏内部有更多的人对婥婥表示不信任，有篡位之意，婥婥不如其师弈姬和其姐姮姮的果断和手段，一时竟难以应付。婥婥本有退意，但是知道防风氏之中有不少人开始离心暗地里投靠其他三族，要卖族求荣，为了保住防风氏基业，不让其他三族瓜分防风氏，她只能求助于倚弦。

牵涉到祝融氏，想都不用想，肯定是慕行云的奸计。关于防风氏的存亡，耀阳和倚弦明知是慕行云之计，也不可能袖手旁观，慕行云也显然预料到这点。

耀阳是无暇分身了，只能倚弦带着小风以及包括土行孙在内的大部分有炎氏高手前去，以倚弦的才智和修为加上小风的天赋绝对是婥婥的一大助力，而有炎氏前来相助曜扬军的人都是真正的高手，比之解除禁制后修为精进惊人亦只差一点。这些人对防风氏是没有什么好感，但对残害他们的祝融氏极是愤恨，如果能破坏祝融氏的好事，他们绝对是非常乐意的。

对此，耀阳有所诧异，倚弦的离去对耀阳的影响不小，但是若曜扬军守城不出，倚弦不在虽有所影响守城实力，但是并不太严重，慕行云这是在打什么主意呢?

耀阳想不通，但是他敢肯定接下来慕行云一定会有行动。

就如耀阳所料，就在倚弦的离去的一天后，慕行云便迫不及待的兵逼芾城。

芾城只是一个小城池，南域军的八万大军集合在城外不远处密密麻麻的一片，与这个小城相比，方觉这八万人之多，真的像是一片海潮一般，足以将小小的芾城淹没。当然除了这八万主力大军，仅在数里外还有跟他们相呼应的援兵由虎遴汉率领，两批兵力的强盛非迅猛冒起的曜扬军可比。

芾城的城防只能说是马马虎虎，曜扬军的实力虽然有所增进，但是比起南域军还有所差距，如果十二万大军齐齐逼上，的确是有攻城的实力。但是天下皆知，耀阳防守的能力甚强，南域军想轻易攻下芾城决无可能。如果慕行云凭着南域军的强势兵力硬是攻下芾城，那所损耗的兵力绝对不是南域所能承受的。

耀阳料定慕行云不敢攻城，秦骊如将等人亦是如此认为，偏偏慕行云的行动出乎他们的意料之外。

凌晨，天色刚亮，苇城内除了修为较高的几人不需要过多时间休息外，其他将士和百姓无不还在安然沉睡中。

就在这时城外惊天的战鼓声咚咚响起，顿时将苇城所有的军民惊醒，南域军竟然攻城了。整个苇城都慌了，正困扰于慕行云该会有什么样诡计的耀阳，甚至一时还反应不过来。

怔了一下，耀阳立即飞速到了东门城头，在他到的时候，却发现城墙上的防御岌岌可危，不少城墙甚至已经破损塌落，大批的南域军涌上，曜扬军几有抵挡不住的现象。

耀阳大骇，他反应的速度并不慢，怎么可能转眼间，敌军就能攻破城头。但是当他看清敌人的时候就知道为何了，因为攻城南域军绝对不只是军队，还有数百的祝融氏高手，其中数十人的修为甚高，这些人每一击都有超强的威力，在他们的攻击下城墙逐渐崩塌，曜扬军的普通将士如何能挡住？

看来前哨岗寨也是因为这些祝融氏高手而根本没有机会抵挡并通知城内，所以南域军才能神不知鬼不觉的奇袭。

难怪慕行云会施计支开倚弦和有炎氏大部分高手，原来他想用祝融氏的法道高手打开苇城城防的缺口。这点是耀阳等人怎么也想不到的。因为历来神玄魔妖四大法宗真正参与人界战争的只有一次，那就是第二次神魔大战的起始，至于第一次神魔大战一开始就是三界混战。

其他神玄魔妖四宗的纷争也很少牵涉到人界，神玄两宗和魔妖两宗甚是默契地保持不能干预人界的规矩，所以如闻仲、九尾狐等辈也只能暗中支持操控人界势力，派遣的手下也是不放在四大法宗眼里的角色。九尾狐让猪头三等高手的行动从人数上而言并没有超出这种限度。慕行云却是派遣这么多的高手，根本是无视这被三界认同的常规。

“慕行云果是非常人，不能以常理来度。”看着祝融氏高手满天纵横飞逞，各种光彩耀眼，魔能劲气飞扑如潮，耀阳不由摇头苦笑，这慕行云为了将曜扬军压下，不惜破坏三界不成文的规矩，彻底打破了四大法宗还在维持的微妙平衡，这下四大法宗参与人界之乱的形势真的是无可避免了。

慕行云这招也是够毒，曜扬军中并无多少法道高手，倚弦等人又不在此地，祝融氏这数百高手根本不是曜扬军所能抵挡的。耀阳再厉害，以一人之力要挡住祝融氏的数百高手，也断不可能。

耀阳现在知道什么叫有备无患了，慕行云绝对想不到耀阳还有数十非寻常高手可比的“聚灵石卫”，耀阳将这些石卫带到芾城纯粹是根据兵法所云以防万一，他也根本没想过慕行云会让祝融氏参与人界战争。这不是运气，战场千变万化，唯有做足准备的人，才能逢战必胜，耀阳这次就做足了准备。

“聚灵石卫”所有的行动指挥来自那些有灵元的珠子，不需要耀阳耗费精力，只要耀阳下达指挥就行。

耀阳冷笑一声，立即下令“聚灵石卫”立即攻击祝融氏高手，耀阳亦亲自出手，轩辕剑爆出耀眼金光，龙形剑气震啸翱翔，让所有人都为之震撼，即使知道见过的人亦不由再次惊心。

曜扬军中的法道高手亦已赶来，纷纷加入对南域军的战团之中。祝融氏高手虽强，但是那“聚灵石卫”可是连耀阳都难以轻易消灭的，他们怎么能应付得了。慕行云为了防止有人乘虚而入，偷袭祝融氏，自然不可能派遣太多的实力。这数百祝融氏大部分的实力并不怎么样，其中的数十名高手相对于“聚灵石卫”而言还有不少差距，通常只有两人才能顶住一个石卫。

数十个“聚灵石卫”跟数百祝融氏族人死战并不落于下风，耀阳等人乘机强袭他们，狂猛的攻击能让祝融氏高手死伤不断，特别是耀阳，他的轩辕剑尽展之下，金光洒遍之处，皆有死伤。祝融氏反而落于下风。

而此时百多只青虎跃上城墙对南域军进行残酷厮杀，南域军能登上城头的兵士当然不可能太多，没有十来个以上的强悍士兵根本无法对青虎形成威胁，这百多只的青虎堵在城头比上千兵士的作用还要大。芾城城墙不长，一个东墙更是甚短，八万南域军根本不可能有多少兵力压上，由此短兵接触之中，数量上不再是处于绝对劣势，强猛不是普通人类所能相比的青虎发挥了极大的作用。失去了祝融氏箭头优势，整个南域军就被堵在东城门处，无法再进。

在青虎的帮助下，曜扬军发挥极大威力，对着敌军枪戟齐出，根本不让南域军有机可趁。

慕行云一见形势不妙，顿时不顾一切，扬起“翻天印”向耀阳击去。耀阳岿然不惧，喝道：“来得好！”挥舞轩辕剑纵横扫斩，耀阳为了振奋军心，出剑极为华丽，剑气光华无限，的确让人震撼。

慕行云的实力虽然仍是极为强劲，三界少有人能相比，但比起不周山之时弱了好几分，而耀阳的修为已经达到当初幽玄鼎盛时期的地步，更胜慕行云一筹，此时奋力迎击慕行云，《幻殇法录》的魔门绝学尽出，竟是压得慕行云一路都处于下风，难有还击之力。

慕行云心中郁闷之极，但是还是不得不跟耀阳对抗，在芾城东城墙这样一个小城墙之上，如果任耀阳横扫，南域军根本不可能攻入城中，那南域军兵力的损耗是他所不能承受的。

慕行云很清楚这点，他此时再苦也只能硬撑，不过相对除耀阳和倚弦外的其他青年高手，慕行云的修为无疑是最顶尖的。论修为，三界之中的年轻一辈也只有慕行云是跟耀阳和倚弦同一档次的，而且他更能发挥出神器威力，虽然他落于下风，但是“翻天印”卓越的防守能力让耀阳也奈何他不得。

慕行云也不是绝望，南域军的兵力始终占有优势，而且他还有后招。

耀阳跟慕行云耗着对战，两大神器光彩夺目，让人清楚地知道，什么叫天威！南域军跟曜扬军亦在城头厮杀血战，双方浴血而战，他们都很清楚，唯一的生路就是杀了敌人。

不是你死就是我亡，如此而已。战争残酷，不只是敌人的尸体，连战友的尸体也一样顾不得，唯一能做的就是尽快将伤员撤下，以争取时间让伤员尽可能的得到治疗，其实在战场上能活着离开已经是不错了。

战争持续着，城墙上已见一片片血红，残肢断臂随处可见，仿佛都是石雕木刻般一般，一处处场景无不述说着战争的残酷性。

双方就在东城墙处僵持着，却在这时，芾城西城门突然出现大批南域军，以雷霆之势强攻。西城门的南域军在虎遴汉的指挥下向芾城进行了疯狂的攻击，虎遴汉志在必得，几乎不留任何余力，誓要将芾城给攻下来。

南域军兵士超强的战力发挥了极大作用，镇守西门的曜扬军仓促应战，兵力并不是很多，一时间完全被压着打。

耀阳不得不承认虎遴汉这只老狐狸难对付，他根本不知道虎遴汉什么时候到了西门，小千虽然厉害，但是毕竟太嫩，应该是被虎遴汉故意布下的假相所迷惑。虎遴汉虽然不知道小千的能力，但是很清楚曜扬军绝对会派遣探子出来。

耀阳自然知道这个意外有多大的影响，一旦处理不好，必会导致整场战争的失败。虎遴汉这招果然够毒，耀阳没有任何迟疑，厉喝道："骊如!"

"知道。"不用耀阳吩咐，秦骊如就知道怎么做，立即分出兵力去驰援西门，芾城这么短的城墙，根本用不到多少兵力防守，分出一些并无多少影响。

但是虎遴汉也显然预料到这点，突击西门，没有一点保留实力，曜扬军根本挡不住，当秦骊如率兵增援西门的时候，大批的南域军兵士已经登上了城墙。曜扬军更是难以抵挡如狼似虎的南域军兵士。

耀阳有备无患，但是聪明的慕行云和老练的虎遴汉又怎么会没有准备，西门外的四万南域军是军中精锐，根本不是曜扬军所能比拟的，一旦数百的南域军冲上城墙，曜扬军可谓完全落入下风。

秦骊如及时赶到，曜扬军勉强还有一些防御，但已经是无比薄弱了，几乎一冲就垮，此时秦骊如率着大批兵力赶到，竭尽全力堪堪抵住南域军的强势攻击，但是南域军的优势还是非常明显。

双方交战居然攻城一方占了上风，曜扬军的情况无疑是糟糕透顶，能否顶住攻击对谁来说都是一个疑问。稍有常识的人都知道曜扬军决不乐观。

为了堵住西城门的缺口，曜扬军的兵力源源不断地驰援西城门，但是主力还是在东城门，面对慕行云率数百祝融氏高手和八万南域主力大军，东城门的威胁比西城门的四万南域军还大。

以主力大军拖住曜扬军，却由援兵打开"芾城"缺口，慕行云和虎遴汉还真能算计人。耀阳只有苦笑，手上加劲要将慕行云拿下，但是慕行云岂肯如他愿，将“翻天印”擅防的性能发挥到极至。

慕行云将倚弦等人调离曜扬军，还真是有成效，耀阳思量现在的形势，如果有倚弦以及一批有炎氏高手在就好了，他们支援一下西城门，南域军未必能攻入。

两军交战陷于胶着状，但是曜扬军明显地落于下风，一旦西城门被南域军完全攻陷，那就意味着曜扬军的失败。让十多万南域军攻入城中，曜扬军必是溃败。芾城不是西岐城，曜扬军本也是外人，根本不可能跟实力占优的南域军打巷战。

到现在为止都是南域军占了上风，无论东城门还是西城门，曜扬军都没有机会能施展出守城的必要手段，特别是在西城门，曜扬军甚至连放箭阻敌的机会也没有，这让曜扬军无可避免地陷入了困境。

虎遴汉看着已军在城墙上的狂猛攻势，一直肃然不变的脸终于露出了一丝笑容，这样攻势下，曜扬军逐步坚持不下，不少兵士甚至生了退念，看来再过不久，芾城可下。

芾城虽小，但是位置重要，所以曜扬军才会死命把守。只要占领了芾城，以后就可以凭此为据点，逐步蚕食曜扬军本不牢固的地盘。

而可以肯定，一旦曜扬军此次溃败，兵力损耗不说，那战无不胜的形象也会破灭，这对曜扬军士气的打击是难以估量的。曜扬军不是南域军或是西岐军，他们现在表现出来的实力是不弱，但是没有足够的根基。他们的战力远有不足，只是凭着一股战无不胜的信念和对耀阳的崇敬而来弥补，若此次曜扬军败，那肯定会起连锁反应，耀阳再厉害也难在短时间消除兵败的不利影响，到时南域乘机攻袭，那曜扬军将永无翻身之余地。

只要攻下芾城就行。

不过，世事多变，无论是慕行云还是虎遴汉都将耀阳想简单了。他们既然能想到耀阳的厉害，耀阳又岂会不防他们的能耐？

就如虎遴汉率军出现攻击西门的一样的突然，就在虎遴汉思量着芾城该下之时，在虎遴汉率领的四万大军后面蓦地骚动起来，紧接着就影响了全军。虎遴汉愕然，手下来报后方有大批敌军偷袭，敌军先锋军是数十只青虎，南域军一时不及防守，被敌军撕裂阵线，完全落于下风。

虎遴汉脸色顿变，气得将手中的长剑硬砸在地上。功亏一篑，他没想到耀阳居然还藏了一手。南域军只有两条路选择，一是继续攻击，二是撤兵转向正面迎敌。

虎遴汉沉默良久，查视曜扬军发现他们亦知此事，士气大为提高，全部奋不顾身地抵挡南域军，一时将南域军兵士阻挡在城墙上不能再进一步。他立即知道想要短时间内攻下芾城西城门是不可能了，无奈之下他只能做出第二个选择：撤兵转身迎敌。

耀阳在倚弦离开之时就想到了慕行云肯定有不少诡计，多做了几手准备，冒险让莫继风率两万大军和一批青虎在城外候着，一旦起变便立即增援。本来莫继风是应该去东城门的，但是耀阳知道战事变化非他所能完全预知，还多嘱咐一句“随机应变”。莫继风率兵而来，一眼便看出芾城攻防战的关键，于是只分出四千战车兵去偷袭南域军大军，而一万六千兵马以已被完全驯服的青虎为开路先锋杀了南域军一个措手不及。

莫继风这一招很绝，刚好掐中要害，虎遴汉再气愤也无奈，他不可能让这四万大军白白损耗在此，唯有放弃攻城正面迎敌。

莫继风得逞目的后，并不恋战，等南域军退下攻城兵马准备反击的时候，他便让全部先行退离，却是绕了一个弯全军去了东城门。

而此时的东城门曜扬军完全占据了优势。莫继风虽然只派遣四千兵马，但是这四千兵马行动如风，南域军即使得到消息也来不及做出反应，在慕行云跟耀阳耗战难以分身的情况下，八万南域大军竟被四千兵马奇袭得手，顿时都乱了。

不过南域军毕竟老练，在缺少主将慕行云的指挥下，他们在各自副将的协调下站稳了阵脚，此时莫继风却率着一万六千兵马出现了，以强悍的青虎为箭头，莫继风率着大军以无可披挡之势冲击在南域军最薄弱的一节，竟将他们硬是冲散。

整个南域军在两次突如其来的冲杀中大乱，耀阳见此机会哪会放过，一剑逼退慕行云，大胆地下令全军出城攻击。

百多只青虎兴奋地扑入混乱的敌军阵营，一阵毫不留情的撕杀，让南域军再次见识到青虎的厉害。无法组织起有效队伍的南域军根本形成不了对青虎的威胁，只能让青虎在军中肆虐。跟在青虎后面是憋了一肚子气的曜扬军，他们手中的兵器毫不留情地将南域军兵士身上戳得血流如注。

几乎可谓倾巢而出的曜扬军硬是压着南域军打，让散乱的南域军连还手之力也没有，曜扬军完全了上风。

慕行云忙重整军队，但是没有下令退兵，他不是蠢材，知道此时一退，南域军便会立即溃败，再难挽回战局。他只能等虎遴汉来援，只要那四万援兵一到，曜扬军再不可能嚣张。

耀阳也知虎遴汉来援决不可能迟，跟莫继风的兵力会合后，立即以青虎等一批兵力断后，大军再次退回芾城。

慕行云不是不想乘机攻击曜扬军，不过以南域军此时的情况，哪可能这么快便重整军队追击？

当虎遴汉率军赶到，南域军重新整合完军队时，曜扬军已经尽数退入城内。

慕行云跟虎遴汉会合后没有继续攻城，而是退出十里外整理军队。他们既然失去了机会，再硬攻下去，南域军只会平添损伤，不会有多大效果，无论是慕行云还是虎遴汉都不会做此愚蠢行径。

这一场时间不长的硬战中，攻城失利的南域军损伤甚是可观，伤亡近两万，是曜扬军的四五倍。而曜扬军大部分的伤亡是西城门被虎遴汉的攻城杀出的。

南域军暂时不再攻城，双方都有了机会休养。

曜扬军自也是拯救伤员，敛葬死者，对此，耀阳亲历亲为，丝毫不怕脏累。这些举动都是他真心做的，毫无作秀之意，但是这无疑让他更得军心。

接下来几日，南域军没有攻城，耀阳知道慕行云另有打算，但是实力还是弱势的他只能等待慕行云出兵。

是夜，万里苍穹，星光流舞。

倚弦与土行孙、小风悄然起程，领一众有炎族弟兄直赴淮夷。

将近大彭城，倚弦的心里有些莫以名状的空虚！那夜神鸾殿中发生的一切在这灿烂的星光里，越发觉得飘渺而不真实。那仍旧浮现在他脑海的娇娆胴体，呢喃呻吟，更如瑰丽幻梦一般引得他下志忑不安，想起幽云仙子又难免有些患得患失。

往事历历，浮上心头，牵绊三生的宿世情愫、今生纠缠不清的默契情感，化作婥婥与幽云两人的倩影温柔而激烈的在他心中荡开，倚弦暗自苦笑："或许这就是心乱如麻了，我想这感觉，纵是被四大法宗高手齐困也不会有吧。"

土行孙与倚弦那是生死之交，小风也是善于察言观色之妖，一众有炎族弟兄也都是高手，且不论倚弦脸上不同神色，就是他体内元能的异样波动都被众人发觉，不由齐齐缓住身形，投以询问的眼神。

倚弦这才稳定心情，对众人笑道："众位弟兄不用担心，我只是在想一些事情，是关于这次淮夷一行的，咱们边走边谈！"

挥手布下一道结界，其中再无声响传出，众人身影渐行渐远……

一众人隐去身形进入大彭顿时四下散去，土行孙与小风两人更是在进城前就已失去踪影，倚弦待众人散去，环顾四周并无发现异样，确定没被魔宗中人发现，这才腾身向神鸾殿遁去。

倚弦这一路上自是没少碰到魔门专为防止神玄宗人而设的明岗暗哨，但以他如今修为，不要说小一辈的无人能敌，就算是老一辈的也少有敌手，怎么会被几个岗哨窥出踪影，自是应付得轻松自如。

可是他却发现好像有点不对劲，因为距神鸾殿越近这岗哨越少，到的后来居然连寻常巡逻的兵士也没有了，这不由让倚弦眉头大皱，但转念一想他随即释然，这该是婥婥为了方便今晚与自己相会才做的诸般安排，一念及此，他又想到了那晚神鸾殿中一夜风流，不由俊脸一红，抬首已然瞧见神鸾殿，他就怀着旖旎想法进了神鸾殿。

神鸾殿中空空如也，一片漆黑，唯有通往婥婥寝室的厚重幕帐缝隙透出微弱光线，倚弦呼出一口浊气，将心中旖旎念头扫尽，手指挥动间元能荡出，已然知晓神鸾殿中除了婥婥再无二人，他这才紧趋数步到了帐前，低声道："婥婥，倚弦来了。"

婥婥应道："倚大哥请进。"声音柔和淡定，无喜无惊却又有着一丝颤音。

倚弦应声翻开幕帐行了进去，房内红烛高燃，映得满屋春色，粉帐流苏，花床隐现，婥婥独有的气息扑面而来，身后香风袭来，要找的人儿已从身后将他抱了个牢牢实实，婥婥这一冲之力，不由让倚弦踉跟两步撞到了犁木桌旁，他还未来得及苦笑，婥婥略带哽咽的声音已在耳边响起："倚大哥，你好狠心，那夜之后你竟再也没来会婥婥，婥婥虽是出身魔门，但终究是个女子，如今身处虎狼之穴，身边都是些别有用心之人，总需要个可心的人儿来疼啊，难道倚大哥就不明白婥婥心意？还是婥婥终不是你想要怜惜的人？"话到最后竟是声泪俱下，泣不成声。

倚弦闻言如遭雷击，不由忖道："想来我还真是个没良心的人，婥婥最亲的姐姐与师尊均已故去，一腔柔情全部倾注在我这里，我却……唉，罢了，我总要好好待她。"

思忖间，他拉开婥婥一双玉手转过身来，搂住美人纤腰，拨开散乱在她眼前的发丝，见她梨花带雨，神色温柔，眼眸中闪动着淡淡的哀怨，登时又转激动、欢喜，不由定声道："你我身在这烦扰尘世，又处在如今三界动荡中心，我无法给你任何承诺，但我应承你，我会好好待你！"

婥婥闻言娇躯一阵颤抖，一双美眸中诸般幽怨欢喜尽去，代之而起的是层迷离雾气，幽幽抽泣，将娇躯深深偎进倚弦怀中，抚摩着他柔和的脸部线条，低声道："你说如果这乱世快快结束多好？免得我们整日都过着不属于自己的日子，婥婥现在对其他圣门宗族处处让步，虚与委蛇，无非就是想保住我防风一脉，可他们却仍然不肯善罢甘休。如今祝融氏联合刑天、共工两族处处与我作对，还与族中一些不肖弟子勾结逼我让出宗主之位，可我怎能让防风氏千数年基业落入他族掌控？倚大哥，你说我该怎么办……"

倚弦微微一笑，星目中精光闪过，似有成竹在胸，道："你不必担心，来前我与小阳曾仔细商议过，按部就班该不会出现多大问题！"

婥婥抬起螓首，仰望着倚弦，喜道："原来你早有准备，那婥婥需要做些什么呢？"

倚弦脱开婥婥娇躯依偎，牵着她的玉手将她拉到花床边，柔声道：“你只需告诉我你族中不肖弟子的名单与他们住处即可，这些日子苦了你了，你今晚好好休息，其他事我自会处理，好吗?”

婥婥当下将倚弦所需情报一一说出，末了玉脸霞红地低声道：“倚大哥今晚可以留下来陪婥婥吗?”

倚弦闻言俊脸一红，尴尬地嗫吁道：“我……我今晚会在这里陪你，不……不过你需要好好休息……”

婥婥鼻息缭绕着倚弦的男子气息，只觉耳热心跳，意乱情迷，一时之间，娇躯火热，羞不可抑的吐出香舌俏皮一笑，矮身钻进了花床帐中，随即又伸出一只素手将倚弦拉了进去……

是夜，神鸾殿中红烛泪滴，良宵苦短。

第一百五十四章　大局已定

两日之后，大彭城西，三十里处，哮风崖顶。

防风氏族中一宗、两老、两执事与各骨干子弟尽聚于此，约有上百人，可谓是精锐尽出，但场中气氛诡异，众人面色阴沉，表情冰冷。

崖顶中央处，一所临时搭就的会台中，婥婥身着淡银宫装高居上位凤座，两大长老、两大执事平分左右，依次而坐。

左面两位长老乃是一对双胞老妪，灰布麻衣批身，面容僵硬，目中银芒丝丝隐现，显然是灭情道臻至高境方有的异象。

右面首位坐着一名矮胖老者，是防风氏资格最老的一位执事，族中财务运转均掌握在其手中。其下手是一名高瘦的青衫男子，洒然自若，风度翩翩，不久前才担任执事一职，圣宗合并以来屡番立功，是防风氏最为杰出的年轻子弟。

婥婥首先打破了场中静寂，纤手抚着凤座上的把手，对两位长老问道："不知道是有什么紧要的事情，两位长老居然破例召开这次族会？"

两位长老没有说话，只将目光投到那名矮胖老者身上，那老者站起身来，打了个哈哈，道："小老儿今日请两位长老召开族会，是想商议立宗之事……"此言一出，如晴空霹雳，巨石激浪，防风氏众人顿时大哗。

高台之上几人却似早有所料，均都安然处之，唯有那青衫男子俊脸登时色变，长身而起，脸色一沉，喝道："风伯，你是何意，上代宗主早已立宗，难道你想叛族不成？"

此人话一出口，风伯与两位长老均是一震，齐齐盯视着他仿似不认识了一般。

婥婥瞧他的眼神也相当怪异，暗自忖道："这舟离向来与刑天、祝融、共工三族门人交好，又暗地勾结族内老辈，居心叵测，处处与自己作对，如今怎么会忽然一反常态？其中定有蹊跷……"当下便轻咳一声，说道："婥婥自认接管防风氏以来一直兢兢业业，虽然无功却也无过，更是从未做出任何有损本族利益之事，既然两位长老与风伯都对婥婥有所不满，而今日各位族中的重要人物也恰巧全都聚集于此，那我们就解决下这件事关本族安危的大事，各位请畅所欲言。"

婥婥话音清明淡定，无有丝毫慌乱，以"祈慈天诀"与"灭情道"交杂的独特功法散开，自有一番非比寻常的威慑之力。

风伯似笑非笑地瞥了婥婥一眼，缓趋两步走到台沿，对着台下族中子弟朗声道："兢兢业业？无有功过？如今三界形势可谓是一触即发，四大法宗，各门各派无不在伺机而动……"话到此处他蓦地转身扬手指着婥婥继续道："……我族如果仍旧由你带领，不思进取，灭亡那是迟早之事，防风氏一名三界除名也是必然！所以，我提议从在坐诸位当中重新选出一位贤能之才出掌宗主一位。"

台下一片寂静，继而，窃窃私语之声四起。

那舟离闻言也自踱到台前，环视当场，在他凌厉瞪视之下，窃窃私语之声顿消，他面色忽然一变，和声道："不知众位可赞同改立宗主之举？心中有否合适人选？风伯又可有'贤能之才'的人选？"转头又问了风伯一句，还不忘看了两眼族中长老，两位长老依旧脸面僵硬，双眼微眯，老神在在。

婥婥此时面上镇定，但心中却是慌乱已极，倚弦自日前离开至今都未再出现，如今让她面对这中钩心斗角、强敌压境的场面着实让她心慌意乱。

风伯得意地瞥了婥婥一眼，对舟离道："舟执事年轻有为，近些年来为我族立下无数汗马功劳，声望能力无不是上上之选，风伯我第一个支持舟执事！"末了又望着两位长老加上一句："我想两位长老也是如此认为！"

两位长老缓缓点头，舟离面上古井不波，婥婥竟也时而皱眉时而浮起一丝笑意。

一众防风氏弟子看着台上几人都觉莫名其妙，但都明白族中将有巨变，两位长老、执事的亲信均都高声支持。

舟离忽然放声大笑，返身回座，好整以暇地对风伯问道："风伯，好像咱们宗主大人与一些不开眼的人并不觉得这是一个好主意啊，你说怎么办呀？"

风伯忙移动矮胖身躯走到舟离桌前，面容一整，道："为了我族将来，也顾不了那许多了，如有人冥顽不灵，风伯只有请宗主下令施以雷霆手段了！"说话间手势做出，亲信弟子已然悄悄逼近高台。

羿姬生前一手提拔的亲信此时团团护住婥婥，婥婥站起身来，娇喝道："舟离、风伯你们这是想威胁本宗还是想犯上作乱？"

一直未曾作声的两位长老此时齐齐离坐，高声道："为了我防风一氏的将来，就算是叛族死罪，我等也在所不惜！"说话间竟摆开架势，准备随时出手。

谁知舟离却蓦地勃然大怒，拍案而起，指着风伯与两位长老厉声喝道："尔等防风氏不肖子弟居然做出此等大逆不道之事，来人啊，保护宗主拿下犯上作乱之人！"

说着竟抢先出手，攻向风伯，婥婥身边弟子也将两大长老团团围住，风伯等人的亲信子弟也都飞快向高台飞来，有炎氏弟子也自做出连锁反应，一时间哮风崖顶魔宗咒法齐齐施出，五彩缤纷，华丽非常，长呼短啸，络绎不绝，场面混乱不堪。

风伯被舟离攻了个措手不及，凌厉攻势之下只有躲闪余地，气得他怒目圆睁，嘶喉道："舟离！你阵前倒戈，三族的人是不会放过你的！三族的朋友请出来助我一臂之力！"

他话音未落，就见崖上多出数十人来，从衣着打扮上来看可分辨出正是刑天、祝融、共工三族之人，刑天抗也在其中。

哪知舟离毫不慌乱，哈哈一笑，修长身躯滴溜溜转了数圈，一身青衫失去踪影，幻做一身白衣，竟自换了一个人，玉面俊颜，目若朗星，不是倚弦还有谁来？

倚弦微微笑道："抗兄别来无恙乎？"又对风伯露齿笑道："你有妖魔

襄助，我也有奇兵潜藏，老土！”

土行孙与一众有炎氏族弟应声而出，仿若神兵天降！瞬时协助防风氏弟子包围了三族的人与防风氏作乱弟子，控制了场面。风伯与两大长老率领亲信子弟向刑天抗等人靠拢。

婥婥此时也来到了倚弦身边，对风伯哂道：“区区几个跳梁小丑也想犯上作乱，舟离早在昨晚已被倚大哥擒获，你等勾结他宗企图叛族之事早被揭穿了！”回头又对倚弦低声怨道：“你这人也是，连婥婥也被你瞒在鼓里！”

刑天抗呆立当场，本来他以为此次计划完美无缺，最后不但能与三族一同控制防风氏，还能抱得美人归，谁知半路却杀出了倚弦这一票人马，他怨毒地瞪视着倚弦，恨道：“倚弦，我宗家事你也想插手吗？看来你是没把我圣宗五族放在眼里啊！”

倚弦望了婥婥一眼，淡淡道：“抗兄有所误会，我曾答应过一位红颜知己帮她照顾婥婥，而小弟还算是坦荡君子不做食言之举，所以看到婥婥被人欺负，才带了几个朋友来帮下手，完全没有插手圣宗家事之意啊！”

“你……你……”刑天抗是位嚣张惯了的主儿，从来都是他说你是驴你就不能学马叫，面对着倚弦这皮里阳秋的话，那叫一个气，食指颤颤指着倚弦竟自说不出话来。

土行孙最是看不惯这些魔宗大少，如今得了机会还不好好威风下？当下就接口了：“你、你、你、你……口吃啊？”顿时引起一番哄笑。

身为防风氏长老的两位阴毒老妪此时排众而出，对婥婥喝道：“婥婥，你身为一宗之主居然领外人参加族会，破坏族中规矩伤害族中弟子，你有何颜面去面对轮回苦狱中的羿姬？你没有资格做我防风氏的宗主！”

婥婥哂道：“既然你们能在族会中带外族人来，本宗当然也可以请些座上宾，再者，有炎氏弟子与我圣宗渊源颇深，又有何不可？”话到此处婥婥语锋一转，对刑天抗喝道：“刑天兄，本族几位长老执事谋反之事铁证如山，本宗要以族中家法处置，你不会有意见吧？”

刑天抗冷哼一声，道：“现在我圣宗一统，早已不分彼此，自家事我刑天抗怎能置之不理？你虽是一族之主，但却与族中几位长老执事各执一词，我们还是请圣宗各族兄弟一起商议下怎么解决这次误会吧！”刑天抗此言一出立即博得三族人与风伯等人大声支持。

婥婥望了倚弦一眼，后者点了点头，婥婥银牙一咬，道：“本宗绝对不会同意五族合一之事！而且我已经决定支持宋镇的耀阳将军，离开大彭！”一石激起千层浪，众人大哗。

这样虽然保住了防风一氏，可族中分歧已在，分裂已是必然，这怎是婥婥想要的结果？如今防风氏式微，被其他几族吞并那是迟早之事，骑虎难下之境，她这着实是无奈之举。

风伯与刑天抗、两位长老对视一眼，几人眼中均闪过阴毒光芒，前者朗声道：“各位防风一氏的弟子，现在你们的宗主，已经公然叛出圣宗，难道你们还要跟随她吗？快弃暗投明吧……”

未等风伯说完倚弦就自仰天长笑，众人不由齐齐向他望去，倚弦这才止住笑声，大声道：“如今乱世已至，三界形势混乱，这是个群雄并起，推旧承新的时代，这个时代需要英雄、需要勇士，宋镇的耀阳大将军三界无人不知的青年俊彦，轩辕剑的得主，他将会是创造时代的英雄，而你们……”话到此处，他环视当场，目中露出狂热神采，继续大声道：“……你们将会是他麾下勇士，你们的名字注定会被是人歌颂，试问，这又怎会是暗？投靠耀阳大将军，这绝对是条康庄大道！”一番话，慷慨激昂，又被倚弦蓄意诸如魔宗功法，更具煽动力，一众防风氏的年轻弟子均都露出狂热神情，肃穆而疯狂，齐齐向婥婥身边汇聚。

就在这时，忽然一人飞身而上落在崖顶，单膝着地，对倚弦大声道：“师叔，师尊镇守宋镇，以弱势击退南域大军一十二万之众，杀敌二万余人，大获全胜，特派小风前来向师叔禀报！”来人正是多日不见踪迹的小风，他带来的消息无疑是平地惊雷起，震得魔宗众人心惊胆战，这消息更是一粒定心丸，将本就要投靠耀阳之人的心牢牢定住。

其实小风早已来到附近，不过倚弦确未曾要他现身，因为小风带来的消息要在适当时间说出才能收到最好的效果，他着实喜欢耀阳这个妖怪徒弟，机灵、忠诚、有上进心，这次如果不是小风探听到逼宫的消息，自己还真不知怎么布置。

风伯暗叹一声，知道今日大局已定，刑天抗也明了如今自己已然无力回天，匆匆地放下一些场面话，恨恨离去，狼狈已极。

防风氏终于走上绝境，族中弟子一分为二，千百年的基业毁于一旦。婷婷她俏立在众人环护当中，黯然神伤，望着不远处衣袂飘飘、风姿卓越的倚弦，想道："不错，这是个乱世，他注定会是这个时代的英雄，防风氏在他们兄弟二人引领下，总会有东山再起之时，师尊，弟子深信这一点！"

倚弦回来了，将事情说了一下，对于防风氏最终决定支持曜扬军的事情，耀阳大为高兴，不过，同时他也确定了一点，不再受婷婷控制的淮夷很快就会有大动作，目标肯定是曜扬军，现在慕行云等的就是淮夷配合他的行动。

果然，不久之后便传来消息，东南方淮夷军逼近。而听到消息后，耀阳立即做了一个让在场所有人都想不到的决定："奇袭南域军。"

耀阳的理由很简单，出其不意。南域军绝对不可能会想到曜扬军居然在淮夷大军逼近的情况，还敢主动出击。

耀阳此念决断，不容任何人反驳。

夜深人静，南域军在得知淮夷方面终于行动的时候，便安心下来，有了淮夷军的配合，曜扬军还不是手到擒来。

然而事情并不可能如人愿，就在南域军休息放松之际，异变突生。没有任何预兆的，近两百只青虎突然出现在南域军营地前，直接冲入了营地之中。当南域军哨兵反应过来报警时，事态已经朝着难以挽回的方向发展了。

近两百只的青虎肆无忌惮地肆虐尚处在睡眠中的南域大军，刚从睡梦中惊醒过来的南域兵士根本没来得及穿衣服便惨死在青虎爪下。跟青虎同来的还有耀阳带领的大批法道高手和"聚灵石卫"，他们的联手攻击显示出强大的威力。此次随来的还有防风氏的高手，如此一批人突如其来地冲入南域军营地之中，对着无回手之力的兵士进行毫不留情的残酷杀戮。

耀阳深信抓住机会，一击毙命，此时他让曜扬军中的法道高手倾巢而出，毫不留余力的给南域以致命打击，耀阳更是亲自出手发出炎龙狂轰，顿时整个南域军营地都是烟火四起，更搅得南域军人心浮动。

慕行云和虎遴汉警觉到这一切已经来不及了，祝融氏的高手反应过来应战时，已是不及，耀阳率领的大批法道高手以雷霆万钧之势将他们逐个击杀。而土行孙等一干有炎氏高手神出鬼没，只杀南域军各级将领，也正因如此，南域军兵士失去了将领的指挥，再强也不可能在这个时候组织防御，而强悍的青虎随便几下就能将十几二十个兵士干掉。

虎遴汉刚整装持剑欲出，却不料一人从地上遽然冒出，猛地一斧向他劈来。虎遴汉大骇，不过他好歹也有些能耐，全力一剑抵挡。“铿”一声响，剑折人飞，虎遴汉喷血倒飞，斜砸在地上。只是经此一击，那随身保护虎遴汉的两个祝融氏高手也反应过来，两人合力联手才能堪堪将来人挡住。

来人正是土行孙，一见虎遴汉已是重伤，即使不死也难以再有精神指挥大军，当下不再追杀，转身离去加入杀戮其他将领的队伍中。

不久，曜扬军主力大军便已经赶到，大军压近。虎遴汉重伤不醒，失去助手的慕行云勉力才整合起一部分军队，面对气势如虹的曜扬军，实在挡不住。

慕行云知道此战至关重要，成败在此一举，岂肯轻易认输，命所有祝融氏高手拼死也要挡住曜扬军的攻击，以争取时间让他整合大军。

可是耀阳怎么会给他机会，数十石像挡住祝融氏高手，耀阳亲率一众法道高手为先锋，曜扬军势若决堤洪水将南域军勉强组织起来的防线完全冲垮。

慕行云这时才后悔，为何不将祝融氏高手尽数派遣而出，或许现在不至于如此狼狈。至此南域军溃败之势已成，任他慕行云有天大本事都无力回天了。慕行云暗叹，他知道自己败在拖泥带水，当时如果真让祝融氏所有高手都参与此战，战况定会不同，只是他思前想后，始终不敢让祝融氏倾巢而出。

大局已定，耀阳和倚弦便可以不再顾忌，直接找上了慕行云。

慕行云见到他们不由大忿，展出“翻天印”奋然向两人击去。耀阳和倚弦两人岂会有丝毫胆怯之意，怒吼中，两人各展神器，紫气金光闪耀而出，夺目光彩化成有如实质的巨龙，向慕行云吞噬而去，势若滔天。

慕行云愤怒之下，极力而为，“翻天印”展出最大威力，光芒汇成巨大金印几乎能笼罩天地，连耀阳和倚弦也不由为之骇然变色。

“轰”巨响震天，各色光芒闪烁四射，气流如潮四涌，耀阳和倚弦竟被震退，一阵气血沸腾，那“翻天印”在慕行云全力催发下竟有如此威力。

但慕行云更不好受，用出“翻天印”最强一招，其实本就非他现在的修为所能承受，而耀阳和倚弦两人的联手一击，三界之中有几人能接下？慕行云被震得七窍溢血，神智大颤，这样反而让他清醒过来，知道跟耀阳和倚弦硬拼甚为不智。

慕行云清楚现在自己受了重伤，根本挡不住耀阳和倚弦的联手，而南域军的败局也无可挽回，当下他亦不再迟疑，尖啸一声遁身而走。剩下的祝融氏高手见势不妙，哪里还不快逃，转眼没死的全部逃得不知所踪。

虎遴汉重伤不起，慕行云狼狈逃走，那些高人也仓皇逃离，各级将领死的死，伤的伤，没有了统一协调的指挥。南域军兵士哪里还有信心和勇气跟曜扬军对战下去，大批人开始逃窜，亦有不少人选择投降。兵败如山倒，南域军溃退之势难止，曜扬军横扫战场无可抵挡。

战局逞一面倒，到了东方日出之时，战事已经结束，曜扬军大获全胜。耀阳的出其不意，果然大见效果，本来淮夷军的出现是曜扬军的催命符，谁知耀阳反而利用此时慕行云和虎遴汉松懈的时候发动势若雷霆的攻击，一举将南域军击溃。

慕行云先行让祝融氏参与人界之战，但是真正利用了法道高手的却反而是耀阳。夜袭一事，如非是法道高手参与，曜扬军就算能成，也断不可能将南域军这样完全击溃。耀阳率所有能用的法道高手配合“聚灵石卫”和青虎，行动迅猛如雷，快得南域军无法反应，猛得南域军抵挡不住，这是寻常战争所难以堪比的，耀阳在倚弦携着诸高手回来之时便已经想到利用这点，此次刚好是契机成熟而已。

耀阳在为此而兴奋之余亦不由警惕，一旦有了法道高手参与，以后的战争将难以用常规想法来预料了。此次慕行云和虎遴汉可能是因为淮夷军进军的事而对曜扬军放松警惕，但其中一点，可能也是因为他们没想到曜扬军会以法道高手及“聚灵石卫”和青虎来夜袭而被杀了个措手不及。以后战争如果不将法道高手这个重要因素考虑在内，恐怕曜扬军也会吃同样的亏。

此战南域军死伤四万，降兵五万。之后曜扬军乘着南域军兵力空虚之际，大军侵入南域境内，几乎没遇到什么抵抗，便占领南域大半片领土，南域军兵士先后降者无数。

曜扬军纳南域降兵，经过一番整合训练，实力大增，占地亦多，一举跃然成为天下四大势力之一，南域则成了跟东鲁相等的弱小势力，只是看着被其他势力分而蚕食，难有再进之力。

虎遴汉在知道曜扬军占领南域大半领地之后，竟是连连吐血，伤重不治而亡，临死前大呼：“祝融氏害我！”

至于本来进军曜扬军地盘的淮夷军一听南域惨败，当即就停住进军，跟防守戒备的曜扬军对峙一段时间后，自动退兵。现在代婥婥控制南域的淳于焱很清楚，以淮夷军之兵跟现在正势大的曜扬军硬拼，无疑是自找死路。

而东鲁之亡，迫使神玄两宗真正参与西岐军政，慕行云先行破坏四大法宗不得介入人界战争的规则，让神玄两宗有了出兵的借口。西岐乘各势力开战之际，借助神玄两宗的法道高手，不费一点力气就占领失去了主力大军兵力支持的南域甚多城池，势力更是攀长，隐有超越朝歌成为天下势力之首的势态。

而在此时，朝歌和崇国抢占东鲁地盘，由于南域还有不少城池控制在鄂崇禹的手中，西岐暂时并不跟曜扬军接壤。所以这时，曜扬军刚好有了一段整军的时间，曜扬军将新老兵将统合，收纳大批降兵并加紧训练，经过这几次战争，曜扬军得到进一步的磨练，也算得上真正能征善战的军队了。不过始终是有些隐患，在那时南域军攻入西门之时，局面只是不好，曜扬军还不能算败的情况下，曜扬军有不少兵士已经后撤，这如果在一场关键战斗中发生足以致命。

然而这种事情不是说就能避免的，耀阳虽有担心，一时却也没办法解决，只能对那些兵士严训。

当然拥有十六万将士的曜扬军已足能与任何一个势力抗衡，莫继风等一批将领都已经成熟，他们亦有一身勉强能自保的修为，耀阳又给予他们一些有炎氏和防风氏多出来的低级和中级法宝，让他们能不遭受虎遴汉一样的命运。当然耀阳还特意给他们配备了一两个真正的法道高手，只要不遇到刑天抗等级数的人物，应该不会有什么问题。

南域军败退，其他势力还无法抽出时间侵犯，曜扬军暂时有了一段休养的时间。耀阳和倚弦趁此机会研究乾元绫巾，他们很清楚，得到百夜魔刃的蚩尤可能已经完全痊愈，现在两人联手都未必是他的对手。

现在唯一的希望就是能从乾元绫巾中得到一点启示，广成子的东西肯定不差。

根据应龙所言，正常能用的办法都用了，甚至以火烧水浸雷劈等非常之法亦使了，但是都没有什么大的效果，乾元绫巾的确是非同寻常的宝物，任由应龙怎么折腾，也丝毫未损，却也没有一点异样。

不过应龙也提供了一点线索，就是一旦有大量元能涌入，乾元绫就会微发紫光，只是除此之外，无论应龙怎么努力，乾元绫也没有再进一步的变化。

耀阳和倚弦试过后，果然见乾元绫在发紫光，但是两人不管再如何出力，它终究还是原来一副模样，仿佛完全没有任何变化一般。

耀阳放弃将元能输入，叹了口气，道：“我们这样做无疑是海底捞针，鸿钧老祖和应龙两人是何等人物，凭他们的修为和历练，还有什么方法是没用过的？这个该死的东西，广成子他是吃饱了撑着没事做，干吗搞得这么麻烦？别人也就算了，但你可是龙刃诛神的得主，他既然留了这么一把东西给人，何苦还要将这乾元绫的秘密藏得这么严实？”

倚弦笑笑正要说话，突然脑海灵光一闪，得到乾元绫的情景从脑中一闪而过，不由自语道：“难道是这样？”

耀阳愣道：“怎么？”

倚弦沉思片晌，道：“广成子应该不会为难得到龙刃诛神承认之人，但是他又未必愿意心术不正的人得到乾元绫，既然他愿意相信被龙刃诛神认主之人，那肯定是不会不让龙刃诛神得主破解此绫巾？这样说……”

“小倚，没想到你还真有点小聪明。”耀阳眼中一亮，兴奋的说道，“龙刃诛神的得主？鸿钧老君和应龙可能什么办法都可能试过，但是他们都没有龙刃诛神。”

两人豁然开朗，当下没有任何迟疑，倚弦就祭出龙刃诛神，元能透过刃身逼入乾元绫，既然乾元绫只对元能有反应，这应该是最好的办法。

果然，两人只觉眼前紫光大涨，乾元绫抖动不已，微有鸣声。倚弦逐渐加力，紫光也愈来愈烈，到倚弦倾尽全力之时，紫光暴涨刺得两人双眼欲盲，但是让他们郁闷的是除了飞舞在空中的乾元绫发出紫光外，其他的还是没有什么异常之处。

“看来你的修为不够，让我助你一臂之力。”耀阳喝道，将元能逐步注入倚弦身上。倚弦将耀阳的元能和自身的结合起来注入龙刃诛神，两人一身修为皆是以归元异能为基，合力而为丝毫没有一点排斥。

随着元能的不断注入，乾元绫发出的紫光竟然逐渐凝结起来，光芒不再四散，却似乎是浓缩在乾元绫上，几乎成了实质。光芒慢慢凝结，却似是一个个奇型的符号，密密麻麻的不断清晰变多。

“快成了吧？”耀阳大喜道，加劲催出的元能。

谁知乐极生悲！

“砰！”一声裂响，无论鸿钧老祖和应龙怎么折腾也安然无恙的乾元绫竟是生生爆裂，之间光芒符号四散，这三界瑰宝已化为粉末。

“不会吧？”耀阳一声惨叫，连倚弦都怔在当场一时甚至不知该有怎么样的反应。

不过没有让他们痛苦多久，那些四散的光芒符号遽然停住，环绕两人急转了起来。两人对视一眼，还没来得及发出惊讶的声音，便见光芒连成一片，天地骤变。

耀阳和倚弦两人仿佛是处身在天际，周围处处皆是星罗密布，柔和的光芒组成奇异的曲线，无数不同形状的光弧交织，变化万千。

两人立于虚空之中，却似乎有脚踏实地之感，但明明脚下虚无一物，向下踩去也没有一点阻碍。

耀阳和倚弦看着这一片奇异的空间，本不明所以，但随着星罗变幻，曲线旋动，光弧跳跃，他们的注意力被吸引过去。他们立即发觉这些变化竟似一把铁锤，一下下的撞击在心中，此等变化之奥妙，让他们几乎难以控制一种极其玄妙的情绪。

这便是广成子证道之秘！

竟有如此玄妙奇异？耀阳和倚弦都不由在心中呐喊！

三界的一切变化尽悉于此，广成子竟能凭证道前之能独立创此等奇异空间，实是神玄两宗自盘古后的第一人。

两人看着眼前的种种变化，如沐春风，感觉全身上下以及神识灵元无一不舒服爽透。

但是美妙的感觉注定不能长久，不过瞬间，两人便发现又重回现实，那四射的光芒刚刚散去，刚才所见的一切仿佛只是做了一个短得不能再短的梦。

但是两人清楚这不是梦，这便是广成子证道之秘，一个足以让三界四宗所有人风靡的秘密。尽管只是短短一瞬，但是他们已将所见到的一切牢牢地记在心中，绝对不会让它消失。

乾元绫所示的真的不是龙刃诛神的使用办法，但是两人的收获却是难以用言语所能表达的，这远比他们之前所想要的更好。

"来跟我一战吧，我要将这一瞬的感悟留在心中。"耀阳大呼，惊身而起，破顶而出，腾于茫茫苍穹之中。

"正合我意！"倚弦笑喝，随之跟上。

九天之上，金紫两道光芒交织在一起，化为普天的光芒！

曜扬军在稳步发展，不断蚕食南域军，西岐亦没有停步。南域兵力不济，虽然勉强纠集一些部队，但是虎邌汉已死，慕行云不知所踪，他人又岂会是日益成熟的耀阳对手。至于西岐姬发才能不凡，姜子牙更是三界奇才，西岐诸将人才辈出，远不是此时的南域军可比。最终鄂崇禹在只剩十余城的时候郁郁而终，其长子继位不久就降了西岐。

而正因如此，曜扬军和西岐的争端提早开始了。

神玄两宗全力支持姬发，前头兵是桓冲、金吒和木吒率领的七万大军，他们在接收南域最后的势力之时跟曜扬军起了摩擦，本来金吒的意思是各退一步，但是桓冲不肯罢手，非要跟曜扬军争个你死我活不成。秦骊如运兵已是甚为老道，带着三万兵马没有跟西岐硬来，而是退守城池，向耀阳要求援兵。桓冲虽然量小，但不算是个莽撞之辈，分别攻下该城周围的几个小城，然后接下来就要断秦骊如的后路，准备让秦骊如困死在城中。

耀阳和倚弦听到这消息并不吃惊，这样的情况是迟早都会来的，只是这个时候稍微早了一步而已，但断然不会让他们感到意外。

综观实力，西岐拥有精兵二十万，有气吞万里之势，曜扬军兵不过十六万，论素质虽有所成，但比起西岐精兵还是相差甚远，两者相比曜扬军明显落于下风。

不过曜扬军相对于西岐情况还算好一点，淮夷少了南域为基只求自保没有回手之力，东鲁还在那边顽抗，崇国意在慢慢施压逐步吞噬，倒也不急，所以没有跟曜扬军接壤，自然威胁不到曜扬军，朝歌着重对付西岐，自然不会想再开启战端来跟曜扬军交战。

两厢比较，曜扬军虽然处于下风，却也非是绝对劣势。而对付西岐的七万兵马，耀阳自然有些把握。他也很简单，另派十万大军，火速压上，在西岐援兵到来之前全力进攻以桓冲为主将的西岐军。桓冲为了困死秦骊如以及其三万大军，不得已左右各遣万名兵士。

桓冲之所以分兵，是因为断没想到耀阳会倾十万大军的兵马来攻，正面交战之下，曜扬军的青虎和“聚灵石卫”再显威力，耀阳指挥全军，倚弦率领有炎氏和防风氏诸高手顶住神玄两宗的一批高手。曜扬军人数是西岐军的一倍，“聚灵石卫”强悍无匹，青虎已达三百余只，扑纵扫咬，凶悍无比。

桓冲抵挡不住，抛下近万尸体和一批粮草退回境内跟援兵会合，此时曜扬军却是会合秦骊如后立即退兵三十里，作势避让。西岐也不为己甚，没有过迫曜扬军，两方遂是罢战，但是谁都明白，这只是暂时的。只不过曜扬军还需要时间稳定和发展，西岐还不得不面对朝歌的压力，如此而已。

这一战乏善可陈，曜扬军在遏制了西岐军助力神玄两宗高手后，以狂猛强悍的非人部队为先锋开路，凭着优势兵力力压西岐军才获胜的，并无多少表现耀阳才能的时候，但这无疑是耀阳最想要的胜利，以实力取胜，堂堂正正战胜敌军。以奇击正虽然看起来舒服，却是无奈之举，智者千虑，必有一失，万一有什么失误，那整个曜扬军就完了，如果不是有什么迫不得已的苦衷，任何一个将领都不可能在兵力占优的情况下还玩这么危险的小手段。

战后曜扬军再投入刻苦训练，这时的训练更见成效，不只是因为兵将们一次次的见识到战争的残酷，亦是耀阳总结经验，再次策划出更有用的训练手段。

耀阳还要再做一件事情，就是将由不同身份兵士组成的曜扬军拧成一股坚绳，让牧场遗留下来的兵将、征集的新兵和各批招降的将士抛弃原来的身份，以曜扬军兵士的身份自豪，形成真正的向心力。当然这事不是短时间内所能办到的，曜扬军此时表面的团结不过是建立在曜扬军屡战屡胜，几乎没有挫折的基础上，这并不牢固。

不过耀阳能在这么短的时间内让曜扬军成长至此，已是很不错了，想到这点耀阳还甚是感激姜子牙，这些方法大部分都是姜子牙教给他或他从《龙虎六韬》中学到的。

朝歌继续跟西岐军纠缠，也不忘吞食东鲁，崇国已经将东鲁最后的兵力逼到鲁城周围，东鲁时日不多。

曜扬军相对而言形势一片大好，耀阳这个曜扬大将军也不必再愁于曜扬军的环境，生活也能过得一时舒坦。

第一百五十五章　出兵伐商

曜扬军的领地和军队，一切都步入正规。耀阳可以松口气偷得一日闲，难得的和妻儿休息一番，只是梅若冰有不少事要忙，她现在替耀阳分担了不少事务。

让倚弦去监督军队训练，耀阳自己正在后院逗着不爱说话的耀天玩，这时门外来报云雨妍求见，耀阳一怔，没想到这个时候云雨妍会来找他，当下二话不说就亲自出门迎接，对这个姐姐他仰慕之余还有几分敬意。

出门便见笑语盈然的云雨妍，看到她丰姿依旧却更添丰韵，耀阳真心的笑道："几年没看到姐姐，更见丰姿，耀阳心中甚慰。"

云雨妍浅浅笑道："耀将军还是这么会说话，雨妍贸然求见，会不会有些唐突。"她俏目一瞥打量了一下耀阳，心中感慨，现在的耀阳已经成熟，无复当初的稚嫩，霸气粗犷的男人魅力十足，眉目间自有一股威严气势，难怪能在人界撑起一片天地。以往的耀阳或许能让她心动，现在的耀阳却是能让她倾心。

耀阳忙道："姐姐哪里的话，姐姐能来，耀阳高兴还来不及，快点请进。"

耀阳当即请云雨妍进院一叙，小仙亲自去端茶水。妲己带着小耀天见了云雨妍。妲己略有涩意，耀天举止得当，表现得比母亲好多了。云雨妍看到耀天怔了一下，微笑道："耀将军虎父无犬子，你看天儿年幼便有乃父风范，素是难得。"

耀阳摇头道："这小子现在比我以前可强多了，将来说不定我还不如他。"

云雨妍笑道："曜扬军在这么短的时间内冒起来，并力压东鲁南域成为天下豪强，耀将军名扬天下，这样说是过于谦虚了。姜先生当年曾言将军之能，如今看来似乎还是小觑了你。"

耀阳嘿然道："我这点成绩不值得骄傲，当初如果不是姜先生和姐姐相助，哪有我耀阳如今的成就，这些都得谢谢先生和姐姐。"

云雨妍道："璞玉终会成才，我们只是出此绵薄之力，不值得挂在心上。"

接着两人相互说了一下今年来的情形，云雨妍没怎么明说，但是耀阳还是知道云雨妍当年曾经因为他们的事情询问过其师，想助他们一臂之力，妖师元中邪沉吟良久才道："天道自有定数，当事情开始的时候，就没有办法阻止其发展。他们的一切都已注定，断不会轻遭大难。"云雨妍对师尊的话非常相信，便放下心来，专心跟随元中邪修行，一直没有入世。

"妖师真乃高人。"耀阳大是感叹，说着他的话题一转，问道："姐姐此次前来除了看望耀阳外，不知还有何要事？"

云雨妍神色肃然，凝声道："雨妍此次前来，的确是有重要之事。这是师尊亲自嘱咐雨妍来告诉你们。"

耀阳大奇，讶道："居然让妖师也为之震惊的事，耀阳倒是很好奇，究竟是何等大事，还请姐姐说来。"

云雨妍沉声道："师尊跟雨妍说，他有一种感觉，真正的魔星应该已经出世，是不是你们尚不可知。但归元圣璧是你们吸收的，所以魔星的临世绝对跟你们有关，师尊的意思是希望你们能早日做好准备。魔星之事由你们而起，一旦魔星气候大成肯定会使你们陷入从未有过的危险，就怕你们身上的归元圣能都救不了你们。"

"咦，云小姐来访，恕倚弦刚才正在办事，未能出迎。"倚弦刚好大步走入院子，随性自然的他也没有刻意表示，不过流露出来的感觉却无丝毫失礼之处，反而让人感觉到亲切温馨之感。

云雨妍看到倚弦的风采，不由赞道："两位现在无不是卓越过人，三界之中少有人能及。"

倚弦谦虚几句，问道："云小姐有兴来此，不知有何要事？"

耀阳代云雨妍将事情说了，倚弦皱眉道："魔星此事非同小可，但是我们所知不多，唯一知道的就是蚩尤应该是已经痊愈。"

耀阳同意道："虽然不知道蚩尤是否可能就是魔星，但眼前最大的敌人就是蚩尤。对了，小倚，你不是应该在训练军队吗，有什么重要的事情要你亲来？"

倚弦神色一肃道："有点事情，崇国已经攻陷鲁城，东鲁就此灭国。而且朝歌武成王黄飞虎亲自出马，率八万飞虎军力破西岐军十二万，一扫以往被西岐力压的颓势。"

"什么？"耀阳大震，他很清楚这意味着什么。朝歌毕竟是立国数百年的殷商天朝，实力雄厚无比，而黄飞虎更是天下公认的第一名将，飞虎军亦是举世无双的最强军队，之前一直被西岐压制，几乎所有人都感觉不出朝歌还有什么前途，连耀阳都未必将朝歌看在眼中，如今朝歌一反如常，让他顿时清醒，朝歌还拥有威武成王黄飞虎，还有着飞虎军，还有着比干等一众忠臣。

现在朝歌开始发挥实力，如果让他们这样发展下去，天下无人能遏制，耀阳更想到朝歌再强大一点，他们想攻入朝歌将会是难上加难。对现在的耀阳而言，攻入朝歌解放王奕等奴隶比魔星之事还要重要。

"三日后兵发朝歌！"耀阳蓦地做出这样的决定，神色异常决然。

云雨妍一惊，轻呼道："耀将军万万不可，现在魔星之事尚不明朗，你们最好不要贸然行事，等待魔星之事大白之后，再做决定吧。"

耀阳断然道："我意已决，决不容更改。我等在此享受安宁舒逸之生活，王奕大哥他们却在朝歌受苦，我等岂能安心。更因为魔星之事难定，我更要早日让王奕大哥他们脱离苦海，此时不战，等朝歌恢复元气，天下何人能压制住他们？"

云雨妍蹙起纤眉道："耀阳，你不要意气用事，当雨妍是你姐姐的话就听姐姐一句，暂时不要擅动干戈。"

耀阳看看云雨妍，却呆呆地看向朝歌的方向，眼中露出沉痛而缅怀的神色，遽然他双手搭住云雨妍的肩膀，沉沉道："姐姐，我敬你慕你，很多事情都可以听你的，但是这件事情却绝对不行。姐姐，你可知道当初我们身为奴隶时过的那种暗无天日、每天饱受痛苦折磨的生活？那是寻常人和你们所不能理解的非人生活。王奕大哥他们何辜受此痛苦？今我锦衣玉食，扬眉吐气，可是平日对我们照顾有加的他们却过着生不如死的生活，我耀阳愧生于天地之间。我若是能眼看着他们还将延续痛苦而不做出行动，即得天下又有何用？”

耀阳说着，堂堂七尺男儿，竟然泪流满面。他从未忘记在朝歌的朋友们，就算在最快乐最高兴的时候，他也从未忘却过这些真正的患难朋友，那一群生活在地狱的奴隶。

耀阳眼中的泪水不由溅了几滴在云雨妍手上，她竟感觉到那泪水的灼热，男儿流泪定是真正的伤心之时。看着耀阳这副模样，云雨妍何忍再说，轻叹一口道：“你既然已经决定了，姐姐也不再阻拦，不过还是希望你能尽量顾全大局。”

“多谢姐姐理解。”耀阳声音之中尚带哽咽之音，大手将泪水抹掉，但是眼中的盈盈水光仍有欲下之色。

而倚弦早已扭过头去，他也怕那泪水止不住地下来。

云雨妍看着耀阳的样子，心中悸然，耀阳此时完全是真性真情，不复那豪迈魄气的壮色，但那男儿痛哭流泪的模样却更能让人为之心动不已。云雨妍终于发现自己是真的对这个一直看着他成长的小弟倾心。

当耀阳道出将攻朝歌之时，在场诸人无不反对，就连秦骊如和梅若冰都认为曜扬军状况还不好，仓促出兵，断无胜理，甚至可能将曜扬军辛苦建立起来的基业给一手葬送了。

议事大厅上，包括莫凌风父子等各高级将领都出言反对，熙熙攘攘的没有一人赞同出兵。只有倚弦站在一旁没有出声，他明白耀阳的倔犟不下于自己，更清楚耀阳心中的感受。

“够了！”耀阳突然拍案而起，厉声喝道，一张桌案在他的手中化为涅沫。

大厅上的所有人都立即静了下来，耀阳从来没有对他们发过火，这还是第一次，看到耀阳虎目含威，气势迫人，他们终于知道眼前的耀阳具有的威严。那种凛然龙威让所有人都难以再出反对之言，这就是一代君王的气魄。

耀阳双眼厉光一扫众人，淡淡地道："我意已决，你们各自去准备，不得有误。"双手一扬，先行一步离开大厅。

大厅之中的诸人都是怔了半晌，才回过神来。此时倚弦也跟着耀阳离开。

烈风拂面，使得黑发激扬，如烈火张扬。耀阳站在峰顶看着万里云海振涛。

倚弦知道他的心情起伏不定，到了他的身旁问道："想什么呢，这么入神?"

耀阳转头问道："小倚，我是不是做错了，为了在朝歌的朋友，却拿曜扬军和诸人的前途来赌?"

倚弦淡笑道："就算你错了，你会否改变主意?"

"不会。"耀阳的回答没有任何的迟疑。

倚弦笑道："这就是了，那你又何必去追究对错呢？终有一日我们都是要跟朝歌决一死战，迟一点早一点并不重要。"

耀阳感激道："小倚，多谢你的支持。"

"臭小子，我们是两兄弟，还需要谢吗？当初跟王奕大哥在一起，我受的照顾还多一点呢。你以为我不想攻入朝歌吗?"倚弦笑骂道。

"对，我们是兄弟。"耀阳高声呼道。

两只手紧紧地握在一起。

三日后，耀阳亲领十二万向朝歌逼近。他们第一个目标就是高墙坚防的天障关，朝歌在此驻兵五万，有着一切完备的守城器械，本来就是朝歌用来提防东鲁的关卡。

谁都认为曜扬军定会在此被阻上一段时间，那天障关完全是为了死守不出而建造的坚城。

但是出乎所有人的意料，仅是半个时辰，曜扬军便将天障关攻下。曜扬军几是倾尽法道高手、数百青虎和数十“聚灵石卫”以雷霆万钧之势将所有兵力压上，一举攻破天障关。这半个时辰内战况的惨烈不是常人所能想象，半颓的城墙几乎没有一处不是血红的。

天障关的守军根本没想到曜扬军竟甫一接触就倾尽全力，他们从未打过这样的战争。但事实证明耀阳的方法极为正确，有法道高手的参与，这么猛烈的攻击不是这天障关内的守军所能抵挡的。

天障关的守军在曜扬军攻入关中的时候，就完全溃败，除了战死的、投降的和逃走的兵士外，还能安然撤退的不到三万人。他们马上退到下一城，联合当地军队组织防御，另外全速传书给朝歌。

曜扬军马不停蹄，不顾天障关，追击敌军退兵，下一城的防御亦不能抵挡他们，不日即被攻破。

让天下所有人目瞪口呆，曜扬军竟能所向披靡，短短半月，连下朝歌七城。此时，耀阳和曜扬军之名更是威震天下，人道继黄飞虎飞虎军后，最强的将是耀阳的曜扬军。

曜扬军仿若是吞天之势向朝歌进发，意欲一举攻下朝歌。

曜扬军在一夜休息后，再次启程，兵发朝歌，一直到了能跟天障关相比的坚城硌城之前，城中有着原驻扎五千兵力和七城退兵四万五左右。

耀阳站在高处，长吁一口气，攻下这硌城，朝歌面前再无像样的关卡，途中的几镇小城，断然不能阻止曜扬军前进的步伐。

耀阳不是冒失之人，他早已让小千和小凤两人去探查，知道黄飞虎和他的飞虎军还在千里之外正往这边赶，他们就是厉害到日行三百里也不可能赶得来。所以耀阳才敢再攻硌城这样的坚城。

一切准备好后，耀阳下令：“杀!”

又是一样的办法，法道高手和“聚灵石卫”疯狂地攻击硌城城墙上的守军，青虎乘机扑上撕开一条血路，然后曜扬军的兵马紧跟其后。

但是这一次，耀阳发现有些不妥，硌城上居然有不少厉害的法道高手，能抵挡曜扬军的法道高手一时，硌城的守军亦是异常厉害，十几个人联手对付一只青虎，后面的利箭狂发，偶有射人青虎眼中。强如青虎亦只能狂吼着扫杀几人最终死在矛戟之下。

没有想到敌军终于有了对付青虎的办法，但是耀阳知道这个办法并不好用，那需要极为精练的兵士，像曜扬军现在这个的兵士若以同样的办法对付青虎，虽然未必不成，但肯定是死伤惨重，不如现在硌城的守军有效。

“情况不对。”耀阳心中大凛，决不贪功，当即立断，下令全军放弃攻城，暂时撤退。曜扬军上下将士虽不明所以，但还是依言退下。

狂风乍起，风沙更盛，凭空生出一股肃杀之气，望着后方卷起的漫天沙尘。

“哼！前后夹击？只不怕不是这么容易。”耀阳冷笑一声，大声喝道：“前军原地坚守，中军待命，后军转向，左右分散，准备接敌”

一旁的倚弦轻声问道：“小阳，你猜来的是谁？”

耀阳神色凝重，道：“如果我猜得不错的话，恐怕是我暂时最不想遇到飞虎军，统帅应该就是我们的好相识。”

倚弦听罢微微一愣，喃喃道：“飞虎军？黄天化？他们不是还远在千里之外吗？北伯侯崇侯虎难道不是更有可能？小千和小风没有注意他们。”

耀阳闻言后哈哈大笑：“北伯侯崇侯虎？他才不会急着为纣王拼命，如果可能的话，他绝对希望我们和朝歌，还有西岐拼个三败俱伤，他的崇国才好收渔翁之利，再说，就算他真要出兵，空虚的宋城和牧场岂不是比这里更有价值？”

倚弦道：“但是小千和小风他们从未出过错？”

耀阳叹道：“黄飞虎果然名不虚传，他恐怕是通过我以往的作战知道或是预料到小千和小风之能，因为也只有飞虎军这种精锐雄师，才能骗过了小千和小风，神不知鬼不觉地绕到我们后方，也只有他们这种百战虎狼才能以一支孤军偏师威胁我们腹背，若换作其他军队，途经千里奔袭，只能是赶来送死。硌城能坚守至此，定与黄飞虎和他的飞虎军有关。”

倚弦奇道：“这样说不错，但是你如何肯定主帅会是黄天化？”

耀阳哂然道：“黄飞虎必须在千里之外整军，才能引动我们放心地挥军攻城，好给飞虎军制造一个突然袭击的战机，而黄天化自然是最佳的主帅。黄飞虎这一手真是厉害，我若反应再慢一步，我军恐怕会尽没于此。”

倚弦惊道：“你这家伙，竟能料到黄飞虎的想法？”

“没有什么值得骄傲的，还是被黄飞虎给算计了。”耀阳突然大喝一声：“小倚，坐镇中军，若硌城出兵夹击，便指挥前军死守；莫继风，整顿后军，随时接应我车兵回防；骊如、莫凌风，率本部兵马散结两翼，准备突击；我亲自去会一会名震天下的飞虎雄师。”而青虎和聚灵石卫自然要挡住硌城守军的追击。

众人同声大喝：“得令！”

倚弦还想再说什么，耀阳已领三千战车望后军杀去。

耀阳豪情冲天，轩辕神剑一指，马如龙，车似电，奋勇当先，虽然兵力不及，气势已落，却也是精骁战疲惫，曜扬车兵同样杀意如虹，狂啸呐喊，誓言争锋，决意与天下第一雄师来个不死不休。

车马隆隆，杀气冲天，蹄声如雷，木轮卷烟，耀阳猜得一点也不错，来的正是雄武天下，掠地千里如闲庭卷席的数万飞虎大军，为首那名少年将军，一身黄金战甲，手持双戟，不是黄天化还有谁？

黄天化此时双眼毅然，精光暴闪，战意盈然。耀阳很清楚身为黄飞虎的儿子，黄天化绝对不会有一点的留情。

这一战必是无比避免的血战。

战马的高速，极大减少了两军通过间隔距离的时间，在目力可及的距离上，可说是眨眼即至，而战车与战车在平原的骤然相遇，速度决定了绝不存在半点犹豫的余地，谁若胆敢稍稍迟疑，必陷入支离破碎、万劫不复之地，这是一种没有再战机会，一旦战败便一发不可收拾的勇气较量。

可调整的时间虽短，但耀阳还是决定来点花样，率领大军稍稍拐了一点弧道，斜冲狠狠刺入飞虎军的前锋大队。

在耀阳看来，这是必然和必需的，飞虎战车虽是远来的疲惫之师，但说什么也是横行无忌的百战雄师，不说己方兵力远处于下风，纵是人数相等，只怕也未必就敌得过人家，所以，还是谦虚点好，就算拼命，也应该拼得狡猾一点，况且，他的目的也不是杀戮，而是时间。

在这个时候，小部队与大军交战的唯一优势：灵活！淋漓尽致地体现了出来，曜扬军的三千乘战车如一把偷袭得手的短刀，无情地划过飞虎军的右肋，拖出一道长长的，血光如雾的大口。

战车与战车之间的正面与侧面交锋，可以说是绝对的压制性屠杀，所以，纵是强如飞虎军，纵是飞虎雄师们的体力尚未到达极限，但也只能被曜扬军一一挑刺、射杀，为纣王尽忠。

耀阳，身为这支利箭之簇，这柄锐矛之锋，在九条金龙的围绕下已化身地狱修罗，轩辕剑下，绝无一合之将，拖着身后的刀锋狠狠贯入飞虎军的要害。

但在这时候，挨了一刀的飞虎军团反而更激动兴奋，他们虽然不像曜扬军般疯狂呐喊，但眼神间却流露出残暴的凶戾，那是一种虎豹在捕猎前，爆发前一刻，身为猎者对猎物的死亡判决。

面对耀阳的主动挑衅，黄天化毅然不惧，双戟轻轻一挥，战车猛然加速，望金龙盘旋下的耀阳撞去，他完全理解耀阳的战术目的，知道对方是想用性命来换取时间，只是，他实在不愿就这样屠戮眼前的热血男儿。

由于曜扬军战车的突入，飞虎战车与曜扬军战车的战术位置，恰恰来了个交换，后续的飞虎军以正面对上曜扬军的侧面，所以屠杀注定了还要继续，只不过，却是换了一方来宰戮另一方。

什么是百战雄师？什么是狼虎精锐？

眼前的飞虎军非常正确地给大家演绎了一个不容置疑的标准，前锋受袭的战车处变不惊，他们并不急着还击，只是不慌不忙地稍稍调整了一下前过的方向，慢慢形成与曜扬军并驾齐驱的阵势，死死缠着对方，同时也等于是制压了曜扬军的刀尖。

中军一拥而上，但并不是直线的直接压上，而是以一种明显地存在快慢不对等，但整齐的斜线挤压而上，后军则减慢速度，脱离了大队，移动到曜阳大军主阵的下方。

耀阳只望了一眼，他知道自己亲率的三千战车两万余名将士完了。本来他也知道这次突击后是不可能留得多少人，但在事情未发生之前，总是抱有一点侥幸，希望能一击而过，远遁而逃，可现在，事实已无情地告诉了他，想都不用想，若要在天下无双的飞虎军战车前抢时间，唯一的办法，就是通过生命的牺牲来换取。

在飞虎军对曜扬军车兵屠杀开始的时候，黄天化的亲兵也跟耀阳正面交上。黄天化知道耀阳的修为强悍无匹，集合所有有法道修为的亲兵与耀阳全力一击。

“轰!”三驾战车被耀阳一击撞得粉碎，但是黄天化借众亲兵之力却硬是挡住耀阳一击。

不能多留，耀阳转身就走，黄天化暗中将溢到嘴中的血吞下，暗惊耀阳此时的修为厉害，也慢慢减缓车速，根本不用指挥的飞虎前军缠紧了这支突击车队，中军则在绝对有利的战术位置以绝对的压倒性兵力，轻松地完成了这场屠杀，再结合前军，慢慢绕到曜扬军更上方的位置待命。

但是就这些时间的阻滞，曜扬军主力已经退守到有利位置。

无法冲破敌阵，耀阳当即命令全军撤退。现在陷在其中，决无幸理，唯一的生机就是杀出一条血路退兵。

耀阳持剑横扫，金龙呼啸而出，金光耀眼，以耀阳为箭头，飞虎军虽强也难以阻住他的去路。但是曜扬军其他大部分人却远不是飞虎军的对手，纷纷倒在飞虎军的利器下。

离主力退守的地点不远，但这条路决不好走，铺成这条血路的是一具具的敌我两军的尸体。这样的战斗，强悍列为天下首位的飞虎军绝对不会有一点的退缩之意，他们的战斗力不是曜扬军可以相比的。

由于耀阳这锐不可当的箭头，飞虎军虽然精悍，还是无法挡住他们，最终耀阳浴血退回主力大军，背后却是一条由尸体铺成的路。三千乘战车出击，能成功撤回的战车，包括耀阳的坐驾，只有区区三百余乘，九成兵马尽墨于斯，这场阻击可说是惨得不能再惨的惨败。

反观以疲惫之师的软腹侧肋对敌的飞虎军，虽说是以众凌寡，但损伤不足曜扬军的两成，这虽不能说是全胜，但也用事实证明了飞虎雄师天下第一的威风。

虽然曜扬军损失惨重，但是耀阳在伤心之余却还庆幸，能早了一步看出端倪，否则迟一步被这天下无双的飞虎军从后面截上，曜扬军断扭难转战机，恐怕就会全军覆灭。

黄飞虎果然是人界第一名将，这一手就差点让曜扬军遭灭顶之灾，耀阳虽然及时做出对策将飞虎军阻截在城下，让曜扬军主力安然撤退，但这却付出了惨痛的代价，两万英勇将士为此而亡。而阻挡硌城守军的青虎和聚灵石卫亦被毁不少，曜扬军为这次的失策而损失惨重。

飞虎战旗的出现壮大了硌城守军的胆量，上万的轻步兵如决堤的洪水般狂涌而出，抢占城门两翼，在他们身后，是两千五百乘蓄势待命的战车和黑压压一眼望不到尾的步兵，只要曜扬军露出一丝慌乱，他们就会以雄狮捕兔之势汹涌而至，把眼前的曜扬军裂而后噬。

时间是运动和调整的必需条件，曜扬军两万将士的牺牲，换回了主力大军急需的时间，虽然只是短短的数刻，但也足够这支精锐之师完成攻防调整，现在的曜扬军已结成一块带刺的铁板，任谁来碰也绝免不了头破血流的下场。

曜扬军团、硌城兵马与飞虎雄师，三方都在抢占时间，争取最快到达有利的攻击位置，可惜谁也快不过谁，只能在同时完成阵势。不，应该还是飞虎车兵们占了上风，如果不是因为主将黄天化无力死战，由本阵脱离出来的后军虽不敢说能决定成败，却也绝对可以抓着混乱的战机给予曜扬军损筋伤骨的打击。

于是，在一阵急促而短暂的喧哗过后，硌城南侧出现了绝不可能出现的死寂，二十余万大军对峙之地，竟然也能听到风吹旌旗发出的猎猎肃杀声，只因谁也看不到一战而胜的契机，谁也不敢率先发动攻击。

静，是百里无炊烟，夕阳昏鸦啼般的死寂，三方就这样僵持对垒，谁也不敢轻动，此时此刻，只要一声呐喊，一句狂呼，那怕只是一缕利箭的破风锐响，都足以令，绝对能令超过十万个人头落地。

时间，突然变得很慢很慢，每一刻都有平常一日那么长，但是，日月星辰却又移动得特别快，明明只眨了一眨眼，东方的旭阳已跑到了头顶，等到再偷空挥了把汗，艳阳又走到了西山顶上。

黄天化很轻松，虽然人未进食马未添草，但时间的消磨只不过是疲乏与饥饿之间的对消，飞虎军的战力并没有受到大的削弱，还有更重要的一点，他的兵马全是速度最快的车骑兵，进退由心，始终掌握着攻防间的主动。

耀阳有点烦躁，虽说大军已侥幸逃过了一劫，可两万的伤亡对曜扬军是一个非常严重的打击，而且主动权还是死死捏在对方手里，前去硌城，墙高城厚，数万大军倚险而战，占尽地利；后有飞虎雄师虎视眈眈，随时可给予致命一击，可自己却偏偏没有丝毫办法，只能死守。

若是对方发动攻击，那还好办，一战定山河，在拼体力、拼意志的时候还可以拼拼运气，只因对后者，耀阳知道如果在全力而为之下，凭着勇猛无匹的青虎和聚灵石卫，曜扬军未必会输给几万飞虎军加上硌城守军的殷商联合兵马。而且他可以以飞虎军和硌城守军实力的参差不齐为缺口，甚至可以一举将敌军拿下。

可现在的问题是，人家根本就不愿先出手，而自己也没有能力出手，若到大家都支持不住的时候，硌城兵马只需城门一关，便可安枕无忧，而飞虎军只要避敌十里，也可安然补充消耗，但自己的曜扬军则必须建营搭寨，耗尽最后一分精力布防，而且，还是提心吊胆的担惊受怕，如此下去，只怕过得三五天，不用别人来攻，自己就拖垮了自己。所以若是飞虎军不攻，曜扬军只能退避。

硌城守将荼安很恨，但他不是恨曜扬军，而是恨黄天化的飞虎军，他恨平日里不可一世的飞虎军到这时还拖他的后腿，恨对方扼杀了自己的战功，在他看来，飞虎战车有一千一万个理由发动攻击，打乱曜扬军的阵势，为自己创造一举全歼敌军的机会。

当然，他也知道在曜扬军完整布防之后，飞虎战车若持强猛冲，战后最多只能残余十之三四。不过，这可是飞虎军的问题，先不说黄天化伤亡多少他都不会在意，事实上，丧失了先机的可是黄天化而不是他荼安，因此，飞虎军应该负全部责任，也就是说，飞虎军应该牺牲自己来抵消之前犯下的错误。

望着手下开始骚动的兵马，荼安盯着远方的飞虎帅旗喃喃咒骂了一句，然后心不甘情不愿地狠狠挥动令旗，传命收兵回营，他知道今天的战事算是完结了，现在就算飞虎军发动攻击，并成功打乱敌军的阵营，他手下这些杂军们也没有能力、心思去拼杀。

听到硌城吹响撤退的号角，黄天化松了一口气，他对耀阳很清楚，现在飞虎军要强攻的话，必会中耀阳之计，如果这边全部是飞虎军，他自然不怕，但是其中一半是硌城兵马，飞虎军和守军难以整合，若真的要决一死战，恐怕曜扬军不会落于下风，如今各退一步，自是皆大欢喜，也跟着下令撤军。

耀阳摇了摇头，先望了一眼身边的众将，再苦笑着对倚弦说道："果然不肯来攻，黄家小子了不起，飞虎军果然利害，我很希望他们就此决一死战，现在看来一时半会儿还解决不了。"

倚弦若有所思地点了点头，跟着轻笑着答道："怎么，你也知道怕了？这是教训你，以后不要捡到鸡毛当令箭，天下能人多的是！"

众将哈哈大笑，耀阳点头答是："上次听说西岐军大败，我还以为姬小子不怎么样，直到今天碰上了飞虎军，我才知道能全身而退已是大大的了不起，盛名之下，果无虚士啊！"

莫继风插口道："耀将军，那我军是原地扎营还是退避十里？"

"退！当然退！此处仍是攻之利地，守之死地，除非马上挥军攻城，不然就不应该置身险境。"耀阳想也不想就冲口而出，待看到众将面露黯然神色，马上接口道："飞虎虽强，可惜却要疲于奔命，我军如拖死了眼前这数万飞虎车骑，西岐大军必可兵临朝歌，到时黄天化又要千里回援，到了那时，我军再慢慢拿下硌城也不迟。"

当即，曜扬军退军十五里，择一临水高地背山扎营，第二日，双方相安无事，各自加紧整顿兵马，傍晚时分，武成王率五万飞虎步军赶到硌城，主理军务。

次日清晨，黄飞虎正欲整军出战，忽有探子回报，说曜扬军连夜再退十五里，正在淇水江畔背水扎营，不过并无渡船在后接应，看来是要孤军一战。武成王黄飞虎闻言后长叹一声，说了声："事不可为！"便挥手散退左右。

硌城守将荼安心中不愤，上前一步，大声责问道："武成王，如今我军无论兵马士气皆远胜敌军，自可一战而下，为何还要取消战事？难道……"

黄飞虎摆手示意激奋的飞虎军众将噤声，别有深意地望了一眼这位纣王的亲信，沉吟道："曜扬军，乃狡诈之饥狼也，如今我军虽在兵势上稍胜于他，但也正是因为如此，他才背水结营于死地，欲拼全军血性于一击，布下狼虎困斗的死局。

"因而，此战纵是能胜，战后我军也难以剩下几成兵马，若换在平日我自不怕他，可今时不比往日，封丘城下尚有二十万西岐贼兵虎视眈眈，若我军精锐尽丧于此一役，日后谁来拱卫朝歌？所以，此战纵是必胜也绝不可战，况且，还是胜负难料……"

荼安凝神想了一想，向黄飞虎拱手说道："末将受教了，还望武成王大量，原谅末将失言之过。"看来他也不个蠢货，颇知轻得进退。

黄飞虎哈哈大笑，随即又正容说道："未来几日，还望将军加紧城防修筑，蓄势战备，本王估计西岐大军不久必然叩关封丘，飞虎军恐不能久留矣，一切还需荼将军多多劳心"

荼安闻言一惊，他见过曜扬军的战力，特别是那以道法操控的青虎和刀枪不入的聚灵石卫，委实叫人放心不下，正欲出言挽留，黄飞虎已接口道："但荼将军也无需过分担扰，本王已奏请大王，强令东伯侯大军增援硌城，你两军若能通力配合，任那曜阳贼兵有天大的本事也成不了气候。待本王剿清了西岐贼子，再回师屠尽曜扬残军，则天下可定，到那时候，荼将军居功第一，自当裂土封侯。"

"不敢，不敢！"听说有东鲁援军，荼安也就心安不少，再怎么说，他这硌城也是墙高城厚，加上粮草充足，只要外有援军牵制，守他个一年半载绝不是问题。

黄飞虎猜得一点也不错，在得知飞虎军已去增援硌城，姬发马上自太庙中请出其父姬昌灵位，筑青铜台，拜姜子牙为帅，率二十万西岐精兵进发封丘，扬言：承父志，请天命，不破朝歌誓不还！

探得西岐出兵的消息，小千和小风自是不敢怠慢，马上通报师傅，耀阳获知后心怀大悦，下令通报全军上下，九万多的兵马一扫在飞虎军打压下的颓丧，杀进朝歌的声音在低落了数日后再次成为军中的主流意识。

不单将士们渴求一战，就连一向沉稳的莫继风也在众将的鼓噪下认为应该趁机进逼硌城，加剧飞虎军的压力，令其动弹不得，早日杀入朝歌，灭亡凶残无道的殷商。

可惜耀阳并不愿接战，只因他绝不肯白白便宜了道貌岸然的姬发，在他看来，若真的拖住了飞虎军，对他一点好处也没有，再说，如果万一黄飞虎发起疯来，率军与自己决战，那怎么办？黄飞虎的飞虎军恐怕不是现在的曜扬军可以相抗的。还是不要心急，小心一点，坐收渔人之利的好。

在耀阳的意识中，西岐的姬发与殷商的纣王根本没有太大的分别，同样是窃国之贼，除了自己，无论此二人是谁主理朝歌，都绝不会轻易解放城中的奴隶，而这，恰恰正是他此战的最终目标。何况现在与飞虎军一战，耀阳真的没有多少把握。

因此就算要打，也绝不能和飞虎军打，就算和飞虎军打，也绝不能在这个时候打，那可是对付姬小儿的法宝，只要有这支军队存在一日，西岐军就绝对进不了朝歌城，只因他绝对不能容忍西岐在占了朝歌，继续奴虐自己的兄弟。

南方的战事，在耀阳与黄飞虎的相互理智克制下达成了微妙的平衡，但在西线，姜子牙的二十万大军已兵临封丘城下，一场攻守血战，如箭在弦上，势不可回。一时间风云变幻，飞虎军当日大胜西岐十二万雄师的优势荡成无存，战局再次陷入不可预测的迷乱当中。

夜色迷雾，封丘城西十里之地，西岐军大营的中军帅帐内灯火通明，将帅济济一堂，盗号文王的姬发正问策于帅：“相父，这封丘城墙高达七丈，东西窄，南北阔，兵员五万，粮草充足，正是扼守我西岐东进的雄关坚城，而我军月前新败于敌手，士气不振，不知有何良策，急取而下?”

“快!”姜子牙轻抚长须，浅笑道：“就一个快字，我们要打他一个措手不及，观自我军与商朝大军交战以来，战无不胜，除了武成王黄飞虎的五万雄师，余者皆不足道。可如今飞虎军被曜扬军缠于硌城，没有黄飞虎坐镇，封丘城中的五万兵马只可算是土鸡犬瓦的败阵之师，可要我军鼓勇猛攻，夺其士气，不日可下。”

姬发闻言点点头：“相父所言极是，纣王兵马虽众，奈何不得人心，全赖黄飞虎的五万精锐苦苦支撑，如今他陷足硌城，朝歌再无人可挡我军去路，若待我军入主朝歌，他黄飞虎纵再骁悍也无力回天。”

姜子牙轻轻一笑，并不答话，在接报曜扬军退避三十里，不与飞虎军决战后，他就知道在西岐军入主朝歌之前，无论如何也要与飞虎军决一死战。对那个不算是徒弟的徒弟，他可清楚得很，耀阳绝不可能会白白便宜姬发，日后无论是谁灭了殷商，只怕两军之间还有一场恶仗要打。

不过这话可不能讲出来，西岐大军新败，正急需一场胜利来鼓舞，若将士知道飞虎军随时回援，只怕再也定不下神来攻城略地，毕竟飞虎军纵横驰骋的英姿尚历历在目，战败的阴影还未完全散去。

正所谓有守方有攻，西岐欲进就朝歌当然要援，早在姜子牙兵临城下之前，坐镇硌城的武成王就接到西岐大军迫犯封丘的急报，黄飞虎别无选择，唯有再次千里奔袭，只因无论是形势还是兵锋，曜扬军还是比西岐精锐柔弱许多，加上东鲁崇侯虎的大军也增援在即，黄飞虎也稍稍安下心来。

第一百五十六章　硌城血战

次日清晨，天还未亮透，西岐大军已急不可待地开出大营，自东南西三方结集，只等姜子牙一声令下便狂攻猛打，一鼓而下。

为西岐大军的兵威所震慑，封丘兵马根本不敢出城接战，白白浪费了黄飞虎苦心经营的壕沟刁斗、拒马箭楼等防御设施，全军退入城内死守不出。

纵是这样，城外的西岐军兵甲如林，连绵数里，人强马壮，气势如虹，封丘守军未战已弱了三分，加上姜子牙围城缺一之计，留下生门，断了死战待援的决心，封丘守军的战意再减了三分，若非自持城高墙厚，粮草充足，只怕封丘城中的五万兵马不是亡命撤逃就已举械投诚。

姜子牙自是深知敌军的想法，也正是因为这样，他才要求大军缓步进迫，先以气势压死守军的士气，再结集全力一举破城，否则，若待对方缓过气来从容布置，只怕大军纵能拿下封丘也要伤亡过半，到时若再遭受无敌劲旅飞虎军的前后夹击，极可能会被黄飞虎一口气赶回西岐，坐看耀阳与纣王争锋。

姜子牙手上令旗轻轻一挥，封丘城下东南西三方同时号角长鸣，鼓声震天，第一波三万步兵在弓弩手的掩护下发动了攻击，如一道晶莹闪亮的彩带圈上了城墙，下一刻，无论成败，都只能是尸横遍野，血流成河的结局。

虽说封丘守军都是由屡败于西岐军的残兵组成，但无论残兵还是败兵，他们都是老兵，是见过血，杀过人，知道正面交锋比亡命溃逃更安全，除非战事真是不可挽回，不然绝不怕恐吓的老兵。

所以在稍稍惊愕之后，他们马上发动了反击，在屡屡败于西岐军而获得的经验中，不慌不忙地借着有利的地形向城下的步兵倾泻远程攻击兵器，所有人都知道，在敌军爬上城墙之前，他们相对是安全的，起码比溃逃或投降安全得多。

作为攻守战中最有效的攻击武器，箭如饥饿的蝗虫般不断地穿梭于两军的阵地，大片大片地摧毁着直立的人林，攻守双方开始了一比三的急速减员，红与由红转化而成的黑，慢慢渗透了封丘城下的土地，一具具温暖的身躯渐渐冰冷。

这种时候，人的性命比畜生还要轻贱，而被将军们、督战队们强迫进行攻坚的西岐士卒，他们手上的轻薄木盾根本挡不住凌利的锐箭，但纵是能保护他们抵进城墙，也绝不可能禁受得住重若千钧的滚木檑石的打击，只能一批批地前行，一批批地死去，性命简直就是贱如蝼蚁，死不足惜。

可惜在战争中，根本不会有人在意，所在人都认为这是理所当然，而就算有人在意，也是有心无力，唯一的方法就是尽快获取胜利，只有这样，才能将伤亡的数字减到最低，因此，战场在不断地升温，热血流失得更畅更稠。

一队百人的精壮士卒在一名将军的带领下，顶着赶制的牛皮方盾，艰难地推动一架绑着大木桩的撞车接近在了城门，可还未来得及冲撞，就城墙上抛下的巨石砸死过半。

面对守军的狂猛打击，余下的士卒转身便逃，可那名将军想也不想就手起刀落，斩杀了两名逃跑的士兵，然后指挥残兵们把冲车碾过一名砸伤了脚的西岐士卒的胸腹，狠狠撞向城门。

又是一轮死亡的木石瀑雨，这百名负责撞击的城门的敢死队已是十不余一，但马上又有新的战士冲了上来，接替他们的位置，推动冲车在他们的尸体上碾过，狠狠撞击着城门。

攻城的云梯倒了再竖，竖了再倒，就算真有个别西岐战士能侥幸地爬上城墙，也绝躲不过守军们的迎面一枪，虽然他的仇人也会很快地死于战友们的刀矛枪箭之下，但已不关他的事，因为那时候，他的尸身也已经凉透。

第一攻击梯队的三万步兵在伤亡过半后早已撤了下来休整，而第二波攻击梯队的三万步兵到目前为止也折损超过三成，但他们也完成了主帅希望获得的战绩，不单抢占了所有的攻击位置，布置好攻城器械，还几度杀上城楼，给予守军极大威慑。

不过姜子牙知道，现在才是最关键的时候，虽说己方的伤亡倍数于守军，但在西岐军不间断的高强度打击下，敌军也到了强弩之末，但这里说的不是体力，而是士气和战意，如果西岐军不能一鼓作气地强攻而下，等守军调整好情绪，拥有了坚守的信心，那么，只怕二十万大军折损过半也未必打得下眼前的坚城。

望了望身边一言不发看着战局的姬发，姜子牙暗地叹了一口气，说到大将之风，聪明睿智的姬发还是比不上耀阳，要知道他可是三军的魂魄所在，越是危急的时候便越应冷静从容，像他这样不出声，除了打击士气之外根本不起一丝作用。

是时候见分晓，定成败了，姜子牙手上令旗一挥，大声喝道："传令，全线进攻，有进无退，不破不还！"再暗地里摇了摇头，可惜他二人不能相容，否则，只怕现在已在朝歌城里庆功了吧。

这一次姜子牙将神玄两宗的法道高手遣出，跟兵力稍不是很足的曜扬军不同。对于强大的西岐大军而言，在此关键之时，法道高手才能发挥最大的效用。而且这些法道高手也决不只是单纯攻城而已，他们还有更好的用处。

封丘守将张相不能算是一员悍将，但他是一名智将，还是一名谦虚和有点固执的智将，在接报西岐大军进犯的消息后，他马上按原先定下的计划把城内的五万兵马分成三批，第一批又分为三个梯队轮流上阵，抓紧每一个休息的时间。

所以西岐军虽攻得凶猛突然，却也未能打乱封丘守军的阵脚，直到姜子牙发动总攻的时候，张相手上还有一万五千名体力充沛的兵士，若单以战力论，他绝对有坚守的本钱。

当然，西岐军虽放过北门不攻，但张相可不能不在北面投入相当数量的兵马，说什么主动权也是在人家手里，打不打只是一个念头，一个命令的事情，这种危险是绝不能冒的，因此，张相在北面放了五千精锐，并下令把封丘城的所有粮草运到北门，以粮草筑成一道防御阵地，还派了一队亲兵在那里镇守，并明明白白地告诉手下兵马，如果城破，就放火烧光粮草。

在这样的布置之下，若然城破，将是三面接敌，一面火海的死局，根本无路可逃，可说是封死了守军逃亡的可能，也一定程度地压制了手下兵马投降的意识，因为如果粮草尽毁，谁也不知道西岐军会在分粮救济或屠杀中选择那一样。

因此，在城楼上观战的张相一点也不怕西岐军的总攻，并暗暗自喜，像姜子牙这种不计伤亡的强攻猛打，猛则猛矣，但绝不可能持久，只要自己能挺过这一轮考验，就基本可以肯定能守到飞虎军回援，若到那时候，只怕攻守优劣之势就要倒转过来。

但张相也太自傲了一点，因此他忽略了一些东西，他忘了他的对手是以智计闻名天下的姜子牙，而以智计出名的将帅，无论在任何时候，任何地方，总是要玩些阴谋诡计的，绝不可能与对方蛮打蛮拼。

还有一样就是西岐军的主子姬发，他可是神玄二宗钦点的未来天子，阵营内拥有数量庞大，虽不能在正面战场上驰骋，却能在敌后、敌中混乱纵横的道法高手，在某些特定的时候和地点，这可是一股绝对强横而恐怖的力量。

而最重要的一点，是张相忘了一样叫作民心的东西，或许在他看来，战争不过是双方军队的厮杀，与贱民们无干，却不知道在双方力量持平的微妙时刻，最后一根稻草可以压垮一匹强壮的骆驼。

箭如雨下，西岐军第三波的精锐未及城墙已折损了一成，接近城墙又折损了一成，张相望了一眼城墙上堆积如山的箭弩木石和征集起来运送防守物资的青壮奴隶，由开始时的忐忑变得成竹在胸，物资的充沛是他的自信的基石。

弩箭与檑石绝对可以说是攻城一方的噩梦，在居高临下的位置上，这是绝对的杀伤方式，如果真能做到最合理的调配，纵是封丘城内只有五万兵马，却也绝对能让二十万西岐军饮恨。

在他看来，西岐军的全面进攻不过是某某大夫献给君王的春药，可一而不可再，只因防城一方倚靠的是缓慢的长期积累，根基稳固，而攻城方则是靠一次性的优势投入，而姜子牙绝对没有一次摧毁封丘二十万民夫的实力，不过死不认输罢了，况且，他手上还有二万强兵，应该怎也挡得住西岐军的蛮攻了吧，如不是城中突然起了大火，他差点认为自己就是商殷的振兴能臣。

封丘城内火光冲天，在大火刚燃起的时候，张相还是不怎在意，敌军预先派间谍潜入城内，在最要紧关头进行扰乱，这可不是什么新鲜招数，任谁也会“出此下策”，看只看能不能成事。

可是当他察觉原来是北城燃起不是小道峰烟，而是冲天大火，敌军的间谍已成功地攻击了集中在北城那道由粮草筑建的，纯为振奋士气而建立的防线的时候，张相知道自己败了，输得一塌糊涂。

当城墙上的守军们也注意到北城燃起的大火时，在一转眼间，城楼上的箭弩檑石、刀枪剑矛通通消失得无影无踪，西岐军的进攻变成了演习，他们只需爬上城墙，然后打开城门，放大军进来就轻轻松松地夺取了胜利。

直到这时，他才真正后悔不听黄飞虎的忠言，自以为是，但事已至此，悔而无用，张相匆匆向身边的亲卫交待了几句，便拔剑冲向杀上城楼的西岐精兵，决意为殷商尽忠。

世间上的事通常都是这样，没有绝对的好，也没有绝对的坏，张相用粮草迫压手下兵马死守，激发士气，若碰上了西岐潜伏在城内的神玄二宗高手，本是好事，但他忘记了，敌人也可以通过粮草来打压士气。

其实姜子牙在接到张相以粮草堵塞北门的消息时，他就知道自己赢了，本来他可以等城内的间谍发动后才发动进攻，这样的话，伤亡肯定没有现在的大。

不过姜子牙怕，自从上次二十万西岐军败于黄飞虎之手后，骁勇强横的飞虎雄师已在他心里烙下了无敌的阴影，令他产生了绝不可与对方在平原遭遇接战的念头。

他想到，在黄飞虎接报封丘告急后，过不了几天，飞虎军定然千里回援，到时西岐军若还拿不下封丘，就只有在学耀阳般撤退避战和两败俱伤中二择其一，因此，姜子牙才会这么急，这么不顾伤亡，这么慎重地发动进攻。

望着城楼上纷纷倒下又重新飞快地竖起的战旗，姜子牙松了一口气，抚须长笑，如今雄关在手，纵黄飞虎刻日即至，西岐军也可倚城而战，说不定就能一雪前耻，若能击败飞虎雄师，入主朝歌就易如反掌，到那时候，耀阳也只能在降或亡中二择其一，天下一统，指日可待。

是役，西岐军挥师二十万强攻雄关封丘，前后用时不及三个时辰，自损二万八千，杀敌三万五千，降一万五千，打开了进军商殷王都朝歌的最后一扇门户。

夜色来临，温柔的月光取代了暴烈的艳阳，刚刚经历了战火的封丘城也在杂乱忙碌中平顺下来，以铁和血为图腾的战争之神暂时离开了这个令他稍稍爽了一回的城市，移身千里之外的碲城，那里有他感兴趣的东西正在进行。

在肯定飞虎军已移师远去后，耀阳马上挥军进迫碲城，不过他不像姜子牙般想也不想就狂攻猛打，人家西岐本钱雄厚，折损个三五万，不过一阵痛，但曜扬军若折损三五万，那就不是痛，而是折筋损骨的重创。

既是不能蛮干，那就只有智取一途，可惜的是，无论北伯侯崇侯虎还是碲城守将茶安都极不配合，两军一左一右的遥遥相望，互成倚角，任耀阳百般挑逗也全心全意地坚守，摆出一副老子就是缩头乌龟，看你能奈我何的样子。

一连数天的徒劳无功，曜扬军中众将都憋了一肚子的怨气，若非他们的主帅拥有令他们信服的权威，只怕老早就带兵撞城去了。

别人急，但耀阳一点也不急，因为早在当日避战飞虎雄师的时候，他就想到了今天的局面，也想到了解决的办法，至于为什么还不发动，不过是时机未到。

耀阳所虑者，首推西去增援的飞虎军，在他看来，这近十万的雄师比崇国的八万大军可怕百倍，所以他宁愿等东鲁的援军也到达，也要确定黄飞虎走远，绝不可能回头了，才开始接战。

中军大帐中，赵成正与莫继风争得不亦乐乎，赵成说道："莫将军，你要是害怕，就自个回牧场溜马，别在这里胡说八道，挠乱军心，崇侯虎的崇国军算什么东西，不过是一群缩在龟壳内不敢出来的鸟兵，给我三万兵马，保证打得他屁滚尿流。"

莫继风听赵成这般说话也不生气，只淡淡回了句："三万？以攻对守，给你十万兵马也未必打得赢东鲁军，况且崇侯虎还是倚城而守，占尽地利，加上有硌城兵马从旁策应，如果真让你领军出战，怕是有二十大军也奈何不了人家。"

"呸！"赵成大声反驳道，"若他们真敢出战，就不会乖乖缩在龟壳里了，谁都知道他与东鲁军加起来的兵马并不比我们少，硌城兵马顶个屁用，不过是残兵败将罢了，当日如不是飞虎军从后偷袭，老子早就拿下了硌城，哪还轮到荼安威风。"

争吵一开，不断有人加入两人的阵营，唯有耀阳笑意盈盈地任由手下众将吵闹，到大家发觉有点不大对劲，慢慢安静下来后，才缓缓说道："刚刚证实，敌军所持者，我军所虑者，黄飞虎的五万骁勇之师已到了封丘城外百里之地，可见其与西岐大军一战实是避无可避，急切间绝不可能回援，因此，我决定挥军北进，决战朝歌。"

耀阳此言一出，众将尽皆愕然，包括倚弦也有点丈二金刚摸不着头的感觉，决战朝歌？眼前的硌城墙高城厚，粮草充足，兵甲精良，兼有崇国崇侯虎八万大军在后，这个难题尚未解决，谈何决战朝歌？众人张大口，却又不知应该说些什么，每个人都在想：是我听错了还是主帅说错了？

倚弦近日来被耀阳迫着学习兵书，虽说不太喜欢却也受益不浅，此时心念一转，突然明白过来，暗道：原来这小子早就有了打算，不知会是怎么的诡计？

一旁的莫继风见倚弦突然面露浅笑，转念间也明白了过来，清声说道："继风听得如此豪言，但知主帅成竹在胸，末将请令，愿为先锋。"

众人听到莫继风这么一说，也明白过来，纷纷上前请令，这些天来不战不和，不进不退的，可把他们闷坏了，如今听到主帅耀阳已定下妙计，自是摩拳擦掌，想着大战一番。

耀阳虎目如电，横扫营内众将，傲然说道：“自当日获得小风传来姬发尽起西岐二十万大军进迫封丘，我便料到会有今日僵局，之所以忍而不发，实因敌势过强，时机未到，但此时黄飞虎的无敌雄师已在千里之外，而硌城兵马与其援军东鲁崇侯虎，貌似荣辱与共，实则各怀鬼胎，因而兵马虽众，却不足为虑，只要我军能令其相互猜疑，定可一战而下。

“数日以来，我令你等不断出营挑战，也是为此战埋下伏笔，今夜我将亲率青虎与聚灵石卫外加三千战车以牵制崇侯虎的崇国军，主力大军则以诈败之计引蛇出洞，定能一战功成，还望各位奋勇当先，早日成就不世功业。”

“是!”

“众将听令！……”

中军大帐内，崇侯虎正在一人喝着闷酒，自攻陷鲁城以来，崇国看似威风，实则日子并不好过，曜扬军的迅速壮大成了悬挂在崇国头上的利剑，而西岐军的步步进逼也让他看到了朝歌的末日。

崇侯虎深知纣王气数已尽，在两路大军的挟击下，纵能支持一时半刻，却始终逃不过败亡的命运，而未来无论是曜扬军还是西岐军，一旦伐纣胜利，必然向崇国高举屠刀。

可悲的是，崇国军此时却不得不助朝歌方面一臂之力，因为只要殷商一日未亡，他崇侯虎便可逍遥多一日，所以，他的东鲁军绝不会去与曜扬军硬拼，就算耀阳真的挥军攻城，他最多也是从旁牵制一下，定不会真的拼命。

再者，如果纣王能在他的帮助下与西岐军和曜扬军拼个两败俱伤，那就真是天下大吉，唯他崇侯虎独尊了。为了这个万一的理由，他怎么也要冒冒险，搏一搏。

想着想着，崇侯虎忽然叹了一口气，喃喃道：“但愿耀阳那个小子不会来找我的麻烦，去和荼安拼个两败俱伤，便宜一下老子。”说着又灌了满满一口烈酒。

就在这时，崇侯虎仿佛听到了一大群野兽的吼叫声，可已有了七分酒意的他并不在意，摇了摇头，一口饮尽铜杯内的美酒，自言自语地说道："怎么了，难道如今野兽也活不下去，开始学人造反了？"

"报！"

随着一阵急促的脚步声，一位衣甲凌乱的军士闯入中军大帐："禀报侯爷，敌军劫营！"

"啊——！"大惊之下，崇侯虎的酒意马上醒了大半，想也不想就大叫喝道："穿甲披挂，随本侯出营接敌。"这时崇侯虎纵是再迟钝，也知道是曜扬军来袭营。

来的正是曜扬军的青虎与聚灵石卫，早在崇国军到来之日，耀阳便开始着手准备这次的夜袭，数日以来，他不断派出小队兵马骚扰敌营，为的就是降低崇国探子们的警觉，所以当他真的率小队精锐出营偷袭时，对方也只当他们是以往的骚扰队伍。

耀阳这次带来的人并不多，只不过区区三千名车兵，但那数百头青虎与数十名聚灵石卫倒一个不少地全带了出来，而他的目的也很简单，就是制造混乱，令崇国军无力他顾。

十数名道法高手借助雾气的掩护悄悄地破坏了军营外的栏栅，并扇动阴风吹熄了缺口附近的火把，首先闯入崇国军大营的是那数百头青虎，由于青虎们的速度极快，而身上的颜色也与暗夜中的杂草相近，加上身躺较站立的战士矮得多，避过了哨兵们的巡察视角，所以直到发动前一刻也没有暴露行踪。

紧随青虎之后的当然就是那数十名聚灵石卫，这种刀枪不入的庞然大物虽是利害无比，可行动迟缓，才一出现便引起了哨兵们的注意，但由于他们的人数极少，加上有黑夜和烟雾的掩护，刚开始时迷惑住了那些哨兵。

可惜他们移动时发出的声响实在是大了些，不然的话，可能一直走到中军重地也不奇怪，只因东鲁军的士气也和纣军的军队差不多，都是无心恋战，如不是为了能在乱世讨一顿饱饭，相信他们早就卷席回家。

聚灵石卫发出的响声惊动了哨兵，可他们还未来得及发出警告便已死于潜入营中的高手剑下，但聚灵石卫们弄出的声响实在太大，连一些士官也跑出营外察看，于是，血腥的屠杀正式开幕。

虽说是处于两军交战时期，但崇国军也没有夜不解甲，枕弋待旦的备战意识，绝大部分都是将兵器集中堆放在营帐门外，所以当敌军袭营的惨叫声传来的时候，他们百分之九十九都是手无寸铁的匹夫。

其实就算他们披坚执锐也无用，因为夜色与混乱，一直以来都是野兽最好的掩护，习惯了在光明中生活的人类，如果在黑暗中受到野兽的袭击，恐惧会成为他的所有思想，在这种情况下，纵然是勇猛的战士，其下场也大都是被撕裂吞噬。

数百头青虎的挥舞着它们锋锐的利爪，轻易地撕碎了单薄的营帐，扑入营里纵情恣虐，然后在惨叫声还未停止的时候又扑入了另一个帐篷，这时如果营旁的火光够亮，而你的眼力又够狠，必可看到一道的黏稠的暗红液体在流淌，还有一些伸出帐外的手或脚在抽搐。

青虎们屠杀的速度很快，但不够干净，而聚灵石卫们则不存在这个问题，只要是他们身旁一丈范围内的东西，不论人或物，定无一幸免，第一击扫出，总有那么十个、八个人头和着残兵碎甲落地。

虎吼若狂，踏声如雷，不过数十弹指之间，青虎与聚灵石卫已踏平四分之一的营帐，歼敌数千，如加上东鲁军的自相践踏，只怕一时半刻之间，已令崇侯虎折损过万，等敌军开始反应过来的时候，怕已有两万之众为殷商尽忠。

耀阳事先怎也想不到青虎与聚灵石卫的偷袭效果会那么强劲，那么疯狂，区区数百头青虎与数十名聚灵石卫，竟可以在一刻之内踏破八万敌军的半边营防，伤敌过万。

按耀阳的估计，死伤在自己人手下的崇国军绝对是青虎与石卫杀伤的数倍，因为青虎与聚灵石卫的战力再强，也不可以在如此短的时间内斩杀数十倍的敌军，以偷袭制造恐慌确是比正面交锋划算大多。

看到战事出现了意料之外的变化，耀阳不由暗暗后悔，若早知道青虎与聚灵石卫的偷袭能产生这么辉煌的战绩，就不应只带三千车兵，起码要多三倍，在这样的混乱时刻，一万车骑绝对能一口气歼灭崇侯虎的崇国大军。

不过话又说回来，如果耀阳真的带一万大军来劫营，只怕崇国军早就有了防备，那么等待他的就将不是袭击战而是正面强攻，如此一来，只怕他纵有一万兵马和青虎、石卫助阵，也未必就奈何得了八万倚寨而战的东鲁军。

但到此时此刻，悔而无益，最重要是抓住战机扩大战果，耀阳察觉崇国军慢慢向中间大营结集，猜到是崇侯虎的出现安定了军心，如果给他稳住阵脚，不单自己的孤军身陷险境，只怕硌城那边的计划也要遭受至命的打击。

轩辕剑斜指前方，九龙绕缠下的耀阳仿似灭世魔神，张狂而不可一世，大喝一声："勇士们，成败在此一举，随我冲锋!"

一团张狂霸烈的金光，带动着一道暗黑的钢铁洪流，以雷霆万钧之势涌向东鲁中军帅帐所在地，如一支致命的利箭般插入刚刚开始安定下来的东鲁军中，一闪而过，泛起万道血光。

这记穿透完成得极其漂亮，但耀阳觉得很没意思，因为崇国军们远远望到轩辕剑的金光便开始四散逃命，他真的到达之时，除了一些走避不及的残兵之外，就只有无数空虚的帐营。

由东鲁军的大营西面杀到东面，死于耀阳之手的不够一百个，可他身后的车骑们反而大有斩获，只因那千乘战车竟排成线阵进行扫荡式突击，连绵半里的平压而去，将所有闪避耀阳虎威的残军消失得一个不剩。

望着如烈阳般的金光狂冲而至，转眼又扫荡而去，崇侯虎双目欲裂，特别在看清耀阳浑身染血如魔鬼般的身形时，硬是气得吐了一大口鲜血。

可是，他没有办法，手下兵马散乱混杂的阵营根本挡不住聚成一团的战车，加上还有无数的野兽和刀枪不入的石人助阵，如果不是自己及时出现，不是对方的人数实在太少，只怕此时已炸了营，一败涂地。

望着渐渐远去的金光，崇侯虎也稍稍安下心来，心下确定对方来的兵马不多，只要自己能迅速镇定收拾部队，并非无一战之力。

可就在崇侯虎的努力刚刚有点成效的时候，耀阳竟又率着他那队几乎毫发无损的战车绕到南面杀了个回马枪，在人群最密集的地方横扫而来。

蹄声如雷，杀意冲天，曜扬军的千乘战车在突入营地后马上一字排开，在他们看来，东鲁军人数虽众，却残乱不堪，根本不可能形成战力，只需再施一指之压定可令其溃不成军。此时耀阳虽察觉到不妥，但也无可奈何，唯有拼命催促车夫快马急进，希望能在崇侯虎反应过来前再次突穿而过。

时间在此时显得尤其重要，曜扬军的道法青虎与聚灵石卫虽勇不可挡，可惜数量毕竟太少，区区数百之众断难对数万大军形成毁灭性的打击，在崇国军反应过来后已陷入了困战，因此，只要崇侯虎能敌住耀阳那千乘战车的冲锋，便可夺得重整阵营，甚至反扑的战机，反之，则是全军尽殆的败亡死局。

对这一点，不单耀阳与崇侯虎明白，一众曜阳车骑与崇国将官也清楚得很，是以，双方皆出尽全力，拼死奋战。曜阳车骑们挟胜而来，为的是无上功勋，而崇国战士凭众死守，为的是继续生存的权利，所以此战已注定是两败俱伤的困局。

耀阳纵车驰骋，手中的轩辕剑爆烈如阳，手下绝无一合之将，连敌军的第一高手刑天放也要急避其锋，可惜的是，他身后的车骑们并没有这样强横无匹的战力，在数倍到十数的东鲁军的围击下，纷纷车毁人亡。

所谓危难方显英雄志，而对咄咄逼人的敌军车骑，崇侯虎指挥若定，在这千钧一发，生死存亡的一刻，亲身上阵狙杀挟千斤重撞而来的曜阳车骑，其英勇行为，大大地振奋了东鲁军的士气，并慢慢结聚起强大的军力，下一刻，战场形势必完全逆转过来。

以快袭慢，以锐击钝，崇国军虽奋力反击，给予敌军极大杀伤，奈何先机尽失，再次被曜阳车骑杀了个透心凉。反观曜扬军的突击车兵，虽说扫荡是扫荡过了，杀伤的人数也不比上一轮少，但自身也出现了惊人的折损，到耀阳杀出崇国军营地的时候，三千车兵只余四分之一，且人人带伤。

耀阳明白东鲁军已发觉己方人数过少的问题，开始由原先的慌乱到慢慢组织起防守，而下一步就是反攻了，为避免无谓的伤亡，耀阳决定撤军，反正已超额完成了原先的目标，就多留一会儿崇侯虎的狗命吧。

崇国大营横尸满地，火光冲天，崇侯虎欲哭无泪，此时他虽已结集成三万残兵，却也只能眼睁睁地望着耀阳率军远去，在刚刚受了雷霆万钧的侵袭后，再给一千个胆子他也不敢领军追击，只因谁也不敢肯定前方有没有耀阳的伏兵，若再来一阵恶战，只怕东鲁就真个是匹骑难回，尽丧一役，唯有匆匆收拾一下便全军撤回鲁城。

按下这方崇侯虎大败撤军不说，在同一时候，硌城之下也火光冲天，曜扬军大营在耀阳偷袭东鲁军大营的时候也遇到了‘偷袭’，连绵数里的军营有一队队车兵的冲袭下变做了火海炼狱。

接报敌军炸营的荼安匆匆赶上城楼，放眼望去，但见城下火光遍地，浓烟盖天，隐约可见一队队的崇国战车纵横驰骋，无数的曜阳兵士嚎哭悲呼，好一片凄凉景象。

就在荼安百思不得其解之时，一乘打着崇国旗号的战车冲近城墙，人还未到便已听到车上战士的呼喝："奉侯爷战令，特来通报！"

转眼间战车来到城墙之下，车上的战士也不多言，一边大声叫道："曜扬军袭营，已被侯爷击退，现为我军反攻而败，请荼安将军出兵配合。"一边挽弓搭箭，向城楼射出一封信帛。

闻得崇国军反攻而胜，荼安心中又惊又喜，急忙使人取下信帛，打开一看，内中只有寥寥数字，上面写着："曜扬军深夜袭营，为我击退，欲乘势反击，望将军配合。"

望着手上血迹斑斑，明显是由战袍上撕下的信帛，再望了一眼城下火光冲天，杀声震野的军营，荼安豪气顿生，立刻整点马兵，率军杀出城去。

接近曜扬军大营，悲呼喊杀之声更是充斥不断，浓烟也大火正合力蹂躏着军营所在的十里地面，远远那一队应是派出来警戒曜阳步兵，看到硌城兵马杀出，竟不敢交战，呜呼一声，四散而逃。

荼安以八百乘战车做先锋杀入大营，一路如入无人之境，直到闯近中军重地时才开始遭遇小股抵抗，但这种混乱而无力反抗，在挟万钧之势而来的战车面前，犹如激流中投入的小石块，眨眼已被淹没于硌城战车的洪流之中。

如此缓得一缓，身后的三万步兵也跟了上来，一路纵横的荼安更是豪情冲霄，心中暗道：“当真天助我也，如此大好时机，定要这等贼兵死无葬身之地”，手中长戟一挥，领军狂攻而上。

一路轻轻松松地踏平了敌军的中军营帐，但荼安的心情反而沉重起来，这并不是说敌人的抵挡太过顽强，自军损失惨重，刚刚反过来，是因为敌人太少，少得不合情理，弱得令他暗自心慌。

直到这时，荼安才察觉可能是中了曜扬军的奸计，但同时他也知道，如果这时退兵，只怕军心大乱之下，能平安撤回者十不余一，倒不如一鼓作气地贯穿而过，再者，就不定是东鲁军战力惊人，已成功击溃了敌军，正在追逐屠戮。

人就是这样，喜欢自欺欺人，越着紧在意，便表露得越明显，此刻的荼安便是怀着这种万一的侥幸，企求心想事成，却忘了事实绝不以个人意志而转移的道理，因此，他闯入了一条绝路。

绝路是火海，一道前后不见边际的火墙封死硌城兵马的去路，大火映照下的浓烟中，一队队披戴整齐，刀锋矛锐的曜扬军由两翼杀出，一言不发就投入战斗，如两座大山般同时挤迫挟压着陷入绝境地的硌城兵马。

前无去路，后是残兵，左右两侧箭如飞蝗，刀锋剑锐，一股激愤的热血冲上脑际，瞬即又化为悔恨的寒冰封塞了血脉，直到此时此刻，荼安才不甘心地承认自己中了敌人的奸计，但到这时，悔也无用，怒也无用，唯有死才是真正的解决办法。

战斗在一开始便已结束，胜败则在荼安决定的那一刻便被注定，三万三千名最精锐的硌城兵士，在发觉原来自己已落入敌军的陷阱后，原先积聚的士气与战意一扫而空，想也不想就拔脚逃命。

敌逃我堵，敌退我追，硌城兵马早已没有了战斗欲望，但曜扬军则气势如虹，高举着屠刀斩杀一切可能存在的威胁，对他们来说，敌军是溃逃是不可饶恕的罪行，硌城兵马只可以在死或降中选择一样，不，其实降也是一种比较麻烦的事，还是手起刀落的来得干脆。

没有战斗欲望的战士，其实比绵羊还要驯弱，在曜扬军枪矛并举，刀剑齐下的屠戮中，除了白白流趟干净一腔热血，便宜城下的荒草外，再无其他作用。

在这种全方位的杀戮下，硌城兵马中的老兵们很快就明白了原来逃命是等同于自杀，想通了这一点，他们马上摆正自己的位置，跪地而降。可惜到这时候，也不过是短短的数十息之间，硌城的三万三千兵马，只余不足八千之数。

第一百五十七章　最后战场

一阵强风吹过，火势更烈，但浓烟已消散了不少，一心趁火打劫的硌城守将荼安殁于倚弦的三合之内，至此，这支兵马的最后一个反抗力量也被镇压了下来，是时候打扫战场，摘取胜利的果实了。

匆匆整顿一下兵马，留下细心的莫继风看守战俘与粮草，倚弦马不停蹄，领军进迫硌城，这时他还不知道耀阳已在敌军大营中走了两个来回，如不是兵力实在太过薄弱，只怕已一口气全歼了崇侯虎的崇国大军。

不过无论他知道与否，挟大胜之威猛攻弱势坚城也是事在必行，如果等城内的守军重新布置，或让崇侯虎的残兵进入城内，只怕曜扬军的九万余兵马未必就真能奈何得了人家，就算最后也能破关，只怕也再无力问鼎朝歌。

回看荼安兵败身亡的前一刻，一队打着殷商旗号的败兵，先曜扬军一步入了硌城，这队残兵人数不过一千出头，且人人带伤，可衣甲齐整，刀锋剑锐，如守城兵马能细心一点，其实不难发觉其中的破绽。

硌城副将罗平本来也不是那么粗心大意的人，只是被接连而来的巨变与敌军攻城在即的压力乱了分寸，才会想也不想就打开城门，纳入了这把致命的凶器。正由于硌城副将的疏忽大意，扼守北进朝歌的最后一道雄关的门户也向曜扬军敞开，这次虽然没有青虎与聚灵石卫助战，但整场攻防战斗也如荼安的趁火打劫般，一开始便结束，才接战已注定成败。

其实早在主将荼安领军出战的时候，他就开始整军布防，在他看来，其实荼安根本不应出战，只因无论崇国军传来的消息是真是假，荼安只要能坚守硌城便已是大功一件。

如果崇国军传来反击而胜的消息是真，那么硌城兵马根本就没有必要去蹚这趟混水，只需坐等天明，察看战果，到时战守由心、进退自如；如万一崇国军传来的消息是假，那就更不应冒险出战，任谁也知道是必是曜扬军的奸计；可惜的是，他根本拦不住好大喜功的顶头上司。

硌城之下，倚弦长剑遥指，六万大军以排山倒海之势一涌而上，当硌城副将罗平还在手忙脚乱地指挥布防，企图坚守待援的时候，原先混入城中的“残兵”在背后发动了致命一击。

敌军既然敢大举攻城，那么不用说，原先出战的兵马肯定已全军覆灭，而这边打了么久却不见崇国军前来支援，说明极有可能崇侯虎已先荼安败于敌手，如果真是这样的话，只有一个可能，曜扬军已获得了大量援军，不然的话，绝不可能两线同时接敌，同时一战而胜。

怀着这样的心理，硌城守军哪里还有心思战斗，加上混入城中的数千精锐以迅雷不及掩耳之势夺得了城门控制权，硌城副将更是在惊愕中被曜扬军的高手分尸数段，在外有强兵压境，内有乱阵的情况下，本就无心恋战的硌城兵马纷纷弃械跪降。

倚弦一马当先，纵兵而入，六万曜阳雄师如激流飞瀑，眨眼便充塞全城，纵有一部分桀骜难驯的亡命之徒犹在顽强抵抗，却是杯水车薪，难有作为，最后也是难逃一死。

也可算是久经战阵的曜扬军，不断分出一队队的百人小队抢占城内的有利位置，封锁交通，追剿绞杀残余的冥顽分子，迅速压制、消灭一切不稳定的因素。

眼看大局初定，倚弦急整五万精锐，就欲出城支援耀阳的孤军，直到这时他仍未知道耀阳的三千车骑已获得了绝不下主力大军的战绩，而这个时候，耀阳正领着大胜之师步入西门。

此役，耀阳展连环妙计，一战功成，先亲率孤军夜袭东鲁大营，以伤亡不及五千之代价折敌超过两万，再火烧连营，抓住荼安贪功冒进的心理，成功引蛇出洞，全歼硌城大部分精锐兵马，然后挟大胜之威，一举破关夺城，打通了北进朝歌的最后一扇门户。

至此，朝歌西南两向再无险可守，彻底裸露在曜扬军与西岐兵马的刀锋之下，而作为殷商最后一根救命草的五万飞虎雄师，也在这个夜晚绕过了雄关封丘，杀入了西岐军的软腹之地，正是一战未平一战起，你方唱罢我登台。

武成王黄飞虎，支撑着殷商破败王朝的最后一根大柱，在接报封丘失守后，并没有如姜子牙想象中的挥军攻城或退守朝歌，沿牧野布防，而是兵行险着，率孤军在夜色的掩护下杀入西岐大军的后方。

黄飞虎的目的很简单，就是切断西岐大军的粮道，令其无力进犯朝歌，不得不死守封丘，进而结聚大军，一战而歼，消灭这支殷商王朝最大的祸害，而后转战八方，平复天下，重拾昔日的辉煌。

他这一招既毒且狠，抓着封丘城内无粮草的契机，重击在西岐的软肋要害之上。不错，千里奔援的近十万飞虎军确是疲惫之师，但西岐的留守部队也不是什么精锐雄兵，在飞虎军迅如闪电，猛若迅雷狂风的打击下，兵力分散，且大多是老弱伤残与新降士兵把守的城池应声而破，无一能稍挡这头猛虎的步伐。

黄飞虎以十万疲兵连下五城，西岐大军后续部队的兵甲粮草尽数落入敌手，只一夜一日功夫，这支纵横无敌的劲旅便改写了这场战争的形势，至次日傍晚时分，封丘城内的十余万西岐兵马已变成进发无力，退缩不得，被迫困城死守，只得半月余粮的孤军。

消息传回，西岐众将尽皆面如土色，粮路被断的封丘城，已再不是什么进可攻退可守的雄关重镇，而是一座等待败亡的困城死地，若到飞虎军缓过气来，与朝歌的主力大军两面困塞，不出一月，西岐的十余万兵马便要烟消云散，死无葬身之地。

其实这个可能姜子牙也不是没有想过，他只是想不到黄飞虎真的这么大胆，这么坚决果断，竟以一支千里奔袭的疲惫之师孤军深入。他以为，就算黄飞虎欲避实击虚的绕城而战，也应先到封丘城下察看一番，在无计可施之后再退守布防或绕城而过，而绝不是现在的半途改道，行险而搏。若真是这样，他大可从容布置，以绝对兵势的雄师痛击黄飞虎的疲惫之师，一战全歼，彻底消灭这支殷商王朝的精神支柱。

只可惜他千算万算，还是算漏了两点：第一，武成王黄飞虎可不是寻常人物，而是刚敢果断，对战争形势把握得一清二楚的绝世名将；第二，飞虎军乃天下最精锐强悍的无敌雄师，普通人做不到的事情，并不是说就没有人做得到，因此，这仗他输得一点也不冤枉。

至于冤不冤枉，应该不应该，这此都是后话，眼前姜子牙最关心的事情就是突围，如何尽快获得粮草补给，他一口否定周公兵分两路，一边留守封丘，一边攻打飞虎军的计划，同时也否决了姬发全力攻打朝歌，行险一搏的提议。

因为他非常清楚，分兵决战黄飞虎，等于是慢性自杀，他绝不相信急于决战的十万大军能打下十万飞虎军镇守的城池，不，纵是尽起封丘城的十七万兵马，也绝不可能攻陷由黄飞虎亲自把守的城池，那么过得半月，等待西岐军的就只有败亡一途。

而姬发所说的孤军一战，也等于是飞蛾投火，只因纣王麾下除了黄飞虎的五万雄师，在朝歌城内尚有不下二十万兵马，以寡凌众，本就落于下乘，如还要在有限的时间内仰攻雄关，那实在就是自取灭亡。

因此，姜子牙决定撤退，就像黄飞虎看到封丘失守时那样，立刻马上，坚定决断地下令全军退出得来不易的朝歌门户，只因他心内非常清楚，只有这样，只有把封丘弃之如履，全心全意地突围，才能获得一线生机，才能保住西岐军的元气。

黄飞虎兵行险着，轻轻松松就解决了朝歌权贵的燃眉之急，不愧为天下第一名将，而飞虎军南迫曜阳，西退西岐，以疲惫之躯一日一夜连下三城，也在正面牢牢地确立了他天下第一雄师的地位。

可惜的是，殷商只得一个黄飞虎，只有区区不足十万之数的飞虎军，在他们千里奔袭，回师救援封丘的时同，耀阳也攻破了朝歌的南大门，所以他们注定要疲于奔命，在无可奈何之下放过姜子牙的西岐大军，再匆匆忙忙赶赴硌城，应战另一支沙场劲旅。

自清晨随军打扫战场之后，倚弦整天都是一言不发，其实不单只是他，就连一向骁勇的赵成和自以为心如坚铁的耀阳，都被战场上的惨烈境况扫去了胜利的喜悦心情。

不说硌城之南已被近三万具残缺的尸身和硌城守军们的断肢残臂覆

盖，就是东鲁军的大营，急于脱身而逃的崇侯虎也留下了连绵数里的焦尸，粗略估计，昨夜一战过后，起码也有超过七万名战士就此死于非命。

夜凉如水，微风带着战场上淡淡的腥臭，刮起了阵阵浅薄的烟雾，倚弦已孤身一人在城墙上站了许久许久，直到耀阳来到身后，才茫茫然地问了句：“究竟还要杀多少人，天下才能太平？”

“不知道！我真的不知道！”

耀阳回了一句后，慢慢走到倚弦身畔，过了好一会儿才接口道：“或许天下永远也不会太平，就算我们灭了殷商，再战胜西岐，一统天下，但百年之后，数百年之后，也一样会有战争。我发觉，人，其实也是野兽的一种，就像天地间的万事万物，总是强者欺凌弱者，这本就是没有道理的道理，我们唯一能做的，就是尽力令自己的亲人、朋友变成强者，不再受到敌人的伤害。”

倚弦苦笑着摇了摇头，叹道：“不错，你说的虽是歪理，但也可以说是真理。怎有空跑来陪我聊天，军务都处理好了吗？”

耀阳也学倚弦般苦笑着摇了摇头：“那些烦人的东西交给他们去做就可以了，再说，天下间有什么事情要紧得过你？万一你想不开，我以后岂不连说话的人也没有？我……”

“停！”

倚弦大喝一声，白了耀阳一眼：“你是什么东西我还不清楚？要说话，找你的美人儿们去，不要在这里调侃我。说吧，找我有什么事情？”

耀阳见倚弦终于在战场上的阴影中走了出来，嘻嘻笑道：“生我者父母，知我者倚弦，说真的，我还真的要你帮个忙！”

“哼！”

“呵呵！其实是这样的，小千刚刚传来消息，由于我军已攻破硌城，此去朝歌再无险可守，黄飞虎的五万飞虎雄师已被纣王下旨撤回朝歌城外的牧野布防，而西岐军已和其援军汇合，姜子牙倾西岐二十七万之众重临封丘城下，如无意外，七日之内定可一举而下……”

倚弦望了耀阳一眼，淡淡道：“我知道你的意思是希望我去朝歌找王大哥，然后组织奴隶们趁机造反。”

“对!”耀阳大力拍打了一下倚弦的肩膀，大声说道：“想不到你只看了几日兵书就这么利害，不错，我正是这个意思，老实说，我根本不愿与飞虎军拼命，对上黄飞虎，任谁也没有必胜的把握，最好还是留给姬小儿去头痛。再者，殷商虽说是屡战屡败，但纣王手上可还有镇守朝歌的二十万大军，如算上封丘和四方城镇的兵马，怕也有三十万之众，加上黄飞虎的近十万百战雄师，他的实力无论比曜扬军还是西岐军都要强大，所以，除非我两家一同出兵，否则必败无疑，因此，在西岐军未破封丘之前，我军绝不应与朝歌的主力大军接战。但如我两军同时进攻，左右夹击，则殷商必败，而我相信无论是纣王或黄飞虎也必然想到这一点，可如今天下诸侯早不听纣王号令，朝歌附近也无兵可征，为此，他们唯一的办法就是武装城内的十数万奴隶来应急，那么，我们的机会也就来了。牧场方面刚刚传来消息，说我军后续的五万兵马已结集完成，随时可以增援，但我打算把他们作为伏兵，暗地里进军朝歌，待我军与西岐军迎战纣王主力的时候，配合奴隶军一举破城，灭了殷商。”

说着，耀阳再拍了一下倚弦的肩膀，问道：“怎么样，到时我军先一步入主朝歌，定然硬硬气死那姬小子，管他什么神玄二宗，也要喝我的洗脚水。”

倚弦抬头望向天际的繁星，淡然道：“好是好，不过我怕日后姬发不死心，率军攻城，到时不知又要牺牲多少生灵。”顿一顿又接口道：“我明天就出发，无论如何，朝歌落在我们的手中也胜过落在神玄二宗的手上。”

次日，倚弦先大军一步离开了硌城，又过了一天，曜扬军九万兵马加上硌城的二万降兵，共十一万大军进发朝歌，由于纣王下令收缩兵力结集布防，大军一路高歌猛进，数日后进抵朝歌城外纣王选定的牧野战场。

但耀阳根本无心决战，只是从旁牵制，大军运离黄飞虎三十里外扎营，双方陷入大战前的僵持阶段，可任谁也看得出来，此战不发犹可，一战便是决生死定成败，永远翻身之日的死局。

此时西岐大军也再度攻破了雄关封丘，二十六万大军正浩浩荡荡杀向朝歌，一场人类历史以来最大型的战争已是避无可避，看只看谁能笑到最后。

飞虎中军大帐内，威武成王黄飞虎正在审问兵败而回的儿子黄天化，在他看来，黄天化有四万兵马，粮草充足，而封丘也是当世数一数二的雄关险要，再怎么不济也应该可坚守个一头半月，西岐军纵是战力再强也绝不可能一击即破。

跪在地上的黄天化衣甲不整，血迹隐然未干，看得出来是经历了一场恶战，只听他泣道："父帅，孩儿无能，有负重托，如今丢了封丘，愿领死罪。"

黄飞虎冷哼一声："你既然知道是死罪，那为何还不尽心用命，难道你认为是我黄飞虎的儿子，便可玩忽职守，胡作非为不成?"

"不敢!"黄天化重重一个响头叩在地上，凄声道，"父帅的教导，孩儿时不敢忘，自当日父帅领军回援朝歌将封丘托与孩儿之后，孩儿日夜操练兵马，收聚物资，绝无一刻松懈，奈何姜子牙那匹夫早已布下毒计，孩儿一时不察，才至使兵败城破，误了父帅的大事。"

原来当日西岐大军撤走之前，姜子牙已令大军在封丘城中挖掘了数条地道，七日前西岐大军四面围城，作出强攻之势，黄天化在其兵锋的威慑下不得不将所有兵马拉上城头布防，谁知西岐军强攻是假，一切皆是为了调开守军而方便内袭。

到黄天化发觉时，城内已不知涌入了不少西岐兵马，混乱中潜入城内的伏兵再通过原先早已挖空了的墙脚推倒城墙，二十余万大军一拥而入，轻易便再次夺得了这座扼守朝歌西面的雄关。

城破之时，黄天化也曾奋力死战，奈何在西岐大军内外夹击之下，守城兵马已无斗志，加上双方兵力相差太远，纵有一点优势却不足弥补，所以黄天化纵勇悍强横，但也无力回天，只半个时辰便丢掉了封丘，还被西岐骁将杨戬重创，若非部将舍命相救，只怕黄天化已为纣王尽忠。

黄飞虎目无表情地听黄天化说完，过了好一会儿，才冷冷说了句："姜子牙纵然狠毒，但主因还是你粗心大意，因此，罪不可恕，来人啊，拉出去斩!"

营内众将见黄飞虎真的要斩子正法，不由纷纷上前求情，副帅赵虎大声说道："王爷，小王爷此战虽败，却也非战之罪，只因双方兵力悬殊，加之姜子牙匹夫早有安排，实在罪不至死。况且如今大战在即，实不应自绝悍将，小王爷纵有罪也应留他一命，以将功抵过，退一步说，曜阳西岐两路大军来势汹汹，此战是成是败尚是未知之数，正是生死难料，王爷此举，只怕会寒了我军将士之心！"

黄飞虎见众将求情，便借势说道："如今众将虽为你求情，但本王绝不能枉顾法纪，此事暂且压下，等本王上奏朝歌，待大王发落。"

其实黄飞虎也不是真要杀了自己的儿子，不过是做做样子罢了，黄天化这次虽说是大意战败，可一直以来随他转战四方，功勋卓越，实乃不可多得的将材，而他也绝对相信在这兵凶战危的时候，纣王绝不会拿黄天化怎么样。

次日的中午时分，西岐的二十六万大军也开到了牧野，姜子牙也如耀阳般离黄飞虎三十里外扎营，三方遥遥相对，暗自调整兵力，就如三头饿狼相持，蓄势待发。

第二日清晨，三方中力量最弱的曜扬军率先对朝歌军发动进攻，十一万大军摆出一前两后三道箭头样的攻击阵形，缓慢而坚定地向朝歌军大营的左翼挺进。

黄飞虎接报后也不甘示弱，只大笑了三声："后生可畏！"便着令黄天化领四万精兵为前锋，副帅赵虎统十万飞虎军为援，出营接战。

黄飞虎自然知道耀阳的打算，三方军马中以他兵力最弱，若是主动挑战，则可说是最安全的一方，因为自己绝不敢将主力投入，但如继续僵持则可说是最危险，只要己方调配完毕，便可以飞虎军五万之师袭阻西岐，而结集主力一战而歼。

不过黄飞虎也有他的打算，他就是要分出飞虎军去对付曜扬军，以十四万精锐压制耀阳的十一万兵马，制造出一个姜子牙不得不全力进攻的契机……

前锋的接战，历来是战场上最惨烈的战斗，因为这是决定士气的第一轮攻击，特别是在双方战力不相上下的程况，前锋的胜负可以说是直接影响到整场战役的成败。

朝歌方面，黄飞虎派出的是镇守皇城的四万精锐，曜扬军则由莫继风率五万前锋迎战，两方兵力相差无几，黄天化的人马虽少了一万，但车骑多了一倍有余，胜在训练有素，兼且兵甲精良；曜阳的车骑装备虽稍落下风，可人数占优，且士气如虹。

大地，因十数万人马的移动而产生了微微的颤动，晨雾，因十数万大军践起的沙尘而浓暗，轻风，因十数万战士的杀气变得萧条，浮云掩盖了旭日，似是不忍细看这场人类的自相残杀。

两军在相距百步之地不约而同地停顿下来，做接战前的最后准备，抹干掌心的冷汗，勒紧手上绑着柄把的布条，长弓满弦，利刃出鞘，枪矛齐举，勒马提鞭，只待一令声下，便倾尽自己或别人的热血，屠戮别人或牺牲自己的性命。

寒风卷起一道混和了黄土和草屑的烟尘，在两军阵前急速掠过，黄天化高举轰天锤，赵氏兄弟利剑指天，长戟划地，同时暴喝一声："杀——！"

箭似飞蝗成灾，倾下如雨，双方的弓箭手机械地重复再重复着搭箭、满弦、搭箭的动作，在最短的时间内射光身上的利箭，战车先步兵一步闯入密集的死亡箭阵，然后以最大的冲击力狠狠撞向对方。

温热而猩红的血液，在将军下令的那一刻开始喷射，刚开始时，才离开主人已被干渴的大地吸收，但随着量的增加和大地表层的饱和，慢慢汇聚成流，在低洼处形成一团团的暗黑的水泽。

后续的十万飞虎军和耀阳的七万大军在前锋见血之后，同时向前迈进百步，如两头凶残的恶兽，虎视眈眈，只等敌军露出破绽便闪身扑上，把那点败象肯定为真正的胜利。

这边，血在狂呼，另一边，姜子牙也尽起二十六万西岐精锐，化做两条饥饿的凶蟒，一南一北卷向黄飞虎的朝歌主力部队，很明显，姜子牙是想凭兵力上的优势包围敌军，然后以外线对内线的密集打击一举全歼黄飞虎的大军。

二十六对二十，多出对方超过四分之一，兼且无论兵甲装备还是士气斗志也绝不弱于敌方，况且，在战将和高手方面，获神玄二宗全力支持的西岐军怎也要稍胜一筹，因此，姜子牙绝对有信心一击而下。

而对曜扬军的实力，他也有绝对的信心，纵不能胜，也不可能一败涂地，只要自己能在短时间内击溃黄飞虎的主力部队，到时无论耀阳是胜是败也与大局无干，西岐入主朝歌，一统天下之势已成定局。

面对姜子牙来势汹汹两路围击，黄飞虎付之一笑，心内暗道："人闻姜子牙文韬武略举世无双，我看也不外如是，若说治国安邦，观其在短短时间内将西岐整治一新，当是远胜于我，但如说到阵前相搏，斩将夺旗，不过一老匹夫而矣。姜子牙啊姜子牙，难道你真个认为我黄飞虎也是凭血气之勇的匹夫不成？我若无必胜必杀的准备，又岂会轻易调出飞虎军，你屡战屡败于我手，就不能学得精乖一点？"

其实这次黄飞虎倒是错怪了姜子牙，这个两路出击，围而聚歼的计划可不是出自姜子牙之手，而是姬发与神玄二宗那帮高手的一锤定音，他们认为既然飞虎军已被派了出去对付耀阳，那黄飞虎手上就只余一帮尸位素餐的老弱残兵，自然要一战全歼，永绝后患。

二十六万西岐兵马，南北各半，欲成左右夹击之势，二十万朝歌精锐以逸待劳，静观其变，不动如山，任由那两道巨蟒分进合击，但直到此时，仍就是一个必死必败的困局，看不出黄飞虎有什么妙计可逆转乾坤。

姬发见朝歌军队按兵不动，心下狂喜，本来他还怕敌军主力向东转移，汇合飞虎军进行三方混战，如今，也不知黄飞虎是托大自傲还是吓坏了脑袋，竟以弱势兵力正面迎战，并任由己方大军围困。

如此大好时机，自是不可浪费，姬发见大军已进入攻击位置，手中长剑一挥，下令全军总攻，二十六万大军一举压上，就欲把二十万朝歌军队碾成肉泥。

"杀！"黄飞虎一声令下，二十万朝歌精锐马上变换阵势，留下五万马兵原地布防，剩余的十五万大军一举压上，向北面方向的十三万西岐军发动了反冲锋。

南面的五万朝歌步兵退入暗中布置妥当的拒马之后，摆出一个枪矛在前，刀斧居中，弓弩压后新月形的阵势正面阻挡西岐大军的攻击，而结集了朝歌大军所有车骑的十五万主力精锐部队，则凭藉兵力上的优势发动全线反攻。

缩在拒马之后全线防守的五万朝歌部队中，弓箭手占了四成，西岐军中央挺进的车骑才开始发动冲锋，便迎来了第一轮两万支利箭的大面积杀伤。猝不及防之下，无数的战马悲嘶失蹄，掀倒了战车，也有一些只受了轻伤，但遭到惊吓的战马撒蹄乱闯，根本不受车夫控制，更多的是连人带马，连兵带骑一同死在这轮骤然而至的箭雨之下。

西岐军中央攻击的部队人仰马翻，朝歌军的大旗一转，又是两万支利箭布满了左方的天空，由于箭势过于密集，所以西岐的车骑们虽是早有防备，却也还是伤亡惨重，数百乘车骑被当场击毙，数百乘车骑失去了战斗能力，余下的数百乘车骑也无不带伤。

事前谁也想不到黄飞虎竟兵行险着，集中了全军的弓兵用在一方阻击，一时失策，车骑损失惨重，姜子牙心如刀割，姬发怒火中烧，敌军不过两轮箭雨，就歼灭了己方近六分之一的战车。

此时朝歌军的第三轮箭雨又开始在右方的天空上恣虐，不过由于西岐战车已接近了朝歌军的本阵，且已在前两轮的打击中反应过来，尽量散开兵力，所以伤亡也不是太重，不过是损失百余乘而矣。

南面的战斗首战获利，北面的攻势也在优势兵力的情况下节节推进，这边的大军没有弓箭手，但由于西岐也是发动冲锋，弓箭准备并不是很充足，加上黄飞虎以鱼目混珠之计暗中抽调了一万飞虎车骑和一万飞虎步兵助阵，一时间占尽上风。

黄飞虎亲率一万战车上阵，作中央突破，由于这队飞虎军换上了朝歌军团的战旗，西岐前锋自然也就把他们看作是普通军队，一时大意，差点被对方穿透而过，若不是两翼勇猛，加局了飞虎军的压力，只怕他们这十三万人马才一接战便被黄飞虎一分为二。

北线失利，本在姜子牙的意料之中，他看黄飞虎的布置，就知道北线的十三万大军绝不可能敌得过对方的苦心图谋，但他怎也想不到竟然会败得这么快，才开始接战便节节后退，按他的计算，纵是敌军兵力占优，但如要化优势为强势，再化强势为胜势，起码也要个一时三刻，而那时候，南方战线早已全胜全歼，然后便合兵一处，全歼敌军。

可如今不单南线首战失利，北线也节节败退，只怕到北线兵马全军溃败的时候，自己也未能突破敌军结聚全军弓箭兵，以拒马组成的新月形阵地，眼前的战局，因为黄飞虎的冒险成功，已有必胜变得凶险莫测，姜子牙不由好一阵后悔，悔不应任由姬发胡闹。

可事已至此，悔亦晚矣，唯有尽力应变，赶在北线溃败前歼灭眼前的阻击部队，姜子牙不由暗道自己当初精明，虽同意姬发把大军平均地一分为二，却把神玄二宗的大部分高手留在南军，不然的话，倒真是奈何不了战术狡诈多变的威武成王黄飞虎。

前锋的战车已冲到阵前开始接敌，可惜在敌军拒马拦截，利箭压阵的打击下难有作为，只因战车若没有了冲击力，便等于没有了优势，不过是比别人站得高一点、移动得快一点的步兵，可是车上的战士还得分神来掩护马匹与马夫，其战力反而不如步兵，但如后退结集冲锋，却又落入了敌军的弓箭打击范围，在这一刻，西岐军的车骑成了阻挡步兵去路，食之无味，弃之可惜的鸡肋。

眼前的战场，因双方的短兵相接陷入了混乱，而混乱却正是高手们混水摸鱼的最皆时机，姜子牙一挥打神鞭，两千名神玄二宗的高手潜入阵中，配合前锋的步兵大量杀伤朝歌战士，慢慢将兵锋渗入拒马之内，一步一步地突破了守军们的防线，而那些余下的车骑则贴着战线向两翼集结，准备发动致命一击。

北线方面，黄飞虎的两万飞虎步骑虽勇不可挡，步步进迫，奈何余下的朝歌军力不及西岐精悍，加上西岐的弓箭兵也反应过来，全力压制，人数虽众，却也只能勉强战成平手，一点也占不到上风，因此，西岐军慢慢稳定了阵线，双方陷入了绞缠式的恶战。

北线无功，南线渐渐失利，黄飞虎兵行险着得来的优势一点点地流失，若到姜子牙全线突破南面的防守，两军合击，等待黄飞虎的除了兵败身亡之外再无其他。

这边，黄飞虎渐露败势，而另一边的黄天化与曜扬军的前锋接战也到了最后时刻，四万朝歌精锐对五万曜阳兵马，双方各有优劣，打得个天翻地覆，却也难分出高下。

双方交战已达大半个时辰，皆伤亡惨重，折损过半，但谁也压不住谁，谁也不能为蓄势待发的后军制造胜利的机会，通常是黄天化刚刚占了一丝上风，赵氏兄弟马上率军亡命反击，曜扬军才挺进数步，又便朝歌精锐打压了下来。

耀阳坐镇中军，身后七万大军左右分列，他对前锋的战斗并不是很在意，其实对赵成、赵桐能以一支新军与黄天化所率的朝歌精锐打成平手，他已经很满意，在他看来，只要不是败得太过难看，不要伤及本阵，都是可以接受的战局。

因为他率先挑起战火的目的，在西岐军出营接战的时候已成功，小风早已证实，纣王真的如他所料般组建奴隶兵团，而昨夜倚弦更是通过小千转回消息，说已联络了王奕大哥，一切准备就绪，随时可发动。

所以耀阳并不准备将主力也投入战场，在他看来，只要能在奴隶军团临阵倒戈前保持现状，他便已是这场朝歌争霸战的最大赢家，无论黄飞虎或姜子牙都不过是棋子，只有他的曜扬军才是这场战争的主人。

这边的耀阳不愿扩大战斗，另一边的赵虎也同样不愿扩大战事，他是有资格知道黄飞虎奴隶伏兵的高级将领，而且，他的五万飞虎军水分极大，达到四成之多，实在没有一战而胜的把握，所以他也希望能把这边的战斗留到击溃西岐大军后再与曜扬军一决胜负，当然，按他的想法，那时的曜扬军除了跪地投降就只有亡命溃逃。

在神玄二宗千名高手的帮助下，西岐军终于突破了南线守军的拒马阵地，两翼的车骑兵也趁乱完成了集结。正面，西岐步兵以绝对优势兵力与神玄二宗高手配合，节节推进；在侧翼，完成结集的车骑兵马上发动冲锋，轻松自如地突破了本就单薄得不成样子的步兵阵营杀入阵中，开始恣情地屠戮毫无近战能力的弓箭手，报不久前的一箭之仇。

无坚可守，无援可求，南线的朝歌军队在西岐军绝对优势战力的打击下开始全面溃乱，下一刻，就是兵败人亡的必死之局，同一时间，北面战线也发生的变化，黄飞虎一方突然杀声震天，士气如虹地节节进迫，而西岐军则阵脚大乱，顾此失彼地步步败退。

姜子牙与姬发大吃一惊，同时举目细察，原来朝歌不知何时竟杀出大队兵马，看他们卷起的烟尘，怕不下十万之众，怪不得北线的西岐兵马阵脚大乱，本来是势均力敌的苦战，但敌人突然多出绝对优势的援军，这仗还怎么打?

这支奇兵当然就是朝歌城内纣王以自由作为交换组建的奴隶军团，眨眼间，十数万奴隶军已将北线西岐军团团围困，他们的战力与兵甲虽不如西岐战士精良，也没有经过什么军情训练，但胜在人多，而且体力充沛，加上有朝歌精锐从旁策应，轻轻松松便杀了对方个人仰马翻，溃不成军。

姬发面如土色，指着前方半天也说不出一句话来，姜子牙狠狠望了他一眼，长叹一声，下令车骑撤出战斗，准备冲锋，余下的步兵一半后撤一半打扫战场，仔细屠尽南线的每一名朝歌残兵。

战场出现完全逆转的巨变，西岐军由原先占尽优势一下跌落绝望的深渊，在奴隶兵包围了北线的西岐兵马后，对西岐军来说，已是一场战争不可挽回的败战。虽是这样，但姜子牙还是决定略尽人事，命令所有的战车、弓箭兵与神玄二宗的高手向黄飞虎的朝歌军发出攻击。

其实这样做大有好处，也是姜子牙在败局之中唯一能做到的应变补救，其一，北线的西岐兵马虽说是落入敌军重围，但战力未失，只要有人在外强攻接应，必然拼死抗争，说不定真能逃出生天；而且，由于外围攻击的方向是黄飞虎所率的朝歌主力军队，被围的西岐兵马肯定全力向这个方向突围，这样就会大量杀伤对方的精锐部队，为日后的卷土重来减轻阻力，况且，朝歌军队的弓箭兵种已被全部消灭，这样一来也可以阻止黄飞虎的即时追击，为后军回营布防争取了时间，看他们与曜扬军分出胜负再决定去留。

见南线出兵攻击支援，被重重围困的西岐兵马真的爆发出了恐怖的战斗力，他们悍不畏死地迎上朝歌兵马的刀枪，只求一命换一命，变做一群只知前进不顾生死的浴血凶兽。

为求得一线生机，西岐兵马爆发出连飞虎精兵也自愧不如的强悍战力，只因此时的西岐战士们都只有一个念头，就是拿着手上的兵器向前冲，无论有什么挡在面前，人也好，马也好，残破的战车也好，都把它或他彻底摧毁，至于自已嘛，反正都是死路一条，也就不用太在意了。

怀着这样的意志，怀着这样的战斗欲望，西岐兵马反而占尽上风，杀得朝歌军节节后退，连号称天下第一雄师的飞虎军也难敌其锋。其实这也难怪，一方是自知难逃一死的拼命突围，一方是自以为胜利的保守拦截，相比之下，高低立判。

前有凶虎，后是恶狼，在内线的西岐兵马纷纷舍命奋战与外线的车骑冲击，长弓急射，高手侵袭的两面打击下，黄飞虎不得不下令松开一个缺口，放出这股翻腾汹涌的祸水，然后再两翼截杀，随后追剿。

临阵指挥的姜子牙一看黄飞虎松开缺口，马上下令全军撤退，他可不是傻子，也不会因为西岐兵马爆发的惊人战力而头脑发热，他清楚地知道，逃出生天的西岐兵马不过是一群漏网之鱼，绝不可能再有原先的恐怖战力，此时不走，若待朝歌军调整过来，只怕想走也走不了。

在放开缺口的同时，黄飞虎指挥大军尽量伸长两翼，用以打击西岐的逃兵，一边结集战车，准备随后追击，这样已失去了全歼敌军的机会，若还不趁势大力消灭敌军的战力，也太对不起自己的一片苦心了。

缺口一开，西岐兵马再没了拼命之心，开始争先恐后，自相践踏地亡命逃窜，而两翼的朝歌军队当然也不会客气，刀枪并举，大片大片地收割着敌军的生命，到了最后，黄飞虎一声令下，大军收缩，困住了断后的两三万残兵，令旗一挥，战车隆隆尾随追杀，直赶得西岐逃兵哭爹唤娘，只恨少生了双脚，若不是姜子牙亲自指挥弓兵与神玄二宗的高手压阵，只怕朝歌军的车骑们会一口气追到敌军的大营。

西岐军与朝歌军的交战，在黄飞虎兵行险着，连环毒计的打压下宣布失败，二十六万大军只余不足十二万的残兵败逃回营，损兵折将超过半数，若非姜子牙临危当断，只怕西岐从此再无力争雄。

第一百五十八章　皇者帝节

西岐战败，而另一边的曜扬军与飞虎军的决战也进入白热化阶段，在奴隶奇兵杀出之时，耀阳也领军加入战斗。在敌军的又一次主动挑衅下，赵虎也不得不投入战场，与对方作一轮几乎是势均力敌的交锋。

黄飞虎对曜扬军的表现感到奇怪，若在正常情况下，除非是脱身不得，不然不可能明知是死路败局还主动扩大战争，他应该知道自己会暂时放过他，全力对付西岐，可为什么还会这么愚蠢？难道是为西岐制造机会？

怀疑是怀疑，但在这种情况之下，黄飞虎别无选择，唯有领疲兵再战，不过能一战全胜两支声势最大的反贼大军也未尝不是好事，既然有了一劳永逸的机会，就要好好珍惜，把握战机。

为防姜子牙行险偷袭，黄飞虎决定留下七万朝歌精锐军队与那一万残余的飞虎军原地设防，领三万正规军与那十数万奴隶军增援东面战场，在他看来，这已是百分之百保险的做法，东面的战场虽落在下风，但也远未到溃败的程度，如加上三万精锐与十万奴兵，说什么也可轻战而下。

以九万大军对赵虎的不足七万之师，曜扬军急切间虽未能胜，但也是步步进迫，占尽上风，如是对方有那三万飞虎精兵压阵，只怕已将优势变成了胜势，但这时敌方的“援军”已杀到，胜负眨眼即决。

望着眼前绝对是垂死挣扎的曜扬军，黄飞虎冷笑一声，长戟前指，下令全军进攻，三万朝歌精锐率先冲向战场，就是展开杀戮。

可惜去的也就只有这三万朝歌军队，奴隶兵们也在黄飞虎的命令下进行了战斗，不过他们的对象不是曜扬军，而是混在奴隶中的纣王将官，随着倚弦与王奕等奴隶首领的发动，十数万奴隶战士在弹指数间便撕碎了那数百名将官，然后对朝歌军发动的进攻。

面对身后“战友”突如其来的打击，朝歌军还未反应过来便已折损数千，到反应过来后，也是无心恋战，若非飞虎军实在强悍，顶住了敌军的大部分攻击，只怕他们已学刚才的西岐兵马那样亡命而逃。

骤然巨变，黄飞虎的面色变得和刚才的姜子牙不相上下，一样的黑铁乌青，一样的悲愤无奈，同样也是一时的失策，将大军送入绝境，如果开始时带来的不是奴隶军团而朝歌精锐，那奴隶们纵然临阵反戈，自己也有应变之力，可惜现在一切都太迟了。

临危应变，姜子牙的手段是借力行事，以弱反击，但现在黄飞虎的兵马还在数千步之外，加上还要提防西岐军的反扑，绝无支援的可能，那么，他唯一的办法就是率军突围，先撤回朝歌借坚城之利休整，日后再谋其他。

为了达成这一目的，黄不虎不得不忍痛命令黄天化率残余的两万飞虎军断后，在此时此刻，也只有飞虎军这种百战雄师才担当得起这般重任，若换成朝歌军队，只怕不是亡命而逃就是跪地请降。

黄飞虎欲急撤，但耀阳反而缓追，不紧不慢，恰到好处地死缠着断后的两万飞虎军和后来再加入的一万飞虎残兵慢慢杀戮，只因他早知大局已定，而唯一可能产生变数的就只有这支无敌劲旅，所以消灭眼前的飞虎军才是头等大事。

耀阳领军一路追杀，直抵朝歌城下，这时三万断后的飞虎军只余可怜的五千残兵，而撤到城门的朝歌军队这时才发觉，原来老巢竟然让别人占去了。

朝歌失守，前无去路，强军追袭，后有凶兵，黄飞虎仰天长叹，横剑一刎，自绝于三军阵前。黄天化抱起父亲的尸体，在五千飞虎军的掩护下望北逃去，而耀阳也不追赶，下令收拾残兵，领军进城，朝歌已落入手中，而奴隶兄弟也解救了出来，其他的也就不再重要。

闻报西岐兵马来袭，耀阳在倚弦、王奕等众人的陪同下登上城楼，见姬发与一众神玄二宗高手皆面如黑铁，便出言讥笑：“小子耀阳，此战夺得朝歌，还要多谢姬兄弟舍命相助，实在无以为报，但愿日后还有合作的机会。”

姬发急怒之下，狂喷一口热血，就欲挥军攻城，姜子牙急忙压下，劝道：“敌有雄关在握，我军新败，实不宜再战，留得青山在，不怕无柴烧，此仇还是留等日后再报吧！”一旁的西岐众将也纷纷出言劝解。

其实姬发也不是不识进退之人，只是一时急怒攻心，才会做出这种反常行为，现在任谁也知道，耀阳手握强兵，纵是放弃坚城与西岐公平一战，只怕自己也绝无胜算，于是一言不发，扭头离去。

城楼上的耀阳见姬发撤军，哈哈大笑道：“姬兄弟慢行，小子初得朝歌，实是杂务繁多，恕不远送。”姬发闻言，忍不住再喷出一口污血，竟被耀阳硬生生气晕了过去。

姜子牙望着城上的耀阳，知道这个自己亲手培养的将才真正成为一个不下于世间任何一人的一代名将！

这一战，做徒弟的耀阳胜了他这个师父。

“朝歌城破，威武成王黄飞虎自杀殉国！”纣王闻此，长叹一声，转身对身旁仅剩几位留下未逃的忠臣道，“众位爱卿，难道我殷商数百年的江山就要没于朕之手?”

“不会！”比干上前厉声道，“大王，我殷商数百年基业根基深厚，决不会轻易被灭，大王不妨暂退，待他日东山再起，尚可光复山河。”

纣王扫了一眼一干忠臣，沉沉点头道：“如今之计，也只能如此了，这殷商天下始终还会重回朕之手。”

“恐怕没有这个机会了。”一声阴恻恻的笑声在殿外响起，众人惊诧间，却见一黑衣老者已负手立于殿中半空，微红色的双眼像是一只噬血的猛兽睨视天下一般。此人浑身环绕的魔气竟让陆压化身的纣王亦不由为之震颤。

“蚩尤！”纣王大骇惊呼，在场朝臣皆骇然大惊，这魔神之名谁人不知。

蚩尤阴冷地道：“正是本尊主，殷辛，看在你融合陆压千百年修为的分上，本尊主给你一次机会，忠心为本尊主办事，本尊主便饶你一命。”

纣王闻言猛然仰天大笑道：“蚩尤，你既然知道朕的身份，何以还说出如此之话。陆压啸傲三界从不屈于人下，而我殷辛更是贵为人界之王。你虽是三界魔神，朕也绝对不会屈服于你的。”

“既然这样……”蚩尤浮出满脸笑容，却转而变得肃杀，道，“你们都死吧！”扬手挥出，黑色魔气如潮迫出，便闻满殿惨叫连声，殿中诸人除了纣王和比干外，余人尽化为飞灰。

“蚩尤！”比干睚眦皆裂，怒目厉喝。

蚩尤愣了一下，仔细看看比干，奇道：“没看出你竟然也是一个高手，能挡住不死。”

纣王飞身而起，张扬双手，现出神器“紫薇天手”，喝道：“朕就看看你这三界魔神究竟有多强！”

“那就让你知道什么是天高地厚。”蚩尤双眼爆出淡淡的暗红色光芒，双手成刀挥出，元能劲道化成暗色半弧利刃，左右向纣王劈去。

纣王怒喝如雷，“紫薇天手”舞出满天掌影连成一墙，挡在暗色利刃之前，但是那两道半弧状的暗色利刃却只是微滞，继续向纣王扑去。

纣王再做一声厉吼，“紫薇天手”成拳对着利刃就是强悍对击，“砰！”暗色利刃被震碎，纣王浑身一震，倒飞而起，“紫薇天手”伸出抓下，十道爪形劲气向蚩尤扑去。

蚩尤冷笑道：“不错，的确是有点手段，可惜那两小子就在外面，本尊主没时间陪你玩了，本尊主亲自送你上路吧。”手展开，黑光一闪，“噬魂魔刀”出现在他的手中，挥手就是一刀，便见劈天裂地的黑色刀气瞬间锁住纣王所有进退的方位。

感觉全身紧绷，身体欲裂，纣王知道厉害，全力使出神器绝招“紫薇天护”，“紫薇天手”发出一道刺目光芒，转眼就覆住他的全身，黑色刀气劈在其上，和那道护体光芒同时碎散。

纣王身如电殛，整个人如断线的风筝摔了出来。

“死吧！”蚩尤叱喝一声，再一刀强势劈出。纣王扭身勉力纵起，避过这一刀，双臂一振，“紫薇天手”发出惊天光芒向蚩尤击去，光芒直若九日连成一片，刺人欲盲。

蚩尤驰身后退闪避，谁知那道光芒紧追不舍。蚩尤喝道：“好！”一刀再次斩下，硬生生将那道光芒劈裂，但是他也被震退了一步。

蚩尤虽退，纣王却更是难过，刚才全力一击，让已受伤的他消耗极大，一时缓不过劲来。等纣王回过劲来之时，蚩尤已疾到他的面前，“噬魂魔刀”毫不留情的一刀斩下。

纣王低呼一声，及时集起全身元能于“紫薇天手”上，悍然挡住。

但是蚩尤的修为岂可等闲，这一刀如百雷齐下，端的是狂猛无匹。“铿！”一声巨响，这一刀竟是将“紫薇天手”这样的神器给生生劈裂。

纣王满口鲜血喷出，身子踉跄倒飞，蚩尤大笑一声，追上就要一刀将他劈了。

“魔头，休得伤大王性命！”比干怒喝，他不知何时出现在纣王面前，以胸膛来挡蚩尤的“噬魂魔刀”。

蚩尤自然不会对他有何怜悯，也不认为他能阻住片刻，不过情况却出乎他的意料。蚩尤这一刀劈入比干胸口，却难以再入半寸。

“什么？”蚩尤难以置信地看着比干，甚至一时没有能做出反应，三界中怎么可能会有人能以肉体挡住这一刀的？

在蚩尤惊异中，比干已大喝道：“拿了圣物，大王快走！”话毕，只见金色光芒从他胸口爆出，比干整个人化成粉末激射，消失在大殿之中，同时一个金色心形物体化成一道光芒以快得无与伦比的速度扑向纣王，连蚩尤都追之不及。

“七窍玲珑心！”蚩尤大惊，想起这盘古时期的圣物，只有圣人才能将此物放于心中，铸就金刚不坏百毒不侵之身。难怪当年连妲己都杀不了朝歌百官中的支柱比干。

“王叔！”纣王悲呼一声，却没有任何迟滞，“紫薇天手”将“七窍玲珑心”摄来即撞破殿顶远遁而去，陆压能在三界笑傲千百年，自然不是简单人物，哪不迅速见机离去。

蚩尤看着纣王离去，冷森道：“殷辛，就算有‘七窍玲珑心’，没有比干这样的千古忠臣，失去了殷商天下的你又有何用？”环顾四周又道：“殷商已亡，要你这王宫大殿何用。”随手一挥，烈火四起，无可扑灭。

耀阳和倚弦目送西岐大军退走，互看一眼，转而望向王宫，他们知道在王宫之中还有一个难缠的高手，那就是陆压化身的纣王。

对于这样的当世高手，即使他们两人也不敢大意。但事实上，纣王已经不用他们顾忌，当他们注意王宫的时候，却见满天大火骤然冲天而起，之前没有任何预兆两人大惊，骇然相顾，猜不透纣王想干嘛，他就算要逃也不必将王宫烧掉啊？

“蚩尤！”耀阳骤感一丝魔能波动，骇然轻喝道。

倚弦的感觉更是敏锐，沉声道：“他走了，看来是这家伙出手对付了纣王，但我敢肯定他绝对不会是帮我们的。”

耀阳皱眉道：“蚩尤恢复了修为，可能已经开始动手，纣王此时已经失去大部分势力，蚩尤正好可以将之收服。按照正常推理，蚩尤恐怕是想先一统魔妖两宗，再图三界，到那时我们与他正面交锋的时间就到了。”

倚弦道：“对于蚩尤的出现，神玄两宗绝对不会袖手旁观，他未必能有时间如愿收服魔妖两宗。”

耀阳点头道：“你说得不错，蚩尤也应该会想到这点，所以，他一定会另有准备，我们得小心点，这家伙得到‘百夜魔刃’，修为定是更进一步，我们两人若是落单被那家伙盯上可就真是危险了。不过，蚩尤是我们最大的阻碍和敌人，不想办法应付他，我们自己会是很麻烦的。”

两人正说着，小千和小风就来报，那一把火烧得痛快，转眼整个偌大的王宫尽化为烟灰，纣王的嫔妃内侍也全数给殷商数百年基业陪葬了。

至于以往一些贪官污吏在这时都为他们以前的罪孽付出了代价，王奕带领一批奴隶展开了压抑许久的报复行动，不过耀阳知道他们群情激昂之下未必收得住手，也让莫继风率军督察，以防他们做得太过分，伤到无辜平民。

以往虐待奴隶的人大部分都受到惩罚，王奕等人终于满意，耀阳和倚弦自然跟这一群老朋友欢畅痛饮，再叙旧情。

纣王携“七窍玲珑心”负伤远遁，转眼已到千里之外，现在他只有去奇湖，那里是他的势力范围，就算蚩尤想追上杀他也没这么容易。

“七窍玲珑心”的确是千古圣物，纣王即使不是圣人，但将它随身携带，伤势就能逐渐的恢复，而此时的他已经好了一半的伤势，而且消耗的元能亦得以回复。有了这样的一件圣物，纣王相信就算是面对太上老君等人也不会落于下风。但是蚩尤实在是太恐怖了，以蚩尤现在的修为，就算鼎盛时期的元始天尊也未必是他的对手。

纣王心中思量着如何面对蚩尤出现的一切情况，不久就到了轮回集，不过一入轮回集他便莫名地感觉到异样。只是左右不管他怎么打量都看不出有什么变化，照常的三界中三教九流齐聚，龙蛇混杂，而由于三界混乱，轮回集中还多了不少冥使戒备巡逻。

纣王看不出蹊跷之处，抱着满腹疑团，回了奇湖。

当了奇湖小筑门外，他突然停步，因为他终于知道为何感觉异样了。原因是奇湖小筑不妥，一种奇怪的气氛笼罩着整个奇湖小筑，竟给他一种莫名的压力。

蚩尤？纣王心中一惊，但感觉不像，蚩尤如果要攻克奇湖，恐怕会立即导致三界皆知。

到底是怎么回事呢？

就在纣王迟疑不决之时，一个熟悉的人影出来了，竟然是申公豹。申公豹对纣王露出一丝奇异的笑容，说道：“我家主人在小筑内久候，请大王进来。”

“申公豹，你？”纣王一凛，他一直看不起申公豹，除了需要利用时外，根本不会想到他，此时却闻申公豹又换了一个主人，心中立知肯定是这家伙出卖了他。纣王不由大骇，申公豹本是闻仲之人，闻仲的主人正是蚩尤，难道里面就是蚩尤？

申公豹见纣王迟疑，微笑道：“怎么，大王为何迟疑，难道是怕了吗？”

纣王淡然一笑，道：“你想用激将法？这招对朕无效。不过，朕得问你一句，你既然敢背叛于我，可知下场？”

申公豹叹道：“我知道纣王你修为惊人，手段高明，可是还有人比你更加厉害，我也只有识时务。申某还想问一句，大王可敢与我家主人见面?”

纣王神色一肃，喝道：“尔等占我家宅，还如此嚣张，想要朕进去见他，断无可能，想见朕，就让狗的主人出来。”

被骂成一条狗，申公豹脸色一青，正要说话，他身后便出来一人道：“老臣叩见大王。”竟然是九离族的闻仲。

“你们的主人是蚩尤?”纣王心中再无怀疑，暗中提起全身元能，准备拼死逃离此地。

闻仲微微笑道：“大王差了，蚩尤算什么，他不过是曾经的九离族宗主而已，现在九离族的宗主是老臣。看在你我曾是君臣的份上，老臣劝你一句，及早投在我家主人麾下才是上策。”

难道还有什么人比蚩尤更能镇住闻仲的？纣王心中大震，却是仰天狂笑道：“我在朝歌就曾跟蚩尤老贼说过，朕乃天命的九五之尊，尔等岂能使朕屈服。”

“那就可惜了。”声音有些怪异，威严中带着一丝细柔，是来自纣王的身后，有人来到纣王的身后，他竟然丝毫未觉，来人是何等的修为?

“什么人?”纣王竟然大骇，倏地转身，却发现身后什么都没有，但是他携带的“七窍玲珑心”却已消失无踪。

这次的声音来自小筑之中：“不错，七窍玲珑心果然是奇物。殷辛，看在这个七窍玲珑心，再给你一次机会，你愿不愿意投入朕的麾下。”

“你也敢称朕，叛逆，给朕去死!”纣王知道此人修为非自己可比，但是纵横三界千百年并为九五之尊的性格却无论如何也不会改的，祭起“紫薇天手”就要冲向小筑。

里面之人叹了口气：“那你就死吧。”

纣王闻声，便觉天地一黯，没等他想到什么，思想便崩裂消散，整个人便化成片片晶花四散。他竟然连抵抗之力也没有?

“本来你或许能迫现在的朕出手，但如此的伤势就无疑是自寻死路了。不过，也不错，临死送个圣物给朕，这下三界便能更快被朕把握了。”那声音没有一点变化，仿佛丝毫不因纣王这个在三界都有举足轻重影响的人物之死而有一点感觉。

闻仲和申公豹必恭必敬地站在外面，甚至连声都不敢出。

不过几日的时间，整个朝歌范围都被耀阳完全控制，王宫既然被烧，耀阳就挑了曾经以奴隶身份住过的“费府”作为临时行宫。

此时天下三分，占据具有重要战略意义的朝歌，曜扬军已隐然超越西岐和崇国成为最强的势力，只是西岐毕竟实力雄厚，跟曜扬军相比并不完全落于下风，至于崇国现在已经完全龟缩在一角，没有什么大的动静，不过却与受到共工氏控制的淮夷联合，欲跟西岐和曜扬军相抗。

由于天下战乱，姬旦却乘机吸纳苓城兵力和各军逃散开的游勇，乘着曜扬军等人还在熙熙攘攘征战之时，他冒了出来，成为一支不可小觑的力量。

耀阳决不会也不能大意，单从战力而言，曜扬军虽然实力大增，但也不比西岐强大很多。不过曜扬军最大的优势就是占领了经济政治军事重地朝歌，总的来说还是占了很大优势。

战后的一切政策都是据此时的情况所定，而在政治上，梅若冰明显有着不可小估的能耐，在高明等人相助下，梅若冰还真将很大一部分事务处理得很妥当，这样的主母无疑是曜扬军上下都甚为信服敬仰的。而妲己自是不擅公事，只是养育耀天，倒也是其乐融融。梅若冰常来看他们，关系甚好。

耀阳在处理政务之余，却始终心有挂碍，他对蚩尤可不敢轻视。倚弦和小千小风两兄弟时刻注意魔妖两宗的行动，丝毫不放过一点可疑之处。只是一直以来，蚩尤好像没有再出现，反而是邓玉蝉来找耀阳，说出奇湖小筑沦陷，其师陆压不知所踪之事，她遍布人手找了好几天也找不到人影。耀阳亦想不出究竟是出了何事，最后是土行孙自告奋勇要帮忙，耀阳自然也不会阻止。

等土行孙跟邓玉蝉离去后，耀阳沉思片刻，喝道：“来人，速请威武大将军倚弦过来。”

不久倚弦到了，耀阳将纣王失踪之时说与倚弦，问道：“这事你怎么看？”

倚弦沉吟道："我看不像，若是蚩尤出面攻下奇湖，那肯定是三界大事，如蚩尤没现身，以陆压的修为，就算是受伤也应该逃得出来。所以蚩尤抓住他的可能性较少。"

耀阳道："我也这样想，陆压要不就是藏在某处疗伤，要不就是另有实力强大的一方势力将他擒或杀了，只是以今来看，还是只有神玄两宗有这样的实力。但是现在最大的隐患是重出人世的蚩尤，神玄两宗应该不会节外生枝。"

倚弦沉思甚久，突然道："我有一种奇怪的感觉，这次陆压之事可能将是真正的三界灾难之始。而我们可能是忘了某些应该在意的人。"

"什么人?"耀阳一怔，他知道倚弦的感觉非常敏锐，可是很少出错的。

倚弦摇头道："一时想不起来，只是我敢肯定，陆压失踪这件事情很严重，如果我们不将此事放在心上，以后的事情可能会对我们不利。"

耀阳头痛道："怎么会这样，究竟是谁被我们遗忘……"

"耀阳。"此时，一个俏丽的声音却将耀阳的声音打断，梅若冰匆匆进来。

耀阳一愣，问道："若冰，怎么了?"梅若冰平常忙于为他分担政务，很少会在他处理公事时找他。

梅若冰俏生生的一笑，道："耀阳，倚大哥，爷爷想见你们一面，说有要事相商。"

"梅清远爷爷?"耀阳听了不由一喜，他还真有些想念这个只见了几次的隐世高人。

倚弦看看耀阳，奇道："怎么会想要见我?"

梅若冰笑道："现在你们两兄弟可是三界中最是声名鼎盛者，爷爷要让耀阳去见他，定是非常要事，当然不会漏下倚大哥你。"

倚弦道："原来如此，那我们就去见他老人家吧。"

梅若冰道："这样就好，对了，我还有事要处理，就由高明叔带你们前去吧，不过爷爷喜欢安静，你们莫要吵了他。"

跟着高明来到山谷，耀阳和倚弦看去，前方林木森然，就有一间草屋，精神烁然的梅清远正在一棵高大的松树下跟另一人下着棋。

耀阳和倚弦心中微有诧异，他们感觉与梅清远下棋一人的背影甚是眼熟，仿佛不只是见了一面。

两人随高明进入谷中，还未走近梅清远却突然警觉谷内微有魔妖之能微布，两人遽然停步。此时，高明已经后退离去。

梅清远随之抬头看向两人，微微一笑，道："长风，看来我还是没你知道得清楚，没想到他们这么快便能警觉。"

"尊主早就说过了，这两人非常人可比，决不是易与受骗之人。"与梅清远下棋一人回头，赫然是蚩尤手下第一大将妖帝卓长风。

耀阳心中的震惊难以形容，但还是沉声问道："梅老前辈，这是什么意思？"

梅清远淡然道："你还不明白吗？为何尊主肯让你们这样肆意发展势力，只因为知道，你们怎么也逃不出尊主的手掌心。"

"什么意思？"耀阳和倚弦都感觉不妙，但是已经迟了，不知何时有一道庞大的魔能已经将他们锁住，让他们根本不敢擅动。

梅清远没有回答，却是看向倚弦，道："倚小兄弟，你可记得，我们第一次见面就是大打出手，地点就在轮回集。"

"轮回集？"倚弦一怔，一时想不起什么时候在轮回集跟梅清远交过手。

梅清远点头道："对，只是当时你看不清我的面目而已。"

倚弦细思，遽然色变，喝道："你是通天教主。"

"通天教主？"耀阳失声道，他怎么也想不到这个曾经救过他的隐世高人竟然是三界闻名的通天教主。

"像本教主这样的修为，岂会是三界无名之人？你们应该早点猜到。"梅清远站起，却躬身道，"清远恭迎尊主到来。"卓长风也同时起身。

蚩尤在耀阳和倚弦百丈外出现，骤然又到了两兄弟面前，笑道："咱们又见面了，你们始终是逃不出本尊主之手。"

见到蚩尤出现，耀阳反而从震惊中镇定下来，没理蚩尤，却是问梅清远道：“你身为纵横三界的通天教主，为何还要在蚩尤面前卑躬屈膝，这是何苦呢？”

梅清远摇摇头道：“看来你还不是很明白，你知道为何通天教主一直不让任何人见到自己长相？”

耀阳和倚弦对视一眼，同时失声道：“难道你当年就是蚩尤的手下？”

梅清远道：“不错，当年，老夫在尊主驾下南征北战，跟神玄两宗可是结下深仇，如果不遮住本来面目，神玄两宗岂会放任老夫在三界横行？”

耀阳的脑海浮出梅若冰那秀气的俏脸，黯然道：“难道一开始，你就打算利用我？包括……若冰跟我成亲？”

蚩尤阴笑道：“你们被清远算计也不冤，当年他就是以算计人出名，九尾狐千辛万苦想要控制你，远不如一个梅若冰跟着你有用。”

耀阳看了梅清远半晌，闭目长叹一声，道：“若冰和你的两个徒弟来帮我，其实不过是为了夺取曜扬军是不？”

梅清远点头道：“不错，你果然是尊主所看重之人，的确聪明。”

“看来你们一切都已经准备好了？那么……”耀阳突然一顿，猛睁双眼，爆出骇人精光，厉喝道，“想怎么样，尽管来吧，我耀阳接下了。”

倚弦一拍他的肩膀笑笑：“你别一个人逞英雄，难道忘了有我跟你并肩作战。”

耀阳哈哈一笑道：“说得好，我们两兄弟联手，天下还有何事可惧？蚩尤，你想怎么样，我们都跟你玩下去。”

蚩尤道：“你们当初曾经答应过，要帮我做三件事，炸了不周山算是第一件吧。现在要你们做的第二件事，请你们休养几年。”

耀阳冷笑道：“可以，那要看你有多大能耐。”

蚩尤大笑道：“早料到你会这么说，长风，清远你们封住前后，本尊主便与这两个算我亲自培养的后辈一战。亲自来解决这两个替本尊主打下整个人界，却是现在阻碍本尊主一统三界的小子。”

“是！”卓长风和梅清远应声，身如疾电，已经前后封住耀阳和倚弦的所有退路。

耀阳和倚弦不是那种想逞能的人，但是此时卓长风和梅清远没参与战斗，却封住了两人的所有去路，这就迫他们只能应战。

耀阳和倚弦深吸一口气，各持出绝世神器，左右分开两步，直指蚩尤。

蚩尤眯起双眼道："没想到你们两人已经成长到这一地步，不错，的确值得老夫认真对付。"手一扬，黑光闪烁，三界闻名的"噬魂魔刀"现出，黑漆漆的刀身上一丝血光显得甚至惹眼。

心有默契，耀阳和倚弦根本不需要相看，同时风遁如电，龙刃诛神和轩辕剑化出金紫光芒，直袭蚩尤。

蚩尤却似乎是知道两人的心意，早一步窜起，"噬魂魔刀"如雷暴动，在霹雳惊响中，黑色刀气旋转着从两人身侧急闪而过，转而从他们背后斩出。

"去!"耀阳当即转身厉声喝叱，轩辕剑飞旋就是一剑斩出，金光爆散耀目，"砰!"黑光爆裂，混着金光碎片，化成片片碎散消逝在空中。

劲气狂猛如潮，震得耀阳身子狂震，耀阳闷哼一声，硬是撑住身体。此时倚弦早已一剑强势击向蚩尤，剑气狂飚怒啸，化成紫龙飞腾着一口向蚩尤咬下。

蚩尤浮出一丝冷笑，手一转，"噬魂魔刀"发出黑色光芒缠绕刀身，惊起一阵阴森森的刺耳响声，黑色刀气骤化雾气，猛地如恶魔般扑向耀阳和倚弦。那片黑色雾气看起来软弱无力，却硬是将紫龙完全震散，黑色雾气不过略薄而已，继续向耀阳和倚弦蔓延而去。

此次换成耀阳攻倚弦防，倚弦舞出龙刃诛神成一道强劲的劲气屏障。耀阳纵身若奔雷，如一道强烈的飓风扑向蚩尤，轩辕剑幻成一条金色巨龙，混合能烧熔一切的炽白色烈焰，向蚩尤盖去。同时轩辕剑紧随而上，万千剑气狂扑而出，携风雷之声，狂猛无匹。

"好家伙。"蚩尤赞道，"噬魂魔刀"挥舞成一片黑影，挥出一层层蕴含无限魔能的气浪，气浪如刀割，锋刃之锐利足以切断万物。锋利气浪，叠叠层层将金龙剑焰硬是压消迫散。耀阳知道厉害，骇然惊身反弹急退，轩辕剑一挑，身体怒弹而起。

耀阳虽退，但是倚弦风遁，绕半弧斜侧窜出，龙刃诛神剑光幻出一条紫龙，这条紫龙环绕着剑身，龙吟剑啸相连，震彻山寰，倚弦御风展剑，锐利剑锋直逼蚩尤胸口。

蚩尤冷笑连连，拂袖间，身影突然消失，倚弦这一击自是击空。蚩尤再现在身影却是在耀阳之后，“噬魂魔刀”夺命斩出。只是耀阳似乎早料到这一点，虚空一个打转，轩辕剑携千钧之力倒斩而出，正好与蚩尤击出的一刀相交。

“铿!”交戈声如九天惊雷，耀阳整个身体被反震跌开，嘴角溢血。蚩尤亦身子震退，他缓气极快，但是早一步行动的倚弦更快，紫龙缠绕更见威力的龙刃诛神已斩至他的眉睫，只是那锐气便割得蚩尤额头欲裂。

蚩尤哪想到倚弦行动竟有如此之快，即使他魔身如钢，也不敢受此一剑，匆忙之下一脚踢出，借力身子急闪，堪堪避开。

而耀阳缓过气来，轩辕剑尽展威力，如金龙附身，以雷霆万钧之势，向蚩尤劈头盖脑地斩去，剑影从蚩尤四面八方压上，顿时将蚩尤上下前方成半圆全部封住，蚩尤不想硬接只有后退。但是蚩尤后退却正好撞上倚弦快速击出的利刃，蚩尤左右为难，大喝一声，双臂一展，“噬魂魔刀”飞旋起来，黑色光芒连成一线，旋舞着环绕蚩尤的身体，织成强势的防护网，斜斜飞天而起，从耀阳和倚弦合击最薄弱之处冲出。

第一百五十九章　魔中之魔

尖锐的声音响起，剑影黑线尽消，蚩尤已从两人合击中窜出。

耀阳和倚弦自然不肯罢手，紧追而上，两大神器尽显威力，金紫光芒照彻天地。蚩尤受困，恼羞成怒，大吼一声，“噬魂魔刀”全力展出，一片黑气弥漫整个山谷，魔能狂催。在两兄弟的逼迫下，连魔神蚩尤也不可能再留力。

魔能挤得两人感觉皮肤紧绷，他们几乎连呼吸都有困难，耀阳和倚弦不由骇然。蚩尤果然名不虚传，若非他们勘破乾元绫广成子证道而至修为进一步提升，此时必败无疑。

耀阳和倚弦同时厉喝一声，两大神器爆出惊天光芒，全身元能爆发，硬是将那强势的魔能压力给挣脱。此时，蚩尤的黑色刀气已经斩来，两人急闪而开，刀气堪堪从他们身边擦过，两人还能感觉到魔刀的血气。

避开刀气，耀阳双眼放出金光，轩辕剑竖起，剑光化成九条金龙，霸道的龙吟震耳而响，气势如九天倾下般压下。九条金龙飞旋回于轩辕剑身之内，通过剑身直入耀阳体内，紧接着耀阳全身散发出金光，金光融于耀阳身上，又汇成条条金龙，九条金龙若隐若现的缠着耀阳全身，端的是威震九天之气势。

而倚弦将龙刃诛神一指，紫光暴涨化成一条巨龙。紫色光龙长啸飞旋于空中，清澈的声音穿透一切阻碍。倚弦微微一笑，负手持剑而立，紫色光龙扫开所有劲气魔能，飞冲而下，疾到倚弦脚下停住，让倚弦的双脚站在它的背上，这紫色光龙竟像是真龙一般，栩栩如生。

这便是他们勘破广成子证道之秘后自悟的神器绝学，广成子证道前留下的奇异空间，道尽三界的奥秘变化，他们虽是匆匆一见，却已是悟得不少。不再需要追求以往的神器绝学，两人与神器感念相应，便可尽展神器潜力。

耀阳随意一挥，全身金光便溢于剑上，轩辕剑斩出，身子自然随剑急驰，直斩蚩尤。倚弦意念甫动，脚下紫龙便腾身而起，扑向蚩尤，速度远胜于风遁，龙刃诛神和紫龙利牙同时噬向蚩尤。

耀阳身动如有奔雷随身，剑势如是九天崩压，势集了三界三十六天之威悍然冲击，大有不可挡之势。倚弦疾快胜电，龙刃诛神和紫龙利牙联击，若两人奇袭，而其锋之利，足以刺穿一切。

耀阳逾雷，倚弦胜电，两人联手，三界之人有几人敢硬挡其锋。

蚩尤骇然，他怎么也没想到耀阳和倚弦竟然能强到这等地步，但他身为三界魔神，岂肯轻易避让？他更知道，如果他避开这一击，耀阳和倚弦便能乘机而遁，在这样的气势下，任卓长风和梅清远有多强修为，也恐怕难以阻拦。这对于蚩尤接下来的机会绝对不利，所以他不可能退避，他唯有拼尽一身修为硬接。

“哈哈……让你们两小子知道什么才是三界无敌。”厉吼中，蚩尤双眼如墨漆黑中却隐有红色血光盈然，他张嘴露出白森森的利牙，双手紧握刀把微颤，倾注数千年修为于刀上，黑色光芒从“噬魂魔刀”身上爆射而出，在瞬间让天地变成黑漆漆一片，但其中血色隐现，渗在黑光中如是黑血漫布天地！

这一刀是蚩尤在“不周山”一役最后时出的最后绝招，此时使出来那一片血色让人清楚的知道，现在这一刀比那时更强几分。

能让蚩尤使出这一刀，已足见耀阳和倚弦两人的修为惊人，他们联手的威力已经不下于甚至胜过元始天尊，所以才能迫得蚩尤使出比以前更强许多的这一招。

“给本尊去死吧！”蚩尤尖啸一声，遍布天地的黑色血光瞬间凝于“噬魂魔刀”之上，再次爆发最强魔劲。

耀阳和倚弦亦不肯退让，轩辕剑和龙刃诛神没有一点迟疑地斩下，天地便见金紫两道惊天雷光闪下，像是那划破苍穹的裂痕一般。

"轰!"金紫雷光与黑色刀气相交，裂声震彻九霄，震得整个山谷崩塌，百里内如是地震，整片大地震颤不已。

气流如三界飓风集于一处爆发，气劲爆发狂猛无比，卓长风和梅清远相顾骇然，根本什么都看不清，只见那里风舞狂沙怒石。即使以他们的修为也不由后退数十丈才能稳住身子。

劲气元能消去，风平云定，所有的一切再出现在眼前，卓长风和梅清远发现蚩尤半身浴血，持魔刀半跪于乱石之间，嘴角还有淤血不断呕出。而耀阳和倚弦却已不见人影。

"尊主。"卓长风和梅清远惊呼一声，扑上去将蚩尤扶起，问道，"怎么了？那两个小子呢?"

蚩尤咳了两声，深吸一口气，沉声道："那两小子果然有些能耐，居然能与本尊主战得两败俱伤。不过，暂时不用再理会他们，他们的肉身已经尽毁，短时间内已不会对我们的计划有任何威胁了。现在，我们征伐人界进而一统三界的计划就此开始。"

"是!"即使是活了数千年历事无数的卓长风和梅清远听到最后一句，亦不由兴奋万分，等待这么长时间，他们将再一次踏上一统三界的征途。

朝歌城内，梅若冰已经开始动作了。谁都不知道耀阳和倚弦出事，梅若冰借主母之名，让高明高觉和其他潜入曜扬军的人占据重要军务位置，提升秦骊如为总军师，实际上却剥夺了她的军权。莫凌风等人虽然仍占据主帅之位，但是身边已有梅若冰的人时刻监视。

梅若冰做得漂亮，并没有多少人怀疑，只是轻轻几个举动，曜扬军的半数兵力已经完全在她的掌握之中。

不久之后，耀阳和倚弦已经被神玄两宗以魔星借口所杀的消息传遍三界，所有人皆惊。神玄两宗诸人自是矢口否认，但是耀阳和倚弦的确是不知所踪。

曜扬军久不见耀阳和倚弦出来辟谣自是心有惴惴，梅若冰当即以主母的身份调动大局，并说耀阳有子，可代为主公。对此，众人一时也不会有所反对，只是耀阳和倚弦不在的影响自然不可能马上消除。

西岐乘机出兵十三万向朝歌而来，梅若冰当即命莫凌风等人坚守岗位，却派遣高明高觉领军迎战。曜扬军各人自是反对，但是梅若冰一意孤行，小仙和妲己对此不懂，在梅若冰的劝说下也表示赞同。本来跟高明和高觉关系甚好的小千和小风却反而没有什么表示，不说赞同也不反对。

既然三个主母都同意，为了避免欺负主母幼主之嫌，曜扬军其他将领也不好说什么。结果，初一接触，高明高觉便败退数十里，姜子牙小心谨慎，但是姬发认为高明高觉之流非是耀阳这样的名将，不需要过分胆怯。姜子牙虽然睿智非常，也无话说出高明和高觉有何胜机，劝阻不了姬发。结果，西岐军追杀百里，却在半途中被数万大军截腰偷袭，此时高明和高觉率军出击，以十七万兵力正面压上。

神玄两宗破天荒派遣数百高手参与，却亦被另外一批魔妖两宗高手顶住，难以扭转战局。西岐军措手不及之下一败涂地，姜子牙果然是非常人物，及时调整策略，带出七万大军狼狈退回西岐。曜扬军乘机强势进击，连进两百里，反败为胜，战绩斐然。

这时西岐才知半途杀出的竟是姬旦的大军。然后，姬旦便派出使者，说愿投于曜扬军共创太平盛世，说的自是为国为民一些话。而且姬旦的条件也绝对是很公平，姬旦只要一定的地位而已。

对于姬旦之降，曜扬军众说纷纭，各有想法，最终梅若冰打定主意，接受姬旦的投降。自此，曜扬军的势力强盛已远压在西岐和崇国之上，曜扬军实力之雄厚只有西岐和崇国两家联手才能相抗。

蚩尤在山洞内听完卓长风的禀报，点头道：“好，一切正如本尊主所料，人界基本上已经掌握在本尊主手中了。哈哈……本尊主的伤势已经好了八成，三界之中还有谁人敢于与本尊主对抗。”

“蚩尤，你好大的口气。”没有任何预兆的，一个怪异的声音突然响起，令得蚩尤和卓长风迥然变色。三界之内谁能靠近蚩尤，而不让他知？

“谁?”蚩尤厉喝道，心中的震骇已经难以名状，数千年内，他从未遇到如此的情况。除非如女娲此等修为，谁能做到这点?

没人回话，稍一会儿后，一人缓缓而入，微笑道：“魔神前辈可好，我家主人冒昧来访，请不要见怪。”赫然就是东离现任宗主闻仲。

蚩尤喝道：“闻仲，你敢背叛本尊主?”

闻仲淡笑道：“魔神蚩尤，你也不过是以前的东离族宗主，并不比本宗主的身份高。何有背叛之说?”

蚩尤冷道：“你仗了谁人的势敢这样跟本尊主说话?”

闻仲微笑不答，却是向后退了一步。

突然气氛陡变，看上去没有任何异样，甚至于连一点风都没有，整个山洞的空气仿佛猛地被抽空了，蚩尤和卓长风明明能顺利地呼吸，但是他们仍有一种窒息的感觉。

在蚩尤和卓长风惊骇之际，无端端的，遽然在闻仲面前出现一人，甚至连蚩尤都不知道他是怎么来到的。

来人一眼扫过两人，卓长风竟似被雷击，浑身骇然一震。蚩尤修为超人，仍是微回避了一下来人的眼神。来人的身材长相虽然让两人大吃一惊，但是他们都清楚此人的修为实在是高得可怕。

来人满意的点点头，便说话了：“蚩尤，朕来此只是为了向你要回一件东西。”

蚩尤不识眼前之人，却很清楚这个不知来自何处的家伙拥有一身绝对不下于他的修为，心中早已警戒，暗提魔能戒备，此时问道：“你要什么东西？本尊主好像没有拿你什么?”

那人一双赤红的眼瞳盯着蚩尤，微笑起来，露出洁白无瑕的牙齿：“有，你拿了朕的兵器。”

蚩尤遽然一震，呼道：“什么?”

那人缓缓的道：“百夜圣刃!”

“刑天！你怎么可能……”即使如蚩尤的修为也震骇莫名。卓长风已是目瞪口呆，他也一样不敢相信，但是来人的惊人修为却是实实在在的摆在那里。

刑天怎么可能会没死？那力征三界，跟盘古上神以及一干众神战得三界六道几乎为之崩塌的魔帝刑天不是已经为盘古上神消灭了吗？蚩尤和卓长风怎么也不会相信，这远古洪荒时期的超绝人物还会在世，刑天若是没死，他怎么可能沉寂如此之久。

“百夜魔刃，回到朕的手中来。”刑天慢慢伸出手，蚩尤遽然感觉体内的魔能迅速流失，而刑天手中却是“百夜魔刃”的虚影，随着蚩尤魔能的流失，那“百夜魔刃”的虚影却是越来越浓。

蚩尤终于完全相信眼前这人就是那能通天彻地，当年能抗衡盘古上神的刑天。因为“百夜魔刃”不单是由归元异能铸成，更是跟刑天是血肉相连，只有刑天一人才能召唤出“百夜魔刃”。只要刑天召唤，“百夜魔刃”不管是以何种姿态存在，甚至是无论有了什么变化，只要还在三界之内，就肯定会回到刑天手中。

面对这传说中的人物，修为能对抗三界最强的盘古上神之人，即使如蚩尤亦是心中震颤，没人比他更清楚刑天的可怕，当年他只是从刑天留下的“归元圣璧”得到部分元能，就有能对抗元始天尊这样的修为。那刑天该有如何强大的修为？

但是就算真的是当年几乎颠覆三界六道的绝世强者刑天，曾经纵横三界的蚩尤如何肯让他将“百夜魔刃”取走。蚩尤怒喝道：“你真是刑天又如何？那就给本尊主再死一次吧！”双手仰天张开，全身魔能爆发，蚩尤祭出“噬魂魔刀”就是一刀向刑天斩去。

蚩尤绝对不敢小看刑天，这一刀完全是集尽了他一身的修为，黑色光芒让整个山洞都变成漆黑一片，刀劲席卷整个山洞，让人无处可逃。

“轰！”整个山洞被蚩尤的魔刀之劲爆裂，刀劲几乎要斩碎一切。但是刑天怪异的声音始终没变，他冷淡地道：“蚩尤，三界六道之中无人比朕更清楚归元圣能的妙处，亦无人能以归元圣能伤朕。若你没受伤之前还能跟现在的朕一战，但此时你重伤未愈，身上的伤势是以朕的‘百夜圣刃’来愈合的。你如何能在朕的手下逞强。”

在刑天说话间，蚩尤已经连出数十击，魔能狂猛如潮，山洞所在整座山峰尽数崩塌炸裂。但是当黑光烟尘消去，刑天却立于虚空，丝毫未损，手上的“百夜魔刃”却已成型，在阳光的反射之下，发出凛人的寒光。

蚩尤却是半颓在废墟中，样子落魄，眼中红光已经全部消失，他双手握拳怒吼道：“怎么可能，刑天，你……”

刑天叹了口气道：“蚩尤，你身上的归元圣能已被朕收回，此时的修为不过鼎盛时期的六成，根本无力跟朕抗衡。不过看在你曾经跟神玄两宗对抗的份上，给你一次机会，蚩尤，你可愿降于朕？”

蚩尤厉笑道：“我蚩尤是何等人物，就算你是真的刑天，我又岂会怕你，受死吧。”轮起“噬魂魔刀”，悍然一刀斩出，整个人已随刀冲出，化成一刀惊心的黑芒，破出尖锐刺耳的惊风声，携万马奔腾之势，猛然扑向刑天。

“尊主，长风助你一臂之力。”卓长风怒喝一声，祭出三界知名的神器“半刃环”，全身元能疯狂催起，三尺见圆的银白色环身里外相错而开的锋刃发出耀眼的光芒，那神器之光跟他的身体几乎融成一体，划破苍穹直击刑天。

面对蚩尤和卓长风的联手攻击，恐怕就算是玄宗三大宗主联手都不敢硬接，但是刑天丝毫不惧，冷笑道：“既然你们都想找死，那朕就成全你们吧！”

刑天一双如烈焰般的赤瞳猛然发出惊人的血色光芒，缓缓举起手中的“百夜魔刃”直至头顶，就这样简单的一击斩出，暗青色的刃身划破虚空，就这样横亘在蚩尤和卓长风面前。

蚩尤和卓长风骇然，同时感觉到，刑天这么简单的一击，竟然将他们的生路全部截断，让他们退无可退，躲无可躲！

三界仿佛就被这一击截断。

“轰！”只是一击，卓长风的全力一击便被完全击溃，他不及惨叫一声，身体已化为飞灰，不留一点渣子于三界之中。蚩尤拼尽一身元能，一刀斩中“百夜魔刃”，黑芒尽散消去，“噬魂魔刀”竟折，蚩尤狼狈后退闪开了刑天这一刀。

但是刑天早知如此，伸手一掌击出，蚩尤欲躲才发现，身子竟然像是被一根无形的韧绳给绑住了一般，任他数千年的修为也无法将之挣脱。

“蚩尤，朕勘破三界所有奥妙，以你现在只剩六成的修为怎么能从朕的手下挣开束缚？不过，你放心，等朕恢复十成的修为，三界之中将无人能从朕的手中逃出，到时陪你神识皆灭的人比比皆是。”刑天微笑着，拍下小小的手掌，蚩尤在他手下完全消失，神识皆灭，从此三界再无蚩尤此人，当年神玄两宗费尽千辛万苦也无法杀死的蚩尤彻彻底底消失在三界六道之中。

闻仲看着刑天小小的身影，眼中尽是崇拜和畏惧。

这便是三界六道无人能及的魔帝刑天！

广成子证道的奇异空间再次出现，那无边的变化清晰的呈现在他们眼前。

三界六道在幻动，仿佛所有的灵气都聚集过来，将他们的身体进一步铸炼，让他们再一次的脱胎换骨。

然后他们猛地睁开双眼，看到的便是对方赤裸裸的身影，这次他们是在原地再铸肉身。耀阳九龙缠身，傲然虚浮，倚弦脚御紫龙，迎风而立。

两人相视一笑，随意挥手，一身金色和紫色衣衫已然着身。

不知是不是因为跟蚩尤殊死一战的原因，这时他们很清楚地感觉到身上的归元异能进一步的增长，对于法道的领悟亦已达到另一层境界。现在就算他们跟蚩尤单打独斗，也未必没有一拼之力，相信三界之内无人能是他们联手之敌。

他们此时拥有无比的信心。

但是自信之余，他们似乎都有一种奇怪的感觉，感觉这三界之中似乎多了一种未知，那是他们应该熟悉却难以明了的东西。

“走，我们回去看看！”耀阳对倚弦笑道。

无需使出风遁要诀，两人便可御风而动，其速远胜风遁，两条身影转眼已消失在天际。

梅若冰单身一人正在朝歌的费府处理曜扬军的事务，心中突有不安，此时略感异样，她骤然抬头道：“谁?”

“是我。”一人出现在殿中，却是通天教主梅清远。

梅若冰讶道：“爷爷，你似乎心事很重，否则以您的修为，不到三丈内绝对不可能会让孙女发现。”

梅清远皱着眉头，心事重重的在殿内踱步，没有说话。

梅若冰心中一凛，她从未见过爷爷有这副神色，若非遇到天大难事，断不会如此。她再问道："爷爷，到底怎么了？"

梅清远沉沉道："情况不妙，尊主所在的地方整座山尽毁，尊主与长风不知去向。"

"什么？"梅若冰惊得手中木简亦掉在地上，"啪"的一声让梅清远不由皱了皱眉。

梅若冰颤声道："怎么会这样？以尊主的修为，三界之中谁人能与之为敌？应该没事吧？"

梅清远没有回答，神色沉疑，半晌之后，突然道："我想以尊主的修为肯定没有什么问题，只是微有变化而已。不过，现在我们要加快动作，现在就要完全控制曜扬军势力，这样不管是什么情况，我们都能有足够的优势。"

梅若冰镇定下来，问道："但是想控制曜扬军势力恐怕不是这么容易，而且现在秦骊如、莫凌风父子和土行孙甚至率领原来奴隶军的王奕等人开始怀疑，现在只肯认那小毛孩耀天为主，我这个主母已经难以命令他们，他们拥有曜扬军五成以上的兵力，而且在曜扬军极有影响，我们就算要硬来也难以取得便宜。"

梅清远冷冷一笑道："这倒未必，只要耀天在我们手中，看他们敢不听我等之命。"

"爷爷的意思是……"梅若冰一惊。

梅清远冷道："这次我已命雪赤极、梅山七圣一起前来，就一举将耀天拿下！出来吧。"随着他的声音，八条人影倏地出现在大殿之内，正是妖尊雪赤极和梅山七圣。

梅若冰知道爷爷的主意已定，否则哪会为了一个几岁的孩子动用雪赤极和梅山七圣，即使妲己母子身边有防风氏一批高手保护。

妲己母子就住在内院，梅清远刚近院子就不由皱了皱眉，梅若冰没有察觉爷爷的异样，上前几步跟守在院外的两个有炎氏高手道："我有事要见妲己姐姐，你们快让开。"

那两个有炎氏高手看了她身后的几人，行礼道："主母进去，我等不敢阻拦，但是主母身后之人好像不宜进入内院。”

梅若冰还要说话，却闻得梅清远冷哼一声，两道魔能同时袭向两个有炎氏高手。那两人知道厉害，骇然喝声：“敌袭！”急忙闪躲，但是他们避开这一击，接下来的梅清远和雪赤极同时出击，他们怎么躲得开，当下便被击得粉身碎骨。

梅清远率领雪赤极等人立即闯入内院，此时十余名防风氏高手已经出来挡住众人的去路。梅若冰心中有些不安，她爷爷应该没有这么急躁才对，今天到底是怎么了？

这时，妲己抱着耀天在婥婥和小仙的陪同下出来了，看到眼前这架势，甚是吃惊，柔声问道：“若冰妹子，这是怎么了？”

梅若冰神色微黯，但是很快便浮起浅笑，道：“对不起，姐姐，妹子希望你和耀天能跟妹子住在一起。”

妲己微愣，问道：“若冰妹子……”

梅清远压着心里莫名的烦躁，厉喝道：“废话少说，跟我们走，否则休怪本教主大开杀戒。”

雪赤极亦是冷笑道：“我看你们乖乖束手就擒，免得这里血流成河。”

“你们以为想在我们有炎氏和防风氏手中夺人很容易吗？”一声冷哼，土行孙和小千小风带着七八名有炎氏高手出现在屋顶，他们一听到“敌袭”就立即赶来。

“杀！”梅清远直接下令喝道，纵身向妲己母子扑去，接着雪赤极也是跟上强袭。

婥婥挡在梅清远前面，“柔月丝绫”化成利刃挥斩而出，梅清远“吞天袖”一罩，便将之震退。土行孙一个土遁从梅清远背后偷袭，土行孙此时修为大进，即使是梅清远也不敢用后背承受土行孙的一击。

而小千和小风亦是合力将雪赤极截下，他们两兄弟现在的修为已是不浅，两人联手之下威力可是不小。雪赤极极是郁闷，没想到既然会被耀阳的弟子截住，小千和小风全力阻截之下，他实在是难进半步。

不过梅清远和雪赤极的修为毕竟非常人可比，婥婥他们还是处于下风。

而梅山七圣虽然不能跟雪赤极等人相提并论，但是毕竟也是三界有名的高手，他们七人联手跟有炎氏和防风氏二十来人战成一团，自是占了上风。

婥婥和土行孙现在的修为是三界年轻一辈的可数高手，但是跟拥有数千年修为的梅清远还是差了一截。梅清远不知为何，是越来越感烦躁，不想跟他们纠缠下去，“吞天袖”全力击出。为了保护妲己母子，婥婥和土行孙连挡十数击，都吐血飞跌而出。

“给本教主走吧。”梅清远少有地露出狰狞的神色，拂袖向妲己母子卷去，此时婥婥和土行孙都重伤一时难以起身，其他阻拦又被雪赤极和梅山七圣拦住，眼睁睁的看着“吞天袖”化成长索卷向妲己母子。

眼见妲己母子就要被擒，谁知梅清远突然浑身一震，整个人都向后跌去，接近妲己母子的“吞天袖”也顿时缩了后去。

“谁?”梅清远跌飞十丈外，才站住身子，神色震惊莫名。

在场诸人无不骇然大惊，本来以为是梅清远自己突然退回，却不料竟是有人阻了这位当世高手。没有人能看清刚才究竟是怎么一回事？如果有人出手，那会是谁?

“耀大哥，倚大哥。”土行孙勉强站起来，大声喊道，有这样修为并会出手的就只有可能是耀阳和倚弦。但是没人应声，也无人出现，除了打斗声，再无异响。

“不管是谁，阻我者死!”梅清远神色阴沉，吞天袖再展，直扑妲己母子。婥婥和土行孙再阻上，雪赤极已经从小千和小风的联手阻截下破出，截住两人。

没有阻碍，梅清远喝道：“这次看谁能阻本教主。”扑向妲己母子，此时小千和小风一见大惊，两人同时奋不顾身地纵身挡在妲己母子之前。但他们的修为怎么能挡住梅清远，只是接了五六下“吞天袖”的强势攻击，两人已经受不了，口中呕血。

“去死吧!”梅清远狞笑道，“吞天袖”爆出一道光芒击出。小千和小风骇然，但是他们的身后就是妲己母子，两兄弟如何肯让。两人对视一眼，都见到对方眼中坚决毅然的神色。

决不能退，只有咬牙硬接！

“砰！”梅清远连退几步，但小千和小风两人却像是破絮般向后震飞，撞塌后面的两堵墙，倒在废墟之中，而两人喷出的鲜血却刚从半空洒下。

“小千，小风！”妲己和小仙同时惊呼出声，梅清远顿了一下已是再次扑来。

婥婥和土行孙看到小千和小风受此重创，妲己母子又陷入危机，担心之下不由分心，雪赤极乘机一击疾出，蕴含妖能的一击正中婥婥的肩膀。“啊！”婥婥亦一口血喷出，整个人倒飞而出。

“雪赤极，你该死！”一声如雷霆霹雳般的怒喝从天而降，紫光耀目，一条紫龙怒腾而下直扑雪赤极。雪赤极在惊骇莫名之际，紫龙已经穿身而过，他连反应的时间都没有，全身一震，便已灰飞烟灭。

紫龙不停，梅山七圣大惊之间，便见紫光临身，除了袁洪修为较高，朱子真离得较远，其余五圣已被紫龙吞噬，尸骨无存。

众人骇然望去，见一条紫色光龙凛然悬空，一手持着龙刃诛神的倚弦脚踩紫龙抱住婥婥，一脸怒容。婥婥见到倚弦，不由露出一丝笑容，心神一松便再也支持不住，昏死过去。倚弦大惊，忙以归元异能护住她的灵元，发觉婥婥并未性命之忧，他才放下心来。

看清倚弦的脸，曜扬军众人松了口气，都向妲己母子看去，却见耀阳抱住妲己母子，梅清远退在一边，嘴角有血迹，显然同时被耀阳逼退。梅若冰到了爷爷身边，却是神色复杂的看着耀阳。

“怎么可能？你们这么快就复原了？”梅清远露出震惊的神色。刚才一交手，他便受伤，知道耀阳的修为比之前更强了许多，这点更是让他震骇，以当时之能他们便能迫得蚩尤两败俱伤，那现在三界之中还能有谁是耀阳之敌。

耀阳看到小千和小风这两个弟子倒在废墟中起不来，生死不明，不由悲愤填膺，厉喝道：“通天，你敢伤我弟子，受死吧！”祭出轩辕剑，就是一剑祭出，九条金色光龙汇成一条金光巨龙张开满是獠牙的巨嘴一口向梅清远咬去。

梅清远尚处于震惊之中，反应过来之时，发现伤势影响动作，眼见那金龙狂猛无匹之势冲来，他已躲无可躲，当下万念俱灰，闭目等死。

“轰！”金龙正面击中的却不是梅清远，而是旁边推开梅清远的梅若冰。耀阳见到梅若冰这般动作，下意识地收劲，但是已经迟了，只余五成元能的金龙将梅若冰完全吞噬。

“若冰！”耀阳岂是无情之人，不管梅若冰做了什么，她都是他的妻子之一。耀阳身如疾电，一把抱住梅若冰，想要护住她的元灵。但是梅若冰修为不够，受此一击，灵元已散，梅若冰仅有一丝意识，断无生望。

耀阳黯然，看着梅若冰晶莹的双眸，只想到一个问题：“若冰，你爱过我吗？”

梅若冰微微一笑，没有回答，缓缓伸手去触摸耀阳的脸庞，就在她的玉指触到耀阳脸颊之际，躯体已化为晶莹的碎片，消失在耀阳的怀中。

“若冰！”耀阳痛呼一声，浑身微颤。

此时袁洪和朱子真见情况不对，早已偷偷溜走。梅清远却是失魂落魄的呆在当地，不知是因为孙女之死，还是因为没想到耀阳和倚弦安然无恙，而让他们功败垂成。

耀阳闭上眼睛，仰首深吸一口气，道：“梅教主，请回吧！”说着站起来，就去看重伤的小千和小风。

梅清远神色颓然，仰天大吼一声，纵身而起，消失在天际。

耀阳看了小千和小风，发现两人灵元受损，幸好还不至于致命，只是需要休养一段日子才能恢复。

耀阳这才松了口气，安慰一下哭得像是泪人一般的小仙。

说起土行孙等人恰好赶来并非偶然，而是小千和小风发觉自己之所以会喜欢跟高明高觉在一起，原因是他们也有树妖的气息，跟土行孙和秦骊如等人商量后，都感觉梅若冰不大对劲，但是又不能确定，所以他们才时刻在“费府”周围戒备。

耀阳和倚弦重回曜扬军，姬旦闻讯大急，但此时不见蚩尤和卓长风，他亦是难以做出决断，一旦他要叛出曜扬军，不只是信义再无，更是会招致曜扬军的攻击。故而姬旦与曜扬军的关系难定，姬旦名义上还是耀阳军一员，但是无论是耀阳等人还是姬旦都清楚，双方都是暗怀鬼胎。

而此时的耀阳就算撇开姬旦的部分势力不说，亦是人界最强的势力，无论是西岐和崇国都无力与曜扬军相抗，何况名震天下的常胜将军耀阳重掌曜扬军大权，曜扬军士气大振。

更让人震惊的是崇国崇侯虎突然暴毙，国师刑天灭携新任北伯侯崇侯虎幼子向曜扬军称臣。耀阳等人虽是奇怪刑天灭等人的行为，却断不可能拒绝。

曜扬军一统天下之势已定。

耀阳因此忙得不可开交，秦骊如、王奕等将臣已经联名上书，希望耀阳称帝。耀阳和倚弦几人商量后，终于同意提议。

次年初春，耀阳称帝，定都朝歌，国号为周，是为周而复始之意，一字道出三界六道、轮回周始之妙。

此时周军达五十万，完全受周帝耀阳控制的足有三十五万，西岐兵力仅剩十二万，西岐军虽强，周军经此数役亦是成为身经百战的精兵，周控制的地盘远大于西岐，而周帝更是青出于蓝胜于蓝的常胜将军耀阳，谁都知道周一统天下只差时间而已。

批完一卷卷的奏折，耀阳松松骨架，将最后的木简一丢，喘了口气。这时，内侍有报："国师求见。"

耀阳忙道："有请。"

过不多时，一身盛装的倚弦便大步进入御书房，抱拳道："臣倚弦叩见大王!"

耀阳拿起身旁一卷木简扔了过去，笑骂道："去你的，你别跟我来这一套。"

倚弦晃身闪过，笑道："你现在可是九五之尊，记得凡事要有威严才行!"

耀阳叹道："真是见鬼的大王，才做了一个月，我就感觉受不了，这么多事情要处理。我终于知道那纣王有着陆压数千年的城府，为何还治理不好殷商了，有时我也懒得再管什么朝政了。老实说，我真不想当什么狗屁九五之尊，谁想当让谁当去。小倚，我看你倒是不错，要不让给你做算了。”

倚弦连连摆手道：“千万不要这么说，我如果真有这么说或想，那就是叛逆之罪啊，要株连九族的！”

耀阳没好气的顺手再将一卷书简砸向倚弦，骂道：“去你的株连九族，那还不把我一家人都牵连进去了！”

“看你当了一个月的大王就这样开始随便打人，迟早变成暴君！”倚弦取笑一阵，又道，“还是说正经事，有两件事情必须让你知道。”

耀阳疑问道：“什么事值得你倚大国师亲自前来？”

倚弦道：“第一件事就是立储的问题，百官皆说，开国立储，繁荣昌盛。如此才能令天下归心，周朝一统，所以纷纷请旨立皇长子耀天为储君。”

耀阳愣道：“立皇长子耀天为储？嘿，我现在就这么一个儿子，还长子呢？随便了，明日拟道旨意就行，第二件事呢？”

倚弦神色肃然，道：“第一件事我只是顺便来说给你听罢了，最重要的还是这第二点。通天教主梅清远和其两徒以及手下诸人不知因何原因遇袭，梅清远重伤竟逃至天庭求助。”

说到梅清远，耀阳不由想起梅若冰，不由神色一黯，但很快便抛除黯然情绪，问道：“梅清远怎么了？”

倚弦皱眉道：“梅清远甫一奔向天庭，遇到神将便只说了一个‘刑’字就灵元消散！”

“刑？刑天氏？”耀阳一怔，难道是刑天氏的行为，但是除非刑天氏倾巢而出，将其全部退路堵住，否则怎么可能将修为精深的梅清远击伤至灵元俱灭呢？

倚弦摇头道：“不可能，刑天氏一直没有什么动作，只是闻仲和申公豹在那段时间内曾经离开过九离族。”

耀阳疑道：“闻仲和申公豹怎么可能杀得了梅清远？”

第一百六十章　终极力量

此时门外又有内侍来报，小千和小风求见。耀阳宣旨接见，小千和小风神色凝重，首先见礼，并向倚弦示礼，然后小千不等耀阳发问，直接说道："师父，有很重要事情。蜀山剑宗刚遭到魔妖两宗的突袭，虽然蜀山剑宗最终守住，但是蜀山弟子却是死伤惨重。而魔妖两宗的伤亡不大……"

"什么?"耀阳和倚弦同时惊呼打断了小千的话，魔妖两宗强攻蜀山剑宗，居然损伤不大，就算蚩尤亲率魔妖二族也不可能做到。

小千道："因为魔妖两宗的先锋部队竟然是……跟我们一样的聚灵石卫！那些聚灵石卫的威力比我们的还强，而且数量过百。"

"数百聚灵石卫?"耀阳和倚弦首先想到的就是有人进入了"刑天禁殿"。

小风沉声道："师父，还有一件非常重要的事情，我们和老土答应帮邓玉蝉找纣王，并知道纣王可能被人杀死，而且当时闻仲、申公豹应该在场，因此后来我们打听出闻仲又去过另一个地方，我们便循迹找去，结果却找到一个人，她可能知道蚩尤和卓长风的下落?"

耀阳惊讶的问道："谁?"

小风道："是苦鳖婆婆，她声称自己知道我们想要知道的秘密，并且坚持要见到你才肯说，只是她身受重伤，灵元无力，生命垂危，需要汲取元能休养，所以只能几日后才能进宫见师父。"

耀阳和倚弦对视一眼，都看到对方眼中震惊的神色，没有人比他们更清楚土鳖婆婆的分量，所以兄弟俩不由自主地预感可能将要发生什么大事。

第二日，耀阳下旨立耀天为储君，普天同庆。

三日后，苦鳖婆婆在土行孙等人的护送下进宫。

耀阳和倚弦在御书房接见她。

苦鳖婆婆在土行孙的扶持下进了御书房，看到耀阳和倚弦，勉强扯起一丝笑意，说道："两位，多年不见更显风姿了。"

耀阳笑道："婆婆请坐，有事慢慢说来。"

苦鳖婆婆坐下后，神色变得异常凝重，开口就是一句惊天动地之语："是圣帝刑天杀了蚩尤和卓长风……"

"圣……什么！魔帝刑天？"耀阳、倚弦和土行孙同时惊呼，神色大骇，魔帝刑天这个名字就足以让他们惊骇莫名，此时突闻他杀了蚩尤和卓长风，心中的震惊根本难以形容。

魔帝刑天这个传说的人物如果真的没死，那事情的严重性将是蚩尤重生的百十倍不止。但是一个上古洪荒时期的人物，早已在传说中被神玄二宗斩草除根，又怎会出现在当下呢？

苦鳖婆婆也不管他们信不信，径自将当日的事情说出来，接着叹道："当时，我被蚩尤完全封印，没想到反而没被刑天发现，幸而逃过一劫，否则以刑天的性格，老婆子这么一个无用之人肯定难逃一死。"

耀阳满脸骇色，勉强镇定下来，问道："你可知道刑天的长相？"

苦鳖婆婆摇头道："老婆子没见到他，不过很清楚地记得他的声音，因为他的声音有点怪。"

耀阳和倚弦、土行孙相互看了几眼，三人脸上都有惊疑不定的神色。

苦鳖婆婆道："你们可能不信，其实老婆子现在才知道，所谓的魔星之劫指的并不是你们而是刑天，但是你们既然跟刑天同拥归元圣能，所以怕是也只有你们可以阻止刑天的行动。"

耀阳疑道："魔帝刑天是你们魔妖两宗的荣誉和骄傲，但你身为妖宗之人，为何会想要阻止他呢？"

苦鳖婆婆露出苦涩的一笑，眼中露出极为恐惧之色，道："你们可曾知道刑天的最终目的是什么吗？"

"什么？"三人不由同时问道。

苦鳖婆婆一字一顿的道：“他想要颠覆三界，重铸六道！”

“颠覆三界，重铸六道？”耀阳三人哪里承受得住如此的刺激，大口地喘起气来，三界六道若要颠覆重铸，那几乎可以让整个三界的生灵尽毁于此。

“父王！”正当御书房内诸人心绪不宁之时，一个稚嫩中带着一丝威严的声音传入众人耳中，却是耀天不知什么似乎进入了御书房。

“天儿，什么事？”耀阳虽为苦鳖婆婆的话惊咋不已，但对于突然闯入房中的耀天还是和颜悦色的。倚弦和土行孙也随之露出笑容。

倚弦灵觉异动，突感苦鳖婆婆的呼吸有些急促，便转头看向她，却发现她竟然满脸惊惶之色，以不敢置信地神色看着耀天。

耀天没有回答耀阳的疑问，而只是向苦鳖婆婆露齿一笑。

苦鳖婆婆的神情顿时如同见了鬼一般，喃喃道：“九星蚀月，魔星始出，三界异变，六道无常。我终于明白了，原来你们兄弟俩真的不是魔星，但却是魔星现世的起因所在！”

土行孙听得莫明其妙，但耀阳和倚弦却有一种非常奇怪的感觉，尤其这话左右了两人半生的命途，此时更是感到心脏不由自主的“怦怦”直跳。

耀天点头微笑道：“苦鳖，你说得不错，九星蚀月就是我刑天重出生天之始！”

耀天这句话如同九天惊雷般砸在众人头上，耀阳、倚弦和土行孙无不是呆若木鸡，一时不敢相信耀天口中接着所说出的话，“耀阳，刚才我叫你最后一声父王，就算还了你的生育之恩。”

耀天一言说完，便已负手而立，小小的身形陡然突破生理的限制，暴涨成伟岸雄壮的躯体，散发出惊天的气势，气势如同实质一般，竟令整座御书房崩然震裂。

此时的耀天双瞳赤红，阳光下拖长的身影伟岸，几能顶天立地，宛如耀阳和倚弦曾经在归元魔壁中见过的刑天印象。

他真的便是刑天！

耀天，不，应该是刑天嘲讽地笑道：“现在的神玄两宗和那蚩尤实在是无与伦比的傻瓜，让我的后人刑天灭拿了族地内最重要的‘圣之祭祀’，若非如此，重生的朕至少要百年后才能逐渐恢复本体和修为。到时候你们两兄弟或能跟朕一战，但是现在你们就差得太远了。”

耀阳和倚弦闻言一惊，顿时想起当初在“刑天禁殿”内刑天灭决意要拿刑天雕像前祭台之物的情景。但是耀阳还是不敢相信自己的儿子竟然就是传说中的魔帝刑天，颤声问道：“你真是刑天！你将我儿耀天怎么样了……”

刑天一脸鄙夷的神情，却没有回答耀阳的话，右手凭空一伸，暗青色的“百夜魔刃”立时出现在他手中，淡然道：“你等无需多虑了，除了再世生我育我的苏妲己之外，其余诸人全都得死！”说罢，赤红色的双瞳露出浓烈的杀意，首先盯住的就是土行孙。

耀阳和倚弦立时想挡在土行孙之前，但是却骤然发现身体居然丝毫动弹不得，刑天竟是左手凌空结界将他们两人硬生生压制住了。而土行孙的本命修为根本不够，刑天只要出刀，土行孙甚至连挡的机会也没有，更别说挡住了。

“刑天受死！吃我殷洪一箭。”

就在此时，只闻天际虚空传来一声惊雷叱喝，一道青紫色光芒划破苍穹以迅雷不及掩耳之势转眼就到刑天面前，青紫色的光芒所经之处，方圆十丈内尽化焦尘。如此强势一击，就算现时的耀阳和倚弦也绝对抵挡不住。

但是刑天神色不变，右手轻轻一挥，“百夜魔刃”就是一击斩出。

“噼噼啪……”

如九雷惊爆，在“百夜魔刃”之斩下，青紫色光芒尽化为碎片，爆裂开来。

耀阳和倚弦突然感觉身体没了任何束缚，知道刑天专注对付来人，已然无暇顾及他们，便毫不迟疑联手将土行孙抛走，耀阳厉喝道：“老土，赶快去照顾其他人！不要管我们……”

土行孙虽然心中悲愤莫名不忍离去，却不是迂腐之人，知道自身在此不但无法帮忙，反而会拖累两人，便立即土遁而去。

两兄弟见到土行孙离去，心中稍安，再向天际看去，却见慕行云在虚空之中，背负乾坤弓摇摇欲坠，耀阳和倚弦立即明白为何当年“不周山”之后，慕行云还会再生，原来这个慕行云并不是殷郊，而是殷郊的双胞兄弟——殷洪，纣王陆压的另一子，由此可以推断，殷氏兄弟应该也是跟婥婥姮姮一样合体修炼。但是现在的解惑对两人来说，已经没有任何意义。

耀阳与倚弦心中的震惊更是前所未有，他们如何不知这乾坤弓的威力，想不到刑天竟能一刀将这威力无匹的震天一箭劈碎，这是何等修为?

刑天仰天长笑，说道：“殷辛之子，终于让你找到这里。面对朕竟还敢报仇，看在你的勇气上，朕再让你射一箭，看看当年后羿持有让朕也忌惮三分的圣器现在还有几分威力尚存!”

射完一箭的慕行云已是耗尽元能，此时闻言却是哈哈大笑，疯狂地笑了起来。心神相连的兄弟殷郊死了，辛苦经营的势力被曜扬军拔起，最后连父亲也死了，一切的辛苦尽化为空，他现在唯一能做的也只有报仇了。为了报仇，他不惜舍去魔躯，才从天庭禁地窃得乾坤弓和震天箭，这么做的一切绝对不能白费。

——为父报仇!

慕行云再度搭箭拉弓，此次他的全身亦散发出惊人的青红光芒——以身为箭！慕行云这个兄弟俩共用的名字，死也要让万世之人记得。

“震天箭!”慕行云最后的喝声有如雷鸣，天地遽然一黯，猛地又被青光照彻。慕行云化身的最后的一击——震天箭，仿佛集尽三界固有的一切无常之势，直袭在刑天面前。

“好箭!”连刑天亦不由赞道，他也不敢大意，抡起“百夜魔刃”就是再一击斩下，“轰!”无数的青光四射，箭碎人飞，刑天的身躯被这一箭震飞!

一箭能将魔帝刑天震飞，即使是借了乾坤弓和震天箭之威，慕行云也足以名垂青史了，但是就算这一箭再强，仍奈何不了曾经撼天震地的魔帝刑天。

半空中的刑天猛然暴喝一声，双手向往猛地一张，他的身躯遽然暴涨！他在半空猛然停住，魔刃指天，气迫山河，原本小小的身躯此时已如山岳般伟岸，一双赤焰魔瞳睥睨而视，扫过耀阳和倚弦，厉若疾电。

耀阳和倚弦猛喝一声，持剑傲立，两人体内异能流转，直指刑天。

恢复强悍魔躯的刑天仰天大笑道："以归元圣能来抗衡朕，你们无疑是自寻死路。"他双手捏成拳头，盖世魔能毫无顾忌地散发出来。

耀阳和倚弦顿感心中一颤，突觉体内的归元异能竟然逐渐流失，向着刑天而去，这般现象是他们兄弟俩做梦也无法想象的。

刑天得意万分，大笑道："归元圣璧是朕将半生修为与本命精血所凝，留于三界之中饱经轮回磨砺，为的就是在此时收回!"

刑天话音一落，耀阳和倚弦便知体内的归元异能已经尽数流光，一时空空如也。刑天又道："虽然你们如朕一般在三界之中难以毁灭，但是现在送你们去无极秘境，就算你们拥有永生不灭之能，也只有随着岁月逐渐消磨耗尽!"

耀阳和倚弦尚在惊骇之际，陡见眼前的世界扭曲起来，万千景象挤压拉长，幻化成不知所以的形状，接着就是一片混沌……

再次感觉挤压扭曲的思感，消失的时间仿佛静止。一切观感失去任何作用，神识思感也就如聋哑盲人。空间破碎化成碎末，所有整体皆变成零碎，空间内是斑斑点点的光芒。光芒似柳絮般飞舞缠绕的荧光分散在漫漫虚空中，幻化成山川河岳日月星辰等无数瑰丽风景，时急时缓、极静极动的变化着。

交织幻变的各种声音，从每个角落，每点光芒响起……

破灭的身体已经消失，所有的神识感念都化成了光芒幻出的声与色，没有过去，没有现在，没有将来，也没有你我，只有存在……

这一切就这样可以一直持续下去，直到一切的消亡。但是有一种能神念却不愿这样结束，微颤着挑动着这每一点光芒中的神识。

……

"耀阳……倚弦……"

"耀阳……倚弦……别睡懒觉……快起来……"

"花子爷爷!"倚弦的灵识较为锐利，骤然间所有的神识再度聚集起来汇成一个完整的神识感念，之后受其影响的耀阳也恢复了灵觉。

那是花子爷爷在他们小时候经常招呼的声音，随着人间阅历的增长，他们已经完全忘了，但此时骤然感念到如此声音，他们却福至心灵，顿时间一切的回忆都想了起来。

耀阳和倚弦并没有感念到花子爷爷的出现，但是花子爷爷的声音回荡在这一片空间之中——

“耀阳，倚弦，当年盘古将刑天封印在无极秘境，但是深知刑天之能三界无双，而魔星的传说肯定与刑天有关，便采三界之灵气铸就两个阴阳混体的生命以对付刑天。这两人便是你们的生生世世，你们永远没有父母，每一世都是为了应魔星之劫而生。为了教导你们，盘古释放出一部分元神成了我——也就是你们的花子爷爷，来助你们保持命中识神。如此一来，你们生生世世都在尘劫中沉浮，或长或短，但是一直无法破解魔星之劫。今生前世，前世今生，如此周而复始，已经千万年了……”

耀阳与倚弦闻言以后，心中的震骇更是难以名状，他们竟然是盘古之后，原来生生世世的他们都在为了应劫而存，兄弟俩终于明白为何归元异能足以被兄弟俩吸收并据为己用，只因两人的本命躯体本是为了应付刑天所生，倚弦更是明白了为何婥婥为自己复原前世记忆，却仍然令他无法心心相印的原因。

“谁知这一世的九星蚀月之数，反而成了魔星之劫的起因，但既然魔星起于你们，也必败于你们。所谓的归元异能不过是无极秘境力量的一种表现，不必太过在意，抛弃以往所知，感受这无极秘境的一切玄奥吧。当刑天要颠覆三界，重铸六道之时，必然要借重无极秘境的无穷力量，所以其时必有出口现世，希望你们能够完成自我的使命，阻止魔星之劫。最后，爷爷很希望你们能拥有真正属于自己的孩子，哈哈……”

花子爷爷的笑声逐渐消失，耀阳和倚弦已经将他的话记在心中，没有感动，没有怀念，他们放弃了心中所有，将整个身心融于无极秘境之中，思念同无极秘境同步，无极秘境留有盘古一丝神念，这丝神念在此早已跟无极秘境混为一体，有了这丝神念相助，他们完全融入了无极秘境千亿年的运转变化中……

不知过了多久，无极秘境真的动了，其中一点光芒突然微颤，然后幻化成一圈波浪，涟漪般波动开来，此时的耀阳和倚弦也随之而动。

以他们兄弟俩为中心的光芒突然似爆炸般四方激射而开，飞跃在茫然空间，声与色化为一体再无分别，而耀阳和倚弦已经破无极秘境而出！

一片血色，整片天地就像是被烈焰光芒覆盖一般，暗中血红之色，就像当时刑天的赤瞳。现在三界都在刑天的掌握之中，他已经布下重重法界，开始运转颠覆三界、重铸六道的魔阵秘法。

“刑天！”

“刑天！”

破出无极秘境的耀阳和倚弦齐声厉吼，声音如潮水般散开——

“刑天！”

“刑天！”

……

声达三界六道每一个角落！

耀阳与倚弦确信刑天会立即出现在他们面前，因为他们从无极秘境中出来了，他们更是刑天唯一的破绽与劲敌。

果然，刑天出现了，他驾着圣兽刍吾出现在两兄弟之前。

刑天看着耀阳和倚弦半晌，从兄弟俩一身神光罩体中看出端倪，这才出声道：“想不到盘古那老狐狸，连朕也被他算计了，没想到你们原本就是他用来对付朕的，看来将你们封入无极秘境，实在是一件失策之举。因为若非你们是盘古所创造，便绝对不可能从被朕封住的无极秘境中逃出来。”

耀阳和倚弦神色无比平静，耀阳看看这满眼血红的天地，皱眉问道：“刑天，你究竟把这三界六道怎么了？”

刑天微笑道：“怎么样，你觉得这好看吗？这叫作血天异色，朕以神玄两宗包括天庭三界众人的血将这一片天地所染红。你们所见的血天异色，便是三界六道颠覆重铸的开始！”

倚弦淡然道：“很抱歉，这事可不能如你愿了。”

“是吗？”刑天微微一笑，说话间，在耀阳和倚弦身边出现一片以闻仲、申公豹为首的魔妖两宗数百高手围住了他们。

刑天道："朕给你们一个机会，他们若不能困住你们，朕便亲自跟你们交手。"

倚弦目光冷然一扫，突然盯住申公豹，道："我想还是不要试的好！"说罢，伸手轻轻一捏，浩大的无极异能汹涌而出，远处的申公豹竟似被勒了脖颈，脸憋得通红，眼中露出极度恐惧的神色。

"申公豹，你给素柔姑娘陪葬去吧！"倚弦手势轻轻一拍，申公豹立时惨叫一声，全身如蒙冰冻，转眼冰消水化，申公豹整个人已化成冰水，灵元在瞬间被彻底毁灭。

耀阳哈哈一笑，挥手一扫，无风无动，十余魔妖两宗高手便粉身碎骨，道："刑天，你能用无极之能毁天灭地，我们凭它不知能否与你一战！"

刑天神色一肃，叹道："盘古果然留了一手，你们竟能勘破无极秘境之妙，获取本源之道，你们的确是能威胁到朕！看来他们的确阻不了你们，朕就亲自跟你们两个盘古费尽心血培养的高手过招吧。闻仲，你等先行回去，我们的胜负不是你们所能影响的！"他最后一句自是对闻仲等人所说。

"是！"闻仲闻言依命率众退走。

须臾之间，方圆百里之内就只剩下刑天和耀阳、倚弦两兄弟。

——决定三界六道生死存亡的一战就此揭开序幕！

"龙刃诛神"！

"轩辕剑"！

"百夜魔刃"！

三大天下神兵魔器尽数祭出——

刑天长笑三声，道："想当年朕修为大成后，只有后羿、伏羲和盘古才配与朕一战，后羿最后被朕所杀，伏羲与朕不分胜负，只有那连朕都佩服的盘古能跟朕两败俱伤。今日，我就要看看你们两兄弟有多大能耐！"

耀阳身上再无金光护体，倚弦脚下也无紫色光龙，就如刑天一样，所有的修为尽在一心。同出于无极秘境，三人都熟知对方的修为，根本无需试探，出手就必定是全力以赴。

风止云停，三界六道仿佛就只剩下他们三人。

两人同时出剑，耀阳纵身一剑劈出，倚弦挥手刺出，没有一点华丽色彩，平朴无比，只是两人刚微一动，身影便已经出现在刑天眼前，剑锋逼面，唯有亘古至今的无极异能在三人之间回荡往复。

刑天含笑不动，在两剑夹击之中化为虚影，耀阳和倚弦同时感到刃寒割肤，但是利刃似乎是来自心底的，由内向外扩展，要将他们震碎。耀阳和倚弦丝毫不惊，心若止水，“轩辕剑”和“龙刃诛神”突然消失，剑化虚无，两人周身立即爆出金紫之光，两大神器再次出现之时，所有攻击顿化虚无。

这时，刑天的身形出现在他们背后，“百夜魔刃”轻轻斩下，异能贯注的瞬间，击向两人联手的最脆弱之处，耀阳和倚弦不慌不忙，两剑相交击出，剑尖相抵，金紫光芒连成一线。

耀阳和倚弦身体再度消失，两大神器猛增数倍，飞旋而起，“龙刃诛神”以难以相信的速度绕着刑天旋转，“轩辕剑”直直袭去。所有灵觉在一瞬间被割断，魔能受到莫名挟制，刑天空有一身修为竟然无法闪避，他唯有集起全身魔能一刀向迎面而来的“轩辕剑”斩出。

刑天暗叫不妙，手扬起“百夜魔刃”，竟是穿透自己的魔躯向后击出，正好截住“轩辕剑”和“龙刃诛神”的合力一击。“砰!”耀阳和倚弦现身而出，被震退三丈，刑天却是整个人跌飞而出。

刑天以手在胸口一抹，便见被“百夜魔刃”刺出的伤口迅速愈合不留一点痕迹，但是三人都知道他已经受到影响了。刑天厉笑一声，“百夜魔刃”斜天而指，他的魔躯仿佛变得异常庞大。而刹那之后，刑天再次消失了，消失得无影无踪。

耀阳和倚弦甚至无法感觉到他的存在，似乎他已经从三界之中消失。但两兄弟清楚，如同兄弟俩方才所用的灵神臻虚一般，刑天已经化身在这一片天地之中，可谓无处不在，他一旦出击必将是集三界魔气的最强一击。

他们绝对不可能避开这一击，因为刑天清楚他们的一切举动，如同他们也无比清楚刑天现时所有的变化一般，因为无极化有极，任何一切变化都在无极有极之间，无有遗漏。

天地的血色倏地尽数消失！

刑天出击了——

耀阳和倚弦的眼中蓦地出现血影，顿时天地至强的无极异能像是潮水般的以他们为中心涌来，四面八方都是无可抵挡的元能力量，绝对没有他们闪避的丝毫余地，这就像是一个无极秘境一般，断阴绝阳，无始无终。

耀阳和倚弦没有任何迟疑，“轩辕剑”和“龙刃诛神”瞬间交击，金紫光芒顺剑而下，瞬间覆盖两人身上。没有任何声音发出，就这样默默的，金紫光芒涣散，魔能消亡，就像相互消融一般。

两兄弟完好无损，耀阳和倚弦手中的神器却“崩”的一声，截截断裂，三界最强的两大神器竟然在刑天的一击之下尽数毁掉。

但，此时的耀阳和倚弦却已经知道刑天的弱点——

化身天地，那便让你天崩地裂！

耀阳和倚弦心意相通，集起全身元能毫无保留地爆出，那来自无极秘境无比庞大的元能如暴风般激射，奇异的元能以非常的方式存在，破坏着一切生机，所有生存的东西都被其无情的吞噬，方圆百里内尽遭强袭，山崩地裂，所有生物尽亡于此，化为焦尘。

耀阳和倚弦这一击耗尽所有元能，两人无力颓跪在地，再无一丝力气。

此时，刑天再次出现在他们面前，那庞大无比的魔躯上没有丝毫尘土，那双赤焰之瞳的霸气能掩天盖地。

刑天竟然没事？

刑天面色无比凝重看了看两人，长叹道：“你们尽悟生灭之道，已然是两体合一，盘古再世！朕败得不冤，颠覆三界、重铸六道之事暂止于此。他日让能够超越朕的人再来完成这一宏愿吧，哈哈……”

长笑声中，刑天整个魔躯变得晶莹剔透，最终霍然消失在耀阳和倚弦眼前。有史以来最强的魔头，传说中最危险的魔星就此消失在三界六道之中。

耀阳和倚弦哈哈一笑，仰天躺在荒无生气的沙地上之中，他们知道魔帝刑天这次是真的死了，付出的代价便是这百里之内的土地将永世无有生气，成为真正毫无生机的绝地。来自无极秘境所得的生灭轮回之能，连刑天都承受不起，何况是其他生物呢?

倚弦喘口气笑道:“现在，你又可以回去做你的天子了!”

耀阳笑骂道:“去他爷爷的九五之尊，就算再跟刑天干上一仗，我也绝对不会当什么大王了。”

说到这里，耀阳灵机一动，思忖道:“对了，姬发那小子不是很想当大王吗，反正这家伙除了阴狠之外也的确很有才能，姬旦这小子是卓长风之徒，也非同小可，只要有姜子牙辅助，天下只会更好。我还瞎凑什么热闹?”

“你终于开窍了!”倚弦没有想到耀阳会如此想法，但是转念又道，“那也要看看他们还活着没有!”

耀阳闻言神色一沉，道:“希望小仙他们没事!”他知道刑天说过会杀所有人，但是不会杀妲己，所以其他人就很难保证了。

在这一场神魔大战中，妖宗的也受到严重的损失，妖后妲己在攻击天庭之时也被击得元神俱灭，即使是刑天也没办法顾及到所有的人。不过刑天也将神玄两宗的高手屠戮殆尽，但是最终没有强袭水晶宫，因为当时紫菱离开朝歌的时候带了雷震子，而雷震子对那来自伏羲武库的灯型神器甚是感兴趣，结果拿着那神器回了水晶宫。

结果，那灯型神器遽然是三界闻名的圣物“宝莲灯”，结合“异水元珠”和“天一玄水珠”形成坚韧无比超越的护罩结界，将海底的水晶宫彻底保护到位。

“异水元珠”和“天一玄水珠”乃控制三界水源之圣物，加上防御之能天下无双的“宝莲灯”，只要三界之水不尽，水晶宫就永难攻破，就连刑天也奈何他们不得。神玄两宗高手被灭八成后，妲己等曜扬军一众人以及婥婥幽云等人无力与刑天抗衡，最终避于水晶宫。

妲己等一众耀阳身边的人并没有事。这是刑天为了报答生养他的再世母亲所给的承诺，而曜扬军等人唯一战死的就是莫凌风，莫老宁死守着最后的牧场，却以死相迫，让秦天明父女儿人跟着土行孙等一批人回避。姬发与姬旦皆是聪明人，他们没有与刑天相抗，从而幸存下来。姜子牙因为是神玄两宗最有才华的能人被保护下来，杨戬哪吒在保护天庭之中被灭了肉身，只余受损的灵元，没个几百年休想复原，金吒木吒等人灵元俱灭，桓冲最后保护天帝而亡，但是最终天帝、西王母等人还是没逃过刑天的毒手。只余下元始天尊等人，刑天没有放过任何一个，那一辈的人物尽数被刑天灭了灵元。

跟妲己等人相聚后，耀阳和倚弦放言让姬发统治周国，姬旦和姜子牙协助，当时残余下来的也就只曜扬军和西岐军不过十余万人马，加上耀阳和倚弦的威望，自无人反对。

其后，对于姜子牙提议耀阳为天帝、倚弦为神宗之主之事，两人自是一意推拒，他们自从经历耀阳立军称王以后，便深知这俗世之事本不属于兄弟俩，而且他们背负生生世世的盘古夙愿已经太久了，绝对不愿再受这样的身心束缚，自是唯恐避之不及。

后　记

雪峰风光如梦似幻，温馨的阳光在浮云腾雾的折射下显得迷幻游离，断崖上松柏伸枝，绿叶上水珠闪光，偶有仙鹤脆鸣而过，更显得幽然静怡。

不过就在这峰顶竹屋下，倒是有一人做些与周遭美景不合时宜的举动——

耀阳非常不优雅地跷着二郎腿正在晒太阳，一副悠然自得的模样，哪有一点曾经身为人间帝王的样子。

此时，耀阳抬眼看到御风而来的倚弦一脸郁闷，一跃而起，指着倚弦的鼻子呵呵大笑道："怎么了，是不是又碰了一鼻子灰？"

倚弦暗叹一声，一时无语。

倚弦至今还算是单身一人，别看婥婥和幽云看起来贤良淑德，却没想到醋劲大得惊人，两人自是非倚弦不嫁，但又不希望倚弦旁边还有别的女人，所以到现在两人都怀上了倚弦的孩子，还是没有真正成亲，而诸如素儿和紫菱也没想过放弃，这让从不善于处理男女问题的倚弦感到头痛不已。

相反耀阳就舒服多了，妲己、小仙和秦骊如相敬如宾，耀阳还不时地出去沾花惹草，时常去冥界与人儿幽会，大劫之后，冥帝去了天界，人儿只好继承母位成了冥界之主，虽然整天公事加身，但与耀阳相好的时间还是挤出了极多，甚至为耀阳生下了一女，耀阳不仅让人儿生下一女，还让玉璇生了一个儿子，典型的一个花心大萝卜。不过他也有大感遗憾的事情，便是关于云雨妍，尽管耀阳曾经煞费苦心追寻她，但是云雨妍始终对他若即若离，让他好不痛快，却又着实没有一点办法。尤其现在妲己、小仙和秦骊如又都怀孕了，脾气不免有些暴躁，耀阳时不时也得吃些苦头。

看着倚弦心情稍微好过些，耀阳问道：“你见过老土这小子没有？这小子最近究竟在忙乎什么？”

倚弦听耀阳问起老土，不由展颜一笑，道：“他还能干嘛，一天到晚在邓玉蝉身边瞎溜达，就看邓玉蝉什么时候会真的动情于他了。”

耀阳想到从前的趣事，哈哈大笑起来，突然想起一事，道：“我的第一个儿子是刑天，现在又将有四个孩子，他们会不会……”

倚弦一愣道：“我不是也有两个孩子吗？如果这六个全部是刑……”

“你们兄弟俩在胡说些什么，竟敢咒我们的孩子！”

一阵暴怒的喝骂声响起，兄弟俩闻声回头看去，不知什么时候，妲己、小仙、秦骊如、婥婥与幽云都出现在峰顶之上，显然是听到了方才兄弟俩的猜测之语，是以个个老羞成怒，杀气腾腾拥了上来。

……

“天哪，救命啊！”

峰顶上响起一阵阵不绝于耳的惨叫声！

——全书完——